张成功作品

图书在版编目(CIP)数据

黑冰/张成功著.——北京：作家出版社，2022.6（2023.6重印）

ISBN 978-7-5212-1874-9

Ⅰ.①黑… Ⅱ.①张… Ⅲ.①长篇小说-中国-当代

Ⅳ.①I247.5

中国版本图书馆CIP数据核字(2022)第057381号

黑冰（作家影视文库）

丛书策划：	启 天　韩 星
选题策划：	创北传媒
作　　者：	张成功
责任编辑：	韩 星
装帧设计：	今亮後聲 HOPESOUND 2580590616@qq.com ·小九
出版发行：	作家出版社有限公司
社　　址：	北京农展馆南里10号　邮　编：100125
电话传真：	86-10-65067186(发行中心及邮购部)
	86-10-65004079(总编室)
E-mail:	zuojia@zuojia.net.cn
http://www.zuojiachubanshe.com	
印　　刷：	北京盛通印刷股份有限公司
成品尺寸：	140×210
字　　数：	270千
印　　张：	12.25
版　　次：	2022年6月第1版
印　　次：	2023年6月第2次印刷
ISBN	978-7-5212-1874-9
定　　价：	48.00元

作家版图书，版权所有，侵权必究。
作家版图书，印装错误可随时退换。

目录

序　章		001
第一章	杀手来袭	002
第二章	昔日女友	046
第三章	萌生情愫	070
第四章	暗流涌动	084
第五章	动了杀机	112
第六章	密林黑枪	142
第七章	疑窦丛生	158
第八章	蛇鼠一窝	170
第九章	愿者上钩	192
第十章	栽赃陷害	206
第十一章	深仇大恨	238
第十二章	勾心斗角	254
第十三章	深陷情网	266
第十四章	死亡陷阱	282
第十五章	神秘大佬	292
第十六章	化险为夷	302
第十七章	匪夷所思	310
第十八章	雷霆出击	318
第十九章	金蝉脱壳	334
第二十章	死有余辜	360
尾　声		384

序章

地处东海之滨的海州市，是一座年轻的城市。二十年前，这儿充其量只能算是个半渔半城、规模稍大、连县城都称不上的镇子。沿用一句当代人使用频率最高的套话，改革开放使得这个默默无闻的海边小镇一夜之间拔地而起，成为国人仰慕的新兴都市，凭借着轻工业和旅游这一对翅膀，它天高海阔地腾飞起来。

舰桥半岛在海州的最东端，濒临大海。如果把海州比作一只振翅的大鸟，那舰桥无疑就是鸟头，这里聚居着全市的商贾名流。一幢幢别墅豪华气派，各色各款的名牌轿车来来往往，煞是威风。

这是2000年8月15日发生在舰桥的一个平平淡淡的艳情故事。可是谁也没想到，在看惯了灯红酒绿、万般风情、不发生此类花边新闻便感觉不正常的海州人眼前，这个故事竟然波澜壮阔地演绎成足以让海州翻天覆地，甚至震动整个东亚、南亚次大陆的大事件，使得海州随着这个事件懵懵懂懂地跨入了新世纪。

第一章 杀手来袭

黄金海岸别墅区,顾名思义,也就是建在海边的高档住宅楼。八号别墅和新建成的豪华别墅群并不在一起。它孤零零地蜷伏在海湾里,通向它的车道蜿蜒漫长。远处黑沉沉的海面上涛声轰鸣着,只有海天相接的极限处,隐约可见天光一线。惨淡的月光穿越茂密的树叶,斑斑点点洒落在细碎的沙石车道上。

风高月黑,海啸如雷,黑暗中隐隐传来夜鸟的嘶鸣声,令人不寒而栗。

01

舰桥半岛，傍晚。

西斜的残阳漂浮在碧波之上，由橙黄渐渐变得火红，一波一波涌动的海被涂上了一层血色。树荫中静卧着一幢看起来华贵艳丽，却又显然格调不高、霸气十足的别墅。

杨秋仰卧在宽大的席梦思上，肥硕的肚皮随着呼吸如凉粉般颤动，呼噜声忽长忽短，毫无规律节奏可言。在几声短促的鼾声之后，他突然张开双臂，大叫："眉儿！眉儿……"

杨秋睁开了双眼，目光显得茫然又有些懊恼。他抬起手背擦掉嘴角的涎水，咂巴了几下嘴，懒懒地从床上爬起来。他抓起衣架上的真丝睡袍套在身上，走出卧室，随手摁了一下传唤铃。午睡后来一杯咖啡，是他数年来养成的习惯。

杨秋在二楼会客室内的大落地窗前站定，望瞭望海天相接处的暮霭，伸手关上了最后一扇窗子。一道朦胧的金紫色晚霞倏地蹿进了他的眼帘，他不由得惊愕了，愣怔着琢磨起它的征兆来。

突然，电话响了，他看了看来电显示，顿时神情大变，兴高采烈地咕哝说："妈的，这紫光果然是好兆头，老子要交桃花运了！"待铃声又响过一遍之后，他一把抓起了听筒。

听筒里传出娇滴滴的声音："是杨总吗？您好！"

杨秋耳贴听筒，甚是激动："啊，刘小姐！我这还是头一次接到你的电话，有什么指示……什么？给我一个惊喜？"他喜出望外："晚上九点，花园别墅见？我的刘小姐，你不是开玩笑吧？"对方显然是给了他肯定的答复。沉吟片刻，他脸上浮现出警惕的神情问:"你的大老板呢……去境外了?"听了刘小姐的解释,他放下心来,不住地点头:"好,好!九点,花园别墅,不见不散!"

暮色里的海州国际机场渐次亮起刺眼的炽白灯光。一架巨型宽体波音客机雷鸣般呼啸着訇然落地,沿飞机跑道缓缓滑行。

夜幕四合,浓云沉沉压下,机场指挥塔上的灯光如万把银光可怖的利剑直插苍穹。赵江、赵河兄弟迈下舷梯时,在耀眼灯火的直射下,不禁抖了抖身子。他们哥儿俩是威震东南沿海的职业杀手,出手见血,从未落过空,制造过数起血案,是国际刑警组织通缉的要犯。此次飞临海州,他们要做一笔有生以来最大的买卖。哥儿俩商妥,这是他们的收山之作,完成之后,即改头换面,远走高飞,尽享用命换来的荣华富贵。

兄弟二人夹杂在旅客人流中走出机场大厅。老大赵江掏出手机,拨通后低声说了句:"袁大哥,我们到了。"对方简练地回答:"新亚大酒店,1025房间!"阴鸷寡言的赵河看了哥哥一眼,赵江伸手拦住一辆出租车。

出租车在灯火辉煌的新亚大酒店大堂门前停下。他们走进酒店,来到总台前,递上假身份证。总台小姐热情地道:"袁先生的客人,请到1025房间,欢迎二位来海州!"

赵氏兄弟乘电梯上到十楼,走进豪华套间,刚关上门,床头柜上的电话便准时响了起来。赵江拿起话筒,立刻传来袁大哥低沉的声音:"家伙在保险柜里,密码是四个9。"

赵江摁下密码键,打开保险柜,取出一个沉甸甸的黑色皮箱。他耳边的听筒里传出指令:"晚上七点,在粤海酒楼6号包房见面。"对方说罢挂了电话。

赵河打开皮箱,一支精妙绝伦的微型冲锋枪和一柄精巧雪亮的利斧呈现在眼前。

杨秋换了一套西服,又换一套西服,还是不满意,他最终穿上了那套颇为中意的名牌——纯白色欧米加。他接着一条条地试领带,最后决定系上金利来红色蝴蝶结,十几条领带丢弃在床上。他仔细地把蝴蝶结调整到位,然后将枪斜挎在腋下,兴冲冲下楼。

两名保镖站在客厅门前,杨秋对他们挥挥手说:"走,去花水湾温泉,我要好好净净身,养精蓄锐!"

高个保镖望着春风满面的杨秋道:"老板脸上好像开满了桃花。"

杨秋瞪了保镖一眼说:"交了桃花运,自然就有桃花色。别他妈废话,快走!"

两名保镖拥着杨秋走出门,上了宝马车。杨秋摁动遥控器,大铁栅门缓缓移开,宝马车如箭般射出。

宝马车停靠在花水湾温泉桑拿房前,两个保镖先下车肃立两侧。杨秋跳下车,挺了挺微凸的腹部,摇摇晃晃走进浴室门。

不大一会儿,杨秋便赤条条地躺在高级包房里间的按摩床上了。一位浓妆艳抹的小姐正左一下右一下、上一把下一把地为他按摩着。这位小姐颇有些纳闷,以前杨老板每次来这儿对服务小姐总是又揉又摸,手从来没消停过,今天怎么乖了,闭着眼睛如入定了一般。电蒸汽不停地散发着热气,香艳的屋子里雾气腾腾。一下子改变了行为习惯的杨秋,竟然让小姐一时手足无措起来,不知究竟该在他身上的哪个部位下手。

杨秋渐渐对按摩小姐的手法不当有些不耐烦了,眉头越皱越紧。他猛地睁开眼睛,正要发火,床头的手机响了。他拿起手机放在耳边,拖长声音"喂"了一声后,忽然换成温柔的腔调:"啊,我是杨秋。"他挥挥手让按摩女离开,"听出来了,非常高兴。我一直都处在亢奋之中,随时随地都在想你呀!什么?提前一个小时,八点?嗜!你怎么跟我想到一起去了,我也是恨不得马上就见到你。行!行!改地点?在我的黄金海岸八号别墅?"他眼里掠过一丝警觉,"为什么?"手机里的声音打消了他的疑虑,"好好,为了安全,我完全同意,那咱们就八号别墅见!"

他合上手机,眼里闪出幽灿灿的亮光。

粤海酒楼位于海湾深处,环境僻静幽雅。

赵江、赵河兄弟在迎宾小姐的引领下,走进6号包厢。已在此恭候的袁大哥袁同军把他们介绍给一个瘦得毫无风采的穿西装的中年男子:"这是赵江、赵河兄弟,江湖人称'鬼斧神枪',都是武林高手。这位是吕老板,价钱你们自己谈,我失陪了。"说罢一笑,躬身隐退。

吕安打量着傲然吸烟的赵河说:"开门见山,开个价吧,兄弟!"

赵河没抬眼皮。

赵江伸出一只手说:"这个数!"

吕安问:"五万?"

赵江点点头。

吕安笑道："这是个合理的价格。"说着掏出胀鼓鼓的牛皮纸袋拍在赵江面前。

赵河阴沉沉地补了句："是美金。"

吕安怔了怔，慢慢摘下眼镜说："这有点离谱吧？"

赵江道："一分钱一分货。中国我就不说了，在俄罗斯，我们灭过自由党的银行家；在金三角，我们肢解过坤沙的眼线。"

吕安赔着笑脸："能不能再商量商量？"

赵河眼皮依然低垂着，从牙缝里挤出几个字："我说话从不说第二遍！"

吕安有些为难的样子："我没带够充足的现金，你们看……"

赵江抓起牛皮纸袋说："这算定金吧，剩下的完事再给不迟。"

吕安想试着开开玩笑："你们不怕我赖账？"

赵河阴森森地一笑："那你就是我们兄弟的下一个目标！"

吕安不由得打了个寒颤。

赵江盯着吕安说："我们兄弟向来讲话算数，明天验货交钱！"

吕安从衬兜里抽出一张照片递给赵江说："这是样片，不要活的。"

赵江接过照片，看也不看扔到餐桌上说："你把目标在指定的时间送到指定的地点就行。到时候，谁来就杀谁。现在是七点十分，等你的信儿。"说完，他与赵河转身走出，扬长而去。

夜色沉静，华灯齐放，雄踞市中心闹市区的四星级酒店海州大厦显得挺拔巍峨、富丽堂皇。大厦前的停车场上，密密匝匝排满了车辆。停车场两侧的步行街上人流如织，熙来攘往，甚是热闹，显示着现代都市的繁华和夜生活的丰富。

海州大厦副总经理吕安提着密码箱匆匆走出大堂玻璃旋转门，走下台阶。他在停车平台上站定，看了看表，钻进一辆出租车，对司机吩咐道："去机场。"

出租车绕过音乐喷泉，驶向海滨大道。一辆黑色凌志轿车尾随而去。

此时此刻，已走出按摩房的杨秋正站在梳妆镜前移动着领结，审视着油光可鉴的长发。镜中的自己显得英俊潇洒，略有些遗憾的是太胖了些。他想了想，把使腋下鼓起颇不和谐的枪解下，围在腰上，但枪管又把西服的前摆顶得翘了起来。他犹豫了片刻，决定维持原状。

杨秋精神抖擞地走出桑拿房，大步走向白色宝马车，两名保镖仍尽职尽责地守在车旁。那位高个儿保镖恭维地笑道："老板今天蒸得高兴。"杨秋嗯了一声，对两位手下道："今天你们不必跟我了，放假！"

高个儿保镖连忙鞠躬："谢谢老板！"

另一保镖有些不放心地提示杨秋："杨董事长交代，要我们寸步不离您。"

杨秋坐进驾驶室，笑了笑："今晚这事必须我一个人干！"他启动车子，猛地提速，飞驰而去。

两位保镖呆呆地注视着绝尘而去的宝马，转身欢跳着跑开。

此时，隐藏在黑影里的一辆三菱越野吉普车"嗖"地钻出，向宝马车追去。

02

　　黄金海岸别墅区顾名思义，也就是建在海边的高档住宅楼。八号别墅和新建成的豪华别墅群并不在一起，它孤零零地蜷伏在海湾里，通向它的车道蜿蜒漫长。远处黑沉沉的海面上涛声轰鸣着，只有海天相接的极限处，隐约可见天光一线。惨淡的月光穿越茂密的树叶，斑斑点点洒落在细碎的沙石车道上。

　　风高月黑，海啸如雷，黑暗中隐隐传来夜鸟的嘶鸣声，令人不寒而栗。

　　白色宝马车像暗夜中游荡的幽灵飘忽而至，悄无声息地停在八号别墅楼前。

　　杨秋手握方向盘，侧脸向车窗外望去，只见那辆熟悉的红色法拉利跑车正静静地停靠在别墅门旁的阴影里。他抬眼上望，别墅楼的窗子亮着柔和的灯光。再仔细看楼门，虚掩着，艳丽的月季花在门里隐约可见，无声地在暗光下怒放。万籁俱寂。

　　这时，手机突然鸣叫起来，杨秋吓了一跳，忙打开接听键，手机里传出女人魅力十足的声音："杨总，我看见你了，你能看见我吗？"接着是一阵清脆悦耳的笑声，"你看不见吧？我在楼上等着你呢！下车吧，快进来，人家等你好半天了！"

　　杨秋警惕性很高，他拔出手枪顶上子弹，缓缓走下车来，轻轻推开虚掩的楼门。

　　手机又响了起来。杨秋用下巴打开手机，举在耳边，另一只手紧握着枪，进入空荡荡的客厅，轻手轻脚地沿着螺旋形楼梯拾级而上。

轻柔的音乐时隐时现，手机里女人的声音极富有磁性，伴随着杨秋的脚步声引导他前进："别紧张，你应该轻松呀！亲爱的，到楼上来。先在沙发上等我一会儿，我正在洗澡呢。"

杨秋轻轻推开主卧室门，哗哗的水声立刻清晰地传来。他站在门外，平举了手机柔声道："宝贝儿，我可等不及了！"

女人的声音依然是充满着诱惑力："我妈告诉我，有两件事需要慢慢地干。第一件，是饭要慢慢地吃；第二件……"女人拖长了声音，"是爱要慢慢地做……"

此时别墅门外，那辆跟踪而来的三菱越野吉普车，悄无声息地停在树荫里。海州市公安局刑警支队副支队长、身材高大威猛的李新建，如野猫般迅捷地从驾驶室里跳出，沿着碎石径几个灵巧的蹿跳，便接近了别墅大门。

杨秋慢慢进入香气弥漫、灯光暧昧的主卧室，散落在床上的女性内衣等物什隐约可见。他举枪逼近虚掩的浴室门说："你妈说不了这种话！"

浴室内，水声哗哗。

杨秋猛地用肩撞开浴室门冲进去，雾气腾腾的冲浪浴缸里突然站起赤身裸体手持微冲的赵江，枪口火光一闪射出密集的子弹。杨秋大叫一声后仰倒地，顺势翻滚出浴室门，连滚带爬跃过床面冲向落地玻璃阳台，破窗而出跳下楼去。赵江密集的弹雨将窗玻璃击得粉碎。

杨秋浑身鲜血淋漓从天而降，后肩胳膊已中数弹。埋伏在客厅里的赵河挥斧杀出，他挥斧一记猛劈，杨秋闪身躲过，雪亮的利斧深深砍进廊柱难以拔出。杨秋发疯般冲向宝马车，拉开车门蹿入车内。赵河拔出利斧追杀，李新建突然现身，举枪对准赵河的脑门厉声喝道："警察！放下武器！"赵河一听是警察，更加上劲，对李新建连劈带砍。李新建闪过利斧，手起枪响，赵河脑袋开花，软软地瘫在地上不动了。

杨秋趁机猛地发动轿车，白色宝马发出一声尖啸，嗖地弹出十几米远。

李新建对着车尾灯大喊："停住！"

枪声骤响，赵江手持微型冲锋枪赤条条冲下楼来，瞄了一眼已毙命在地的弟弟，双眼登时红了，子弹如泼雨般射向李新建。李新建就地一滚躲过弹雨，在翻滚腾跃中向赵江连开数枪，枪枪命中，赵江临死时将枪中的余弹全部射向夜空。

李新建疾速跳上三菱车，发动后急甩方向盘，调头追向宝马车。

三菱越野车如脱缰野马般驶向海滩，发动机功率输出达到最高值。

死里逃生的杨秋已进入疯狂驾驶，他从后视镜中看见紧追不舍的三菱车雪亮的大灯和闪烁的警灯，骂道："妈的，今天倒多亏了这个'雷子'。"说话间，他把油门一踩到底，宝马车顿如喷气式战斗机般发出震耳的轰鸣，犹似闪电划过海滩公路。

白色宝马和三菱越野的距离渐渐拉远。李新建不停地拍打着方向盘，发出一声无奈的咒骂。宝马车上的杨秋轻轻嘘了口气，这才感到了伤痛，龇牙咧嘴地直吸凉气。车载电话铃声突然响起，杨秋看了看来电显示，顿时怒从心起，他猛地抓起听筒，咬牙切齿地骂道："臭婊子！老子跟你没完！你这个……"

听筒里传出女人冷冰冰的报数声："五、四、三、二、一，起爆！"

白色宝马车突然变成一团极其耀眼的火球，接着一声巨响，海滩附近顿时盛开出一朵艳丽无比的巨大"花朵"。

李新建大吃一惊，紧急刹车，猛拍一下方向盘，用手机拨出一个经过压缩的号码。电话立刻接通，李新建大声命令："强民，快带人到黄金海岸，出事了！"

03

110报警值班室永远都是繁忙的，它是城市最敏感的神经，一天24小时每时每刻都在紧绷着。人们因为有了它的存在，才能无忧无虑，尽情享受着生活的安宁和美妙。

值班民警们凝视着面前的荧光屏，搜寻接纳着每一条讯息。报警电话突然惊心动魄地响起来，一位年轻的女警官飞速地摁下接听键。报警者是一位女性，声音悦耳柔曼："喂，110吗？我是海州大厦总经理刘眉。今天20点10分左右，保安发现我的法拉利红色跑车被盗，车牌号是海A16888，希望你们能提供帮助尽快查找。谢谢！"

海州市公安局小会议室里，椭圆形的会议桌旁围坐着一圈警官，气氛紧张。局长张啸华神色凝重，听取刑警支队副支队长李新建及重案队队长强民等人紧急汇报海滨别墅谋杀案案情。

李新建摊开笔记本说："被害人杨秋系海州春秋兄弟影业公司总经理，他的孪生哥哥杨春为公司董事长和法人，过去是个演员，现居住在海外。该公司表面上经营影视广告文化方面的业务，而真正的'业务'是走私贩毒，并通过投资影视文化事业和房地产业洗钱，长期逍遥法外。杨氏兄弟涉嫌毒品犯罪已经引起国际刑警组织的注意。杨春很少回国，行踪诡秘，杨秋则一直被我严密监控，并获得一定的证据。今晚的突发事件是我们始料未及的。杨秋去黄金海岸别墅是应人之约，这个人有可能是位年轻女性……约会电话来自女性，已被花水湾桑拿按摩小姐证实；别墅楼前停着一辆红色法拉利跑车；卧室床上有好些女性用品；杨秋显然是被女人用电话引进浴室的。杀手是来自澳门号称'鬼斧神枪'的赵江、赵河兄弟，傍晚乘东航1445航班抵达海州，被黑道人物袁同军安排住进新亚大酒店1025房间。袁显然是受人之托，真正的老板隐身幕后运筹帷幄，除提供微型冲锋枪等凶器外，还设下了在主卧室浴室内埋伏的圈套。别墅外围也被封锁，汽车里安放了遥控炸弹，三重保险，计划得相当周密。"

张啸华沉吟了一下，问："有没有黄金海岸八号别墅的背景资料？"

"这座别墅建于1947年，产权属于国民党一个军长，新中国成立后被没收。改革开放后落实政策，还给了他的后代。后来又被转卖了好几次，最后被春秋兄弟影业公司买下，成为杨秋包养二奶的外宅。因这位二奶耐不住寂寞，染上毒瘾，被杨秋送去了国外。近半年多来，除杨秋偶尔带女人去过夜外，这儿实际上已成为一座空宅。"

李新建说完合上笔记本，强民接上了话茬："红色法拉利跑车是海州大厦总经理刘眉的，她于今天 20 点 18 分报失。另据电信部门查实，杨秋最后的三个电话，都显示海州大厦副总经理吕安的手机号码。"

"两线一点……"张啸华自语般说，他浓眉一动，"海州大厦？"

李新建提示说："海州大厦归属本市最大的民营企业——海州药业集团！"

张啸华沉吟着，用铅笔轻轻敲击桌面。

李新建接着道："另外，从杨秋遗留物中找到一份冰毒配方单，笔迹为杨秋本人，内有不明含义的代号。据此分析，这场谋杀很可能与毒品有关。"

张啸华将手中的铅笔猛地握住，下令说："立刻拘捕吕安，调查海州大厦，我马上向省厅缉毒处汇报！"

04

警车急刹在城南小区住宅楼前，李新建和强民率众刑警从车上纷纷跳下。强民附在李新建耳边说："五楼，靠右手那家就是。"李新建一挥手："上！"

飞奔登上五楼后，李新建把耳朵贴在门上听了听，沉声命令强民："动手！"强民一脚把门踹开，刑警们荷枪实弹蜂拥而入。一个穿睡裙的年轻女子从卧室里走出，声音颤抖着问："你们……你们要干什么？"强民举起搜查证说："公安局的，奉命搜查，吕安呢?"女人吃惊地望着强民说:"吕安不在家,我是他爱人,他犯了什么法?"强民逼向吕妻:"你丈夫会告诉你,快说,他去哪儿了?"

吕妻害怕了,身子一阵发抖:"说是去北京出差……"

"什么时候走的?"

"天黑来的电话,人没回家。"

李新建命令强民:"你马上去机场查一下!"转身对刑警们一挥手,"搜!"

强民立刻率两名刑警冲出房间,其余刑警动作熟练地进入各房间搜查起来。李新建上下打量一眼吕妻,问:"你是吕安的太太?"吕妻连忙点头。

李新建盯着这位与吕安年龄相差很大的女人问:"法律上的?"

吕妻低下头,很不情愿地咕哝说:"当然……"

刑警们一无所获走出各个房间,汇报说:"头儿,没人。"

李新建向吕妻点点头:"打扰了。"说罢率领手下撤出吕家。

已是深夜时分,海州大厦的灯火显得愈加璀璨了,位于三楼的办公区一片静寂。总经理刘眉快步穿过幽暗的走廊,走进总经理室,回身关上房门。明亮的灯光清晰地映照着这位年轻美丽的老总,她最多二十五六岁的年龄,微卷的长发如波浪般簇拥着洁白得如同凝脂的瓜子脸。上帝似乎对她特别青睐,把精雕细琢的五官如此巧妙地镶嵌在她的脸上,尤其是那双弯弯细眉下荡着柔媚的明眸,更是摄人心魄,令人不敢直视。

她坐到写字台的大班椅上,轻轻拿起电话听筒,蜻蜓点水般摁动着号码。几声长鸣后,听筒里传出低沉的男声:"怎么样了?"

刘眉细眉微蹙说:"吕安出事了。"

听筒里的声音沉着镇定,略略透着沙哑:"具体一点。"

"警察正在找他。"

"切除病变,确保安全。"

"让他躲一躲?"

"完全切除。"

刘眉拿听筒的手抖了抖,声音似有请求:"他不会惹什么事吧?"

男声用循循善诱的口吻,说出冷冰冰的话:"他已经惹事了。关键时刻,漫说壮士断腕,就是折腿剜心,也在所不惜。只要头脑还在,就能继续思想。"

刘眉脸上的肌肉抽搐了一下问:"什么时间?"

"今天,立刻!"说完,男人径自挂断电话。

刘眉发了会儿呆,拿出一支摩尔烟,正准备点燃,忽听外面传来脚步声,她匆忙把烟收起。这时,李新建和强民率刑警走进来,刘眉有些吃惊的样子站起来。

李新建不动声色地问:"这么晚了,刘总还没下班?"

刘眉笑眯眯地将李新建等人让到沙发上坐下,利索地倒茶递烟说:"李支队长可是稀客呀。"

李新建笑了笑:"听上去,刘总是欢迎我们常来啦?"

刘眉双眉微吊,嘴角轻颤说:"当然欢迎。"她这似嗔非嗔的一笑,略带些风尘味道。

李新建冷冷地反问道:"不会是欢迎我们常来办案吧?"

刘眉眼帘垂下,像是漫不经心地说:"有案子尽管办,我们全力配合。"

李新建手指轻叩茶几问:"今晚八点,有一杨姓男子在黄金海岸八号别墅被人杀害,你知道吗?"

刘眉毫不惊讶地迎向李新建直射而来的目光说:"我一直在酒店值班,业务繁忙,也算是日理万机的人。那种打打杀杀的场面我还没见过,当然电影电视上除外。再说啦,我也从来没去过那地方。"

李新建紧盯着刘眉说:"可你的红色法拉利跑车出现在案发现场。"

刘眉并不回避李新建的目光,坦然回答:"我晚上八点准备回家吃饭时,发现车子被盗,马上就报了案。如果你们对此有疑问,可以向值班保安和110报警台查询。"

强民拿出赵江和赵河的画像放到刘眉面前问:"这两个人你认识吗?"

刘眉仔细看了看画像,摇头道:"没有印象。"

李新建突然问:"你的副总经理吕安先生现在何处?"

刘眉神情很自然地回答道:"早就下班回家了吧?他是个很恋家的男人。"

李新建端起茶杯转了转说:"可他太太说,他被派到北京出差去了。"

刘眉很意外地睁大了十分好看的眼睛说:"不可能吧?我怎么不知道?"

李新建目光与她对视了一会儿,冷不防问道:"你们老板是谁?"

刘眉又笑了,眼角微斜瞟了李新建一眼:"李支队长真会开玩笑,你这不是明知故问吗?我们老板是郭小鹏,我这儿再向您汇报一遍,他是海州药业集团董事长兼总裁。"

李新建放下茶杯说:"能不能请你给他拨个电话,通报一声?"

刘眉把腮边的头发往后撩了撩说:"他在香港,我可以打到他住的酒店房间试试。"说罢拿起听筒。

李新建突然改变了主意说:"不用了,谢谢。"他站起身,强民和几位刑警也紧跟着站起。

"打扰了!"李新建边说边率刑警们向外走。

刘眉起身送客,客气地说:"如果李支队长有什么需要的话,请随时吩咐。"

05

刑警支队技术室里,巨大的工作台上摆满了爆炸现场取来的汽车碎片,李新建和强民等围站在工作台旁。

身穿白大褂的技术员讲述道:"经反复模拟实验,已初步查明宝马车爆炸起火的原因。罪犯将磁性炸弹吸附在车底驾驶室位置处,将遥控引爆装置与车载电话开机按组相连,在设置规定时间内,只要驾驶车的人拿起电话接通电源,几秒钟内就会引起爆炸。"

强民耸耸肩说:"既然这样,何必又请杀手又用女人,半道上把杨秋炸死不就完了吗?"

技术员侃侃而谈："这正是幕后凶手处心积虑的精心设计。遥控装置必须定时，如果稍有闪失，很可能在被杀对象没上车而其他人接电话时被引爆，就达不到杨秋必死无疑的预期目的。请杀手又用女人做诱饵，虽增加了作案风险和复杂性，却能保证志在必得，达到多重保险，让杨秋死无葬身之地。这是典型的高智商犯罪。"

一直沉默的李新建思索得似乎又深了一步，他接口道："也许两个杀手接到的指令是办了杨秋之后，驾宝马车离开现场，这样就可以达到灭口的目的或者是不必再付他们酬金。"

强民频频点头："这个分析倒很在理儿，可这动静也忒大了点儿。"

"是啊，闹这么大动静，难道就为杀个杨秋！"李新建自问自答，"似乎不仅是这些，我们还不妨再往深里想想。"

强民看着李新建说："杨秋后边，必定有毒品犯罪的重大背景！"

李新建面容渐渐冷峻起来，陷入沉思之中。这时，他的手机突然响了。他打开举在耳边说："是我。什么？"他勃然变色，大声道，"保护好现场，我马上就到！"

强民探过头来，问："又出事了？"

"去九号海滩！"李新建话未落音，人已蹿出门外。

天将破晓，海浪涌动着无边无际的深蓝，一抹黛青在东方沉浮，在片云不见的苍穹之涯有一弧柔美的银色曲线。

数辆警车警灯闪闪，警笛长鸣，撕破了海滩的静谧，风驰电掣般赶到案发现场。

李新建、强民等跳下车，飞奔过来。

海滩浅水区里泡着一具男尸，衣着完好，身体蜷曲，摆着一副很痛苦的姿势。

李新建、强民站在男尸旁，技侦人员在勘查验尸，闪光灯频频闪烁。

"是吕安，海州大厦副总经理。"强民肯定地说道。

李新建阴沉着脸，一声不吭。

技侦人员向李新建报告："初步鉴定，系溺水窒息死亡。"

"死亡时间？"李新建凝视着海面，加重语调，"要尽量确切！"

技侦人员答道："五小时以内，三小时以上。"

李新建略略弯下腰，用手电照着吕安扭曲变形的脸，冷冷地说道："不明不白地死在这种地方，真是死不瞑目啊！"他关闭手电，在半明半暗的晨光中，沉重地叹了口气。

成群的海鸟凄厉地鸣叫着在头顶上飞舞盘旋。

0 6

香港。

极目远望，高楼林立，维多利亚海湾沐浴在灿烂的阳光下，一片生机。

这是一间巨大的豪华办公室，室内布满了珍稀植物，阳光透过落地窗玻璃洒满了每个角落。这幢摩天大楼的主人——香港华龙集团董事局主席戴天正在招呼客人。他年近古稀，满头银发，儒雅的举止里透着一股沧桑。在他那刻满纹沟的脸上，你看不出丝毫的喜怒哀乐。他恭让客人落座："王兄别来无恙？"

来访的客人是香港某中资机构总裁王放，五十多岁，身材瘦削，戴着副秀琅眼镜。他双手抱拳说："托戴主席的福，还算过得去。"说着对站在旁边的一位年轻女士摆摆头，"你也坐吧，戴主席是我们的良师益友，不必拘束。"

戴天注意地看了看那位女士，轻抚沙发扶手，由衷地赞叹："王兄的这位小朋友让我想到了蒙娜丽莎，真真让我深感更加老迈了。请坐！请坐！"

女士略显羞涩地一笑："戴主席过奖，听我们王总介绍，您对我们支持可是不小呀，希望以后能得到您的栽培。"这位身着深色套裙、肩挎CD坤包、典型职业女性装束的端秀女子，在矜持地回应之后，轻轻落座。

戴天雪白的长眉微微耸动，说道："这是王兄客气了。"他让茶，"香港回归，已经三年。人心稳定，百业鼎盛。像贵公司这样背景坚深、实力雄厚的金融财团，必定会更加兴旺发达，前程无量啊！"

王放站起，环屋踱步说："戴主席这一房珍稀植物，集东西南北之精华，不论时令，常年怒放。若无上帝的青睐，恐难得此无限之生机，天遂人愿哪！"

戴天目光追随着王放，琢磨着来客话中的内涵。

王放坐下说："长话短说。今天拜望戴主席，有一事相求。"

戴天怔了怔说："王兄请讲。"

王放直视戴天问："海州药业集团在向贵公司融资？"

021

"确有此事,郭小鹏董事长已经数次来港寻求资金合作。接触几次之后,我也考察了海州药业的资信和郭先生的能力,目前达成合作意向,批准了可行性报告,并签订了协议。"戴天据实回答。

王放继续询问:"如果不涉及商业机密的话,戴主席能否透露合资的大致规模?"

"首期投入三千万港币,共四期,规模约在一亿五千万港币。"说到这儿,戴天往沙发背上靠了靠,望着王放试探道,"如果海州药业有什么问题的话,我可以设法收回成命。"

王放摆手说:"没有问题。我只是想知道,贵公司这么大一笔钱放出去,不派个人去监管?"

戴天似乎已经明白了对方的来意,迅速调整着思路说:"当然要派。"他扫了一眼安然静坐一旁的年轻女士,"王兄有合适的人选推荐?"

王放笑了:"知我者,戴老也。我正想向您推荐汪静飞小姐。"

戴天也笑道:"如果我没猜错的话,就是这位刚才捧我这个糟老头子的女士吧?"

汪静飞不失时机地将自己的简历递上,一言不发地旁坐静观。

戴天大致浏览一番后说:"想不到汪小姐的学历和资历可与花容媲美。"

汪静飞得体地欠欠身说:"戴主席过奖!"

王放起身告辞:"不耽误您的宝贵时间。"他看手表,"如果戴老方便的话,汪小姐就留在贵公司熟悉一下情况,也请戴主席进一步考察。我们希望她能尽快赴任。"

戴天起身送客说:"请王兄放心,我们会对汪小姐委以重任。"

三人走出，王放在电梯旁回身致谢："非常感谢戴主席鼎力相助。"

戴天握住王放的手笑道："区区小事，何足挂齿。1983年香港资金外逃和1998年亚洲金融风暴这两次大危机中，若非王兄内外斡旋，雪中送炭，华龙集团早已不复存在了。"

07

几片雪白的云絮在澄明的高空缓缓游走，将夏末秋初的天擦拭得瓦蓝瓦蓝。午后的阳光在略略转凉的秋风裹挟下，灿灿地发出耀眼的温柔，使人感受到了直透心肺的爽快。

海州机场。波音客机以标准的三点式平稳降落，发出巨大的轰鸣声。

海州药业集团董事长兼总裁郭小鹏，面带微笑走出机场出港口。他三十四五岁，挺拔消瘦，着一套休闲装，白衬衫笔挺，未系领带，手里提着一个没太多内容的羊皮包。他的身后是海州药业集团总工程师兼研发部主任费经纬。此人与郭小鹏年纪相仿，却要壮实许多，白净的面皮上架着副金丝眼镜，一副典型的知识分子模样。他右手提便携式电脑，左手拖一个蓝色航空箱。

早已迎候在出口处的刘眉和郭小鹏同母异父的弟弟林小亮快步上前。刘眉激动得眼眶有些潮湿，凝视着郭小鹏说："回来了，你总算回来了！"

郭小鹏默不作声地点头示意，将包递给林小亮，与热情迎候的集团其他核心人物一一握手，然后走向停车场。

郭小鹏的司机段海待老板上车后，驾着奔驰车缓缓启动。刘眉坐在郭身边，林小亮坐在副驾驶位置。

豪华车队驶出机场大道。

奔驰车内，激光唱机放出一曲节奏极强的迪斯科音乐，林小亮随着音乐摇头摆脑。

郭小鹏半躺在后座沙发椅上，双眼微眯，刘眉软软地倚偎在他身旁。

林小亮从前座回过头来笑问："二哥这次去香港，没捣鼓回几个钱来？"

郭小鹏板着脸，但口气并不严肃："作为海州药业集团的总裁助理兼销售中心主任，说话别总像个农贸市场的二道贩子，你现在也是有身份的人了。"

林小亮笑嘻嘻地说："我本来就有身份，那你教教我总裁助理该怎么说。"

郭小鹏显然很喜欢这个同母异父的弟弟，教导道："你的高干子弟身份受益于世袭，你现在应该这样问——总裁，此次海外融资收益如何？资金何时到位？"

林小亮鹦鹉学舌般地重复一遍，车上的人都笑了，气氛变得轻松起来。

刘眉注视着郭小鹏问："完成预期计划了吗？"

郭小鹏舒展一下身体，轻描淡写地回答："超额完成，首期投入三千万港币。"

刘眉高兴地说道："这回该给我们海州大厦一个保龄球馆、一个微型高尔夫球场了吧？"

郭小鹏摇头说："好钢要用在刀刃上。"

刘眉嘟着嘴反问道："那你的'刀刃'是什么？"

郭小鹏开始高屋建瓴地长篇大论："美国和欧洲的一批科学家研制出 PCR，也就是聚合酶链式反应，这是当代生物学上最伟大的发明，其科学意义远远超过了克隆技术。"

林小亮插嘴道："比'伟哥'还伟大吗？"

郭小鹏没有理睬，继续宣讲："据此发明，一批药物学家研制出了'聪明基因'。"

刘眉和林小亮显然是头一回听说，神情专注。

"简单地说，此药物能够到达神经细胞膜的神经末梢的 NR2B 次单位。这是一种生物天线，所有的哺乳动物都具备。它接收到聪明基因发出的信号后，产生的神经蛋白质的量就会增长，而这种增长，有助于人类联想能力的扩张。"郭小鹏停住，问，"你们能听懂吗？"

林小亮摇头，接着又赶紧显摆问："有一点好像听懂了，这玩意儿挺来钱吧？"

郭小鹏道："来钱是后话，现在讲的是投入。不投入，焉有产出？"

林小亮挺了挺腰说："肯定来大钱！俗话说，除了劫道，就是卖药！"

郭小鹏翻了林小亮一眼："你哪来的这么些俗话！"他突然转换了话题，"老爷子最近怎么样？"

林小亮答道："老样子，他还能怎么样？有时候腿不好，可他偏不吃药,而是专门锻炼那条病腿。我怕练坏了,就劝他,可他说这叫以毒攻毒,抓住要害,哪里有问题,就要针锋相对地迎着困难上。我说您这么大岁数了,老抓要害干什么呀?"

车内的人又都笑了,郭小鹏笑得含蓄而意味深长。

林小亮被笑声所鼓励,接着说:"老爷子还夸二哥来着。"

郭小鹏显然很在乎继父的赞扬,眉毛跳了跳,但矜持地不肯问。

林小亮懂得郭小鹏的心理,继续道:"他说二哥到底是在美国深造过的博士,比小强大哥强多了!"

郭小鹏勃然变色,低声喝道:"不要提他!"

林小亮立刻噤了声,车内气氛又沉闷起来。

刘眉的手机恰在这时响了,她举起接听:"喂……是我。哦,李支队长,你好……嗯、嗯……我现在在车上,马上就回大厦……好的,好的,再见!"她关上手机后侧身对郭小鹏低声道,"公安局刑警支队副队长李新建。"

郭小鹏眯上双眼漫不经心地问:"什么事?"

刘眉答:"吕安溺水身亡,姓李的要了解一些情况。"

郭小鹏身体斜仰,装傻问:"吕安?"

刘眉面不改色地说:"海州大厦副总。"

郭小鹏眉毛一扬,睁开眼又问:"事故?"

刘眉不置可否地说:"可能吧。"

"你要全力配合公安部门的调查。"郭小鹏很原则地指示道。

刘眉点点头,嘴里轻轻吐出一个字:"是。"

当郭小鹏等走出机场大门之时，一位西装革履、戴着副深色眼镜的男子便不远不近、不紧不慢地跟随着。此刻，他乘坐的出租车正紧跟在豪华车队的后面。

坐在出租车里的男人已经摘下了墨镜，死死盯着前边的奔驰车，突然对司机命令道："超过去！"

司机猛加油门，出租车如离弦之箭飞速射出，超过豪华车队，与奔驰车并行。出租车连鸣喇叭，向奔驰车发出超车信号，引起郭小鹏等人注意，只见一张横眉冷对的面孔忽闪而过。紧接着一交警骑摩托车飞速疾驰，追上出租车把它逼到路边故障区停住。郭小鹏的豪华车队刷刷地超过出租车远去。

身材魁梧的交警走到出租车前，把头盔风挡往上一推，原来是强民。他向出租车司机伸出手说："驾驶证。"

司机乖乖地把本儿递上，套近乎说："大爷，您忙！"

强民瞥了一眼车内，把驾驶证副件收入衣袋说："知道犯了什么事儿吗？"

司机连忙点头："知道、知道，是超速行驶。"

强民板着脸问："明知故犯？"

司机指指车后座说："是他让我超的，人家有急事儿。"

强民俯身看车内的人，那人把脸扭到一边，纹丝不动。

强民对司机发火："他让你超你就超了，他让你杀人去不去？交通规则是法律！法律，你懂吗？"

司机蔫了，吭哧着说："懂，懂……"

强民挥手放行："到交警四大队办罚款手续！"说着摩托一甩头向回开去。

司机叫苦不迭:"哎哟,大爷!这说罚就罚呀?"嚷罢狠狠瞪了乘客一眼。那人冷着脸说:"我付你罚款五倍的钱,行了吧?快走!"

出租车司机笑了。

0 8

刑警支队审讯室里,海州黑道大哥袁同军戴着手铐,低头坐在铁栅栏后的椅子上。李新建嘴角撇着,以嘲弄的口吻道:"姓袁的,一年多没在这儿见面了,能耐见长啊!"

袁同军谦恭地直点头:"不敢,不敢。"

李新建把叼在嘴角的烟从左边移到右边,显得十分熟练:"原先不过是领导个把小偷、妓女啥的,现在修成正果,干开杀人的买卖了。这买卖特来钱吧?"

袁同军着急地辩白道:"凭我这胆量,哪敢杀人啊?李支队别开玩笑。"

李新建噗的一声把烟头吐在地上,骂道:"操!你看我是开玩笑吗?抬起头来!"

袁同军赶紧抬头,一副很委屈的样子。

李新建提高了音调说:"别装得像孙子!我告诉你,现在说,我也许还能帮上忙,待会儿怕是想帮也帮不上啦!"

袁同军额上的汗渗出来了,忙不迭说:"是!是!"他眼珠子贼溜溜乱转。

李新建一合笔记本，起身欲离开。袁同军慌了："我说！我说……"

李新建重又坐下，袁同军又犹豫起来。李新建生气地一拍桌子，站起来就往外走。袁同军扑到铁栅前，可怜巴巴地哀求："李支队，你别走啊。我说，我全说，真的！"

李新建不耐烦地坐下说："我见过遛马、遛狗，还没见过遛警察的！"

袁同军有气无力地倒在椅子上说："吕安让我给他找两个杀手，说不怕贵，要最好的。"

"杀谁？"

"你知道我们这行的规矩，他没说，我也没问。"

"你们的行规确实够大，比刑法还大？得了多少钱？"

"两万。"

"不少！"李新建突然加快语调，"吕安的老板是谁？男的，女的？"

袁同军苦着脸说："这我可真不知道，吕安说他跟那人有仇……"

强民这时风风火火地推门进来，向李新建使个眼色又退出去。李新建对袁同军说："把事情经过给我写清楚。下去吧！"

李新建推开办公室的门，见强民正坐在那儿抹汗。他调侃道："看你那惊弓之鸟的样儿，让情人的老公给逮住啦？"

强民灌了一大口凉开水说："见鬼！我看见杨秋了……"

李新建惊诧地盯着强民说："我可是无神论者，你少耍我啊！"

"真的！"强民急了。

李新建认真起来，问："在哪儿看见的！"

强民拿起李新建的烟就抽，边抽边说："在机场。我想盯刘眉，没想到活见鬼了，杨秋人模狗样从国际航班上下来了！"

李新建若有所思地说："会不会是他的孪生哥哥杨春？"

"对呀！"强民一拍脑袋，"我怎么就没朝这儿想？"

"这就是你只能当大队长，而不能干副支队长的原因！"李新建拍了拍强民的肩膀，"别那么不服气地看着我，后来呢？"

强民抽了口烟说："这么看来，绝对不会错，肯定是杨春。这小子不愧当过演员，化装盯梢样样都会，见刘眉他们和刚下飞机的董事长上了车，坐着出租就跟了上去。我一看来不及，向机场路口的交警要了辆摩托也跟了去。"

李新建心事重重地缓缓说道："杨春——看样子他是从国外回来给弟弟报仇来了。"

09

这是一个颇具规模的高新技术工业园区，开阔舒展。咖啡色的大理石门楣旁镶着几个金色大字"海州药业集团"。新搭的彩门上悬挂着巨幅标语：热烈欢迎省市领导暨政协考察团莅临视察指导。

警车开道的豪华车队鱼贯驶入大门，停在总部大楼前的广场上。

郭小鹏率公司领导列队迎接，他一改休闲风韵，西服考究，风度翩翩。

海州市市长金滨率先下车后,将郭小鹏介绍给于副省长:"于副省长,这位就是海州药业集团董事长兼总裁郭小鹏先生。东南亚金融危机以来,我市的出口大幅度萎缩,海州药业的出口、利税非但未减,反而有相当幅度的增长。现在他们是我市民营企业中的龙头老大。"

于副省长幽默地说:"咱们先看看老大的全貌如何?"

郭小鹏略一欠身:"请于省长指导。"随即带领导和政协委员们参观。

刘眉驾着失而复得的红色法拉利跑车赶回海州大厦,见李新建已在大堂等候。她满面春风地迎上去说:"李支队长,对不起,让您久等了!"

李新建轻轻握了握刘眉递过来的手说:"没关系,你是日理万机的老总嘛。"

刘眉对李新建的讥诮之语似乎无丝毫介意,热情地将他请到酒吧靠窗的位置落座,随即吩咐服务员:"来两杯哥伦比亚精品咖啡,味道浓一点。"

李新建继续调侃道:"刘总虽然是日理万机,却不见一丝倦意,果真是春风得意马蹄疾啊!"

刘眉开始声色不露地回敬:"李大支队长召见,我分秒也不敢耽搁呀!"

李新建顿觉与女人斗嘴饶舌的无聊,话锋一转,直奔主题:"刘总对吕安之死有什么看法?"

刘眉镇定如常地说:"这事很突然,我深感遗憾。"

"你对你的副手了解吗?"李新建陡地收回咄咄逼人的利刃,采取迂回战术。

刘眉莞尔一笑,沉着地应付:"了解是相对的。我并不清楚每位员工的私人生活。"

"那么,他工作上的事呢?和你相处怎么样?"李新建虚晃一枪。

刘眉耸耸肩说:"工作上的事嘛,就是这样,如你看到的,周而复始。我倒没看出他有什么反常,吕安这个人口碑还是不错的。"

李新建再次单刀直入:"他介入了杨秋谋杀案,而且背景很深。"说罢,目光如电,直射刘眉。

刘眉泰然处之,惊讶地反问:"他介入了谋杀案?这怎么可能?"

"刘总是凭什么得出这样的推断,能否请你谈谈不愿意置信的理由?"

"很简单,我相信我的同事不会做出害人性命的事。当然,这只是我的直感,李支队长既然言之凿凿地认定他干了这种事,我只能对自己的感觉和印象表示怀疑。如无不妥,我对此倒有很强烈的好奇心。"

李新建呷了一口咖啡说:"兔死狗烹,杀完杨秋,也就轮到了他自己。"

刘眉已明确地感到了利刃的寒意,敏感地问道:"凶手找到了?"

李新建嘴角露出微笑:"我并没有说吕安是他杀。"

刘眉从容反击:"你用'兔死狗烹'的典故否定了自杀,不是吗?"

李新建不得不对面前这个面容妩媚的年轻女子刮目相看了,说道:"刘总能为我们提供些线索吗?"

刘眉一笑,在纸上迅速写下若干人名说:"这些人和吕安私交甚好,你不妨问问。"

李新建收起纸条点点头:"谢谢,打扰了。"起身告辞。

刘眉送李新建到大堂门口,客套道:"如果需要配合,请尽管吩咐。"

李新建好像突然想起什么,回头问:"杨秋有个孪生哥哥叫杨春的,你认识吗?"

刘眉不动声色地答道:"不认识,听说过。"

李新建意味深长地说道:"万一他来找你,麻烦通报一声。据可靠消息,他已到了海州市!"说罢,笑着转身离去。

刘眉站在原地,怔怔地发呆,后心不禁生起一股凉气。

于副省长和金市长等在郭小鹏等人陪同下进入现代化厂房车间。

一条条高速运转的生产流水线,显得气派壮观。身着白大褂的工作人员实施电脑操作,井然有序。

于副省长满意地点头对金市长道:"这位年轻的董事长蛮能干的嘛!"

金市长如数家珍地说:"小鹏是美国普林斯顿大学化学博士,学成回国后盘下一家小型国营药厂,不过六年工夫,就发展到今天的规模,被誉为海州的奇迹。现在他拥有净资产十个多亿,员工近两千人,其中有博士、硕士二十多名,大专以上学历者占员工总数的百分之七十以上,他本人是博士生导师、全国劳动模范、省政协委员、海州大学客座教授。"

于副省长突然想起了什么,问道:"你刚才说他老爷子,他老爷子是谁?"

金市长答道:"省委原副书记、省政协主席林子烈同志。"

于副省长狐疑地扶了扶眼镜架说:"林老的儿子不是被判刑了吗?"

金市长连忙解释:"您刚从北京调来,可能不太了解。被判刑的是林老亲生的大儿子林小强,郭小鹏是他的第二任太太带过来的。后来他们又生了个小儿子林小亮,也在这儿工作。"

于副省长笑起来:"嗯,还蛮复杂的。"他是位头脑灵活、在官场上久经历练的人,旋即把敏感的话题切换到其他领域,"听说他们最近研制出一种与戒毒有关的新特药是吗?"

金市长对技术细节不甚了了,赶紧招呼正往这边走来的郭小鹏:"来来,小鹏,于副省长很关心你们的戒毒灵研制,你汇报汇报!"

郭小鹏介绍说:"于省长,我们研制的戒毒灵,已经通过专家鉴定,一旦获得卫生部批准,我们准备马上就投入批量生产。"

于副省长问:"临床效果如何?"

郭小鹏答:"不夸张地说,应该是目前国内同类药物中效果最好的。"

于副省长颔首称赞:"你们做了件大好事啊,郭小鹏同志!"

受到鼓励的郭小鹏颇感激动,接着道:"另外,我们准备投资兴建一座戒毒疗养院,第一个疗程全部免费。"

于副省长饶有兴趣地看着郭小鹏夸道:"民营企业家有你这样胸怀的可不多呀!"

郭小鹏略显腼腆地说:"取之于民,用之于民,这才是财富的唯一归宿。"

于副省长欣慰地拍了拍郭小鹏的肩膀。

10

三菱越野车渐渐驶离灯火灿烂的市区,在市郊一条幽深的巷子里停住。李新建和强民身着便衣,沿着崎岖、潮湿、肮脏的狭窄路面行走。李新建说:"我真不知道海州还有这种鬼地方!"强民闷声闷气地揶揄李新建:"不知是你这位领导高高在上,还是少见多怪,藏污纳垢,比这脏的地方多了。"李新建搗强民一下说:"少放肆!"

到了小巷尽头,拐个弯,忽然柳暗花明起来:霓虹灯闪烁,路两旁橱窗前,一些浓妆艳抹、袒胸露背的小姐搔首弄姿,正与面目阴暗的先生们进行着交易。

李新建愤然道:"这种地方真该彻底清理!"

强民怪腔怪调地说:"万恶淫为首,苍蝇不叮没缝的蛋。它对像我这样结过婚、知道男女之事的人影响倒不大,关键是它引诱无知的青少年和像你这样的光棍儿。"

李新建对他这位部下兼搭档显然有些无奈,可又实在无法容忍他肆无忌惮,于是回击道:"我看嫖娼的人多半都结过婚,至少知道男女之事!"说罢,狠狠瞪了强民一眼。

说话间,他们已来到娱乐城门口,霓虹灯闪着"夜巴黎"三个大字。二人往里走,一个穿保安制服的彪形大汉把他们拦住,命令道:"买门票!"

强民斜眼瞅瞅保安说:"没听说过到夜总会还要买门票的。"

保安盛气凌人地说:"没听说过的事多了!"

李新建对保安道:"我们找一位姓焦的。"

保安脖子一梗,话说得很粗俗:"你想找人性交,更得买票!"

强民忍无可忍地说:"我这儿有样东西,不知道好使不好使!"他拉开夹克取警官证的同时,顺便把腋下的手枪背套也露了出来。

保安一见赶紧说:"好使,好使!里边请……"

李新建和强民穿过歌舞大厅,几个衣着暴露的女人在布满污斑的红绒布前粗俗地表演艳舞,一群小青年和几个胡子拉碴的汉子在如痴如醉地看着。他们又穿过一溜灯光昏暗、里边传出浪声淫语的包厢,到了经理办公室。所谓经理办公室,不过是个用三合板隔离出来的小空间,灯光幽幽,陈设简陋,弥漫着一股很浓的霉湿味儿。街面的嘈杂声、刺耳的音乐声、醉汉的唱歌声、小姐的娇笑声等噪声,声声入耳。

焦经理是个身材不高、四十多岁的男子。他热情地递烟倒茶,油腔滑调地说:"二位队长,我们一贯遵纪守法,从来不搞三陪什么的,更不用说卖淫嫖娼了,那种玩意儿污染社会空气还犯法不是?"

强民先声夺人地斥责说:"你是睁着眼睛说瞎话!"他指指外面。

被戳穿谎言的焦经理却毫无尴尬之意,辩解道:"强大队,这世道就是这样。你想想,有买的,就有卖的。现在不是市场经济吗?别出格弄出人命就行。您需要什么尽管吩咐,人、财、物都有!"

李新建正色说:"你糟蹋自己可以,但最好别糟蹋我们的社会。我们啥都不需要,只需要和你谈谈!"

焦经理心想,老子是开破歌厅的,又没犯什么刑律,也没啥把柄叫你们攥着,唬不倒咱,于是大大咧咧地道:"您随便问,只要我知道的。"

强民冷冷地说:"你谈谈海州大厦的情况。"

焦经理一怔,反问:"海州大厦?你们找错人了吧?"

强民依然是冷冷的口吻:"听说你当过海州大厦娱乐部经理是吧?"

焦经理圆滑地答道:"陈芝麻,烂谷子,那是过时的老皇历了。"

李新建扫视一眼墙上的裸女招贴画说:"就翻翻这老皇历!"

焦经理仰头做回忆状:"也没什么好说的,又不是光辉的革命经历。"

强民勃然变色:"你是林小强的铁杆,你没说的,谁有说的?姓焦的,你别以为哥们是刑警,不管娱乐场所。老子把警车往你门口一停,警灯一亮,看他妈的谁还敢来唱歌!"

焦经理被镇住了,嘟哝道:"你……你们要问什么?"

李新建敲敲写字台说："从海州大厦的来历说起，详细些！"

焦经理点头哈腰，一脸诚实状："你们知道，海州大厦的首任老板是林小强。林总趁他老爹当海州市委书记时，用没法再便宜的价格买下了刚建成的大厦，没多久，他家老爷子也升到省里当副书记去了。大厦一开张，生意就火得不得了，当然包括色情服务。可没折腾几年，就昙花一现地给败了。"

"什么原因？"李新建问。

"大概是他老爷子退居二线了吧？"焦经理含糊其词。

强民又想发火："看样子你是不想在这儿好好说？"

焦经理不由自主地直摆手，加快语速道："后来来了个刘眉，她先当大堂经理，然后没几天就变成了副总经理，我们林总就一天天败下去了。先是吸毒，把大厦的流动资金都吸光了，他只好借高利贷，利滚利，驴打滚，一两年工夫，大厦就成别人的了。"

李新建有了兴趣，追问："别人是谁？"

焦经理被逼到死角，哭丧着脸喃喃地道："知道您还问？他那'拖油瓶'的弟弟……"

李新建眉毛一抖问："郭小鹏？"

焦经理点头。

李新建陷入了沉思……

11

香港某中资机构大厦，夜。

汪静飞乘电动扶梯缓缓出现在灯火辉煌的大厅里，换乘高速电梯直达顶层。电梯门开处，一个秘书已欠身恭候："汪小姐，总裁在办公室等您，请！"

秘书引汪静飞穿过办公室外间进入密室，王放站起身来，秘书隐退。

汪静飞坐定后说："我还是头一次进总裁的办公室。"

王放亲切地给汪静飞倒茶，玩笑说："你是在批评我高高在上？"汪静飞指指窗外说："三十三层，确实够高的。"王放感慨道："高处不胜寒呀！"

汪静飞的目光浏览着满满当当的书橱，禁不住问："这些书您都读过？"

王放笑了笑，说道："我是学历史的，'二十四史'还是读过的，卡片就做了几千张。英文书只是读个大概，因为它们大都涉及科技领域。总而言之，我是好读书，而不求甚解。"

汪静飞颇有敬佩之色，又问："对工作很有帮助吧？"

王放摘下眼镜，擦了擦，又戴上，慢悠悠地说道："研究'二十四史'，就是研究人性。有史以来，人性的变化不是很大，人的进化是靠自然环境的影响和先进生产力的作用。举个例子，《诗经》中描写的爱情和现代爱情，没有本质的区别，而科技却是日新月异。"

汪静飞一时跟不上王放的思路，只好洗耳恭听。

王放继续道："海州药业是一个大系统中的局部，不要孤立地看待它，要搞清楚它输入和输出的途径。你的任务十分艰巨，作为一位年轻女性，承受力是有限的，你要坚强些。"

汪静飞面部的表情庄重起来,深感责任重大。她轻声说:"我有思想准备。"

王放站起,轻步踱到落地窗下的热带植物盆景前,在一株产于沙漠边缘的非洲并蒂莲旁站住,轻轻拨弄翠绿欲滴的叶片,随口问:"听说你有一位男朋友在海州?"

汪静飞浑身一震,两颊飞红,激动地反问:"他在海州吗?"

王放点头,目光有些热烈,注视着汪静飞。

汪静飞努力使自己平静下来,解释说:"我们失去联系已经多年了。"

王放回到写字台前,问:"你还爱他吗?"

汪静飞眼睫微颤,沉默不语。王放脸上的神情很严肃:"希望你能跟我讲实话!"汪静飞点头,但又很快地摇了摇头,咬着嘴唇低声却是决绝地蹦出几个字:"我可以放弃!"

王放叹了口气,脸上流露出同情说:"我没有让你放弃,只是需要暂时做出牺牲。"

汪静飞很快便恢复了沉静,对王放点点头说:"我知道应该怎么做。"

王放在写字台后坐下,双臂支桌,十指交叉轻轻一握说:"这我就放心了。"语调接着冷峻起来,"海州药业是个拥有数亿资产、几千职工的高科技企业。如果这个企业垮了,将会给国家带来不可弥补的损失。之所以派你去,目的就是把有关它的一切都……"他挥挥手,"数字化了。明白吗?"

汪静飞扬脸答道:"明白!"

12

沉默寡言的段海驾驶着奔驰车疾驶在黑夜中，路在车灯的照射下无尽地延伸。郭小鹏在后座闭目养神，刘眉依偎在他身边。

街灯在郭小鹏恬静的脸上跳动，刘眉仰脸看着他，轻声问："回家吧？"

郭小鹏闭着眼说："不，去西山。"

"我很想你。"刘眉的声音柔柔的。

郭小鹏不无敷衍地低声道："我也想你。"他睁开眼，"可你知道我的规矩，先看母亲。"

刘眉幽怨地道："规矩就不能改改吗？"

郭小鹏声音变冷："不能！"

段海将激光音响的音量调小，一个女歌星哀怨的歌声在车内缭绕飘荡。

车子驶入别墅区大门，沿着树影婆娑的坡路开了一段，停在一栋孤立的小楼前。郭小鹏对段海说了句"送刘总回公寓"，也没跟刘眉告别，径自下车走去。奔驰车原地打了个弯儿返回，郭小鹏头也不回地走上楼前台阶。

轿车在黑夜中飞驰，刘眉眼里溢出几颗泪珠来。

郭小鹏蹑手蹑脚走上楼梯，进入灯光幽暗、房门虚掩的卧室。郭母问了声："是鹏儿？"声音柔软悦耳。郭小鹏走到沙发前慢慢蹲下喊："妈。"正窝在沙发里看电视的郭母坐直身体，面向儿子问："今天刚回来？"郭小鹏嗯了一声，仔细看着母亲的脸。这张脸虽纹路密布，但仍可称风韵犹存。郭母无言地抚摸儿子的脸，细细的指尖里传送出浓浓的亲情和母爱。郭小鹏的眼角悄然渗出晶亮的泪滴,只有跟母亲在一起,他的心才如一摊软泥。

郭母把儿子拉到身边坐下,问:"去咱们从前住过的地方了吗?"

"去了,还给您拍了相片回来。"郭小鹏说着,取出相片给母亲看。

郭母看着照片,顿生伤感:"真是物在人亡啊!"

郭小鹏拿出一张激光唱片说:"我把您以前演出的录音带和影像资料,都灌到这张光盘里了,咱们看看?"

郭母恍然点头。郭小鹏将光盘插入DVD中,房间里立刻回荡起柔曼悦耳的越剧《梁祝》,屏幕上出现了郭母年轻时的扮相。

郭小鹏趁母亲沉浸其中,到浴室打来一盆热水,轻轻为母亲洗脚。郭母闭着眼睛说:"录音带我都听腻了,效果哪有这么好?你哄妈妈吗?"郭小鹏强忍心酸说:"您自己唱的,听不出来了?我只是做了些技术处理。"

郭母无力地靠在沙发上,双目紧闭,泪水无声地顺着脸上的纹沟流淌。

乐曲如泣如诉,阅尽人世悲欢。郭小鹏回忆起往事,柔肠寸断,泪如泉涌。

刘眉回到独居的豪华套房,心如止水,倍感孤独。她徐徐宽衣解带,进入浴室。淋浴喷头无声地喷射出温热的水雾,冲洗着她洁白细腻的肌肤。她双目紧闭,泪水长流,瓷白的玉牙把下唇咬出几点血红的齿痕。一股刻骨铭心的落寞顿时从心底生起,渐渐弥漫到全身。她猛地扑到落满水雾的梳妆镜前，擦出一片清晰，露出自己美艳动人的脸庞。她久久地看着，泪水再次从眼里涌出，狠声骂道："郭小鹏，冷血动物！"

刘眉裹着浴巾，赤脚走出浴室，忽然瞪大了眼睛。杨春端坐在落地灯旁的沙发上，幽灵般阴森的目光隐含冷笑。

刘眉顿觉魂飞魄散，发出一声尖叫。杨春指指床沿，阴沉地命令道："刘小姐，请坐！"刘眉下意识地遵从他的指令，慢慢坐到床沿。

杨春冷笑道："刘小姐果然漂亮，难怪我弟弟会鬼迷心窍。"

刘眉神情稍有缓和："你……你不是杨秋？"

杨春浓眉一竖："废话！杨秋在哪儿，你应该最清楚！"

刘眉声音发颤地问："那你是谁？"

杨春猛地起身："再多一句，我就把你这条美女蛇的毒芯子拔出来！"他狠吸一口粗大的雪茄，慢慢逼近刘眉，把浓烈的烟雾喷到她脸上，"说说看，你是怎么干掉我弟弟的？"

"你……你是杨春！"刘眉毕竟是女流之辈，面对暴力，恐怖使她浑身战栗，"不……不是我。你弟弟不是我杀的！"

"啪——"杨春一个耳光将刘眉打倒在床上，他骂道："臭婊子！我废了你！"他一把拽掉刘眉的浴巾，纵身骑到刘眉身上，双臂一发力，将其掀仰朝上。刘眉凝脂般丰腴的双乳剧烈地颤动着，杨春看得呆了呆。

刘眉趁着这短暂的空隙，放声尖叫，拼命挣扎，试图向邻居求援。

杨春一把揪住她的长发，咬牙切齿地狠声道："我已经查得清清楚楚,就是你这个臭娘儿们,把我弟弟勾引到八号别墅,又派杀手又炸车,你今天必须偿命!说吧,想怎么死?"

面临绝境,刘眉反倒镇静了:"你想怎么杀,就怎么杀吧……"她突然转成歇斯底里,"反正我早晚要死在你们这帮猪狗不如的臭男人手里!杀呀!"

杨春被她突然的疯狂给镇住了,一时不知所措。刘眉像只母兽般狂吼:"害怕了?没用的东西!"她猛然翻身压住杨春。杨春不敢怠慢,奋力把她掀到旁边,爬起来又压上去,双手掐住她细弱的脖颈。刘眉拼命摆头,喉咙里挤出低沉的哀鸣……

"砰",门突然被撞开,李新建和强民持枪冲入,吼道:"不许动!"

刘眉大惊失色,揉着喉咙,忙拉过毛毯裹住赤裸的身体。面对黑洞洞的枪口,杨春也不敢妄动。

李新建指着杨春,命令强民:"把他铐上!"

强民上前熟练地给杨春戴上手铐。不料,刘眉裹着毯子,平静地说话了:"李支队长,你们误会了!"

李新建回头诧异地望着刘眉。刘眉舔了舔干燥的嘴唇,"你们进来得太突然,所以我没来得及向你们介绍,这是我的男友杨春。"强民下意识地反问:"男友?"

刘眉已完全恢复常态,点点头说:"对,我们相爱多年,他刚从国外回来,久别重逢,亲热亲热不犯法吧?"

绝处逢生的杨春赶紧说:"对,是这样。是这样……"

李新建不睬杨春,盯着刘眉问道:"亲热到杀人的程度?"

刘眉眼角一挑:"您难道不知道,这是很时髦的做爱方式?"

强民推了杨春一把说:"李支队,先把这家伙带回局里再说。"

刘眉正色道:"李支队长,你们没有搜查证,随便闯入我的私人住宅,这是其一。你们没有逮捕证和拘留证,就要把人带走,这是其二。我提醒你,现在可是法治社会!"

李新建冷冷地说道:"如果发现犯罪嫌疑人正在实施犯罪,我们有权制止并实施拘捕,然后补办手续。"他把脸转向杨春,"杨春先生,现在,我以强奸、杀人未遂嫌疑拘留你。带走!"

强民抓住杨春后衣领将他推出门外,刘眉猛地扯开毛毯喊道:"你这是滥用职权!"

李新建蓦然回过头来,满脸的厌恶,眼里闪出电光石火般的光……

第二章 昔日女友

太阳升起来了，柔和的光镀亮了山坡上或红或黄或蓝的野花，他们的心胸陡然之间开阔起来。她说："我们是光明的使者。"他说："更是驱逐黑暗的勇士。"她又说："生命因创造和奉献而有价值。"他点点头："就像这辉煌无私的阳光……"

01

郭小鹏的住宅位于舰桥半岛的最东端,深蓝色的铝合金玻璃幕墙与大海融为一体,显得端庄而又别具风情。

奔驰车无声无息地驶入大门,沿着灯光斑驳的曲径缓缓行驶,在布满攀援植物的别墅前停下。郭小鹏下车走进门厅时,发现那辆红色法拉利跑车停在暗影里。他走进宽阔豪华的客厅,脱掉西装换上睡衣。刚坐到沙发上,电话响了。他拿起听筒:"我是郭小鹏。戴主席,您好。您的全权代理明天下午就到?太好了。我一定亲自去接。有关背景资料的电子邮件?我马上打开电子信箱。好,就这样。再见!"

他放下电话,随即打开手提电脑,查阅电邮资料。汪静飞的玉照出现在电脑屏幕上:天生丽质,神采飞扬,有一种摄人心魄的力量。郭小鹏无形中被强烈地吸引,目不转睛,心驰神往。

刘眉此时身着轻纱睡裙,双手捧着一盅微烫的参翅汤走出,含情脉脉如贤妻良母。

郭小鹏关闭电脑,接过参翅汤,用金质小勺斯文地吃着,一派温馨的家庭气氛。刘眉守在一旁看着他吃,脸上溢满甜甜的微笑,透出深深的眷恋。

郭小鹏用刘眉递上的小毛巾擦擦嘴后,表扬道:"你做的鱼翅手艺见长。"

刘眉粲然一笑:"哪儿是我做的。我把上次唐兄送来的整翅拿到东海饭店,请阿威师傅一下子全做了。然后把它密封包装,放到冰箱里，想吃的时候，用微波炉一热就行。"

"阿威师傅？我怎么没听说过？"郭小鹏道。

刘眉介绍说："他是从香港来客串的，听说是鱼翅、鲍鱼名家杨先生的高徒。"

郭小鹏笑道："那这碗参翅汤就价值连城了。"

"我没给他们钱，用碎翅抵了工时费。"刘眉一副当家主妇的口吻。

郭小鹏起身边走向卧室边说："他们把碎翅一粘一压，又变成整翅去哄人，没给你剩多少。"

刘眉跟着站起说："没多少就没多少，反正你一年到头在家里也吃不了几餐饭。"

郭小鹏似乎很不愿意听到这个"家"字，面露不悦之色。

已熄灯就寝的张啸华被床头电话铃声惊醒，只好开灯拿起听筒接听："新建啊？紧急汇报案情？你看看几点了，我还不睡？什么，你们就在门外？那好吧。等着啊！"

张啸华边穿睡衣边对妻子说："这不是逼宫吗？我平常太娇惯新建了，待会儿得给他点颜色看看。要不然，见局长就跟回他们家似的，手下这几千弟兄就没法管了。"

他说着已穿好了衣服，打开房门，李新建和强民笑嘻嘻地踅进客厅里来。

李新建点头哈腰说："打搅首长休息，不好意思。"

张啸华瞪了他一眼说："那就别打搅。好了，好了，别摆出那副穷酸相，什么事坐下说吧。"

李新建坐在沙发上说："案子的大体轮廓，我们已经基本查清了。"

张啸华拿出中华烟招待："抽烟。"

李新建抽出一支递给强民，又抽出一支自己点着，说："杨秋被杀，显然是制贩毒团伙或是说集团内部黑吃黑的结果。"

"说具体点儿。"张啸华言简意赅。

李新建抽了口烟，略作思索，说道："杨秋涉嫌毒品犯罪，并且暗中控制着海州及通向海外的毒品市场，证据确凿；而另一个团伙为了争夺这块肥肉，就必须除掉杨秋，以独占鳌头。杨秋被杀后，吕安也就必死无疑，从而达到完全掐断线索的目的。可他们没有想到，杨春从国外回来为弟弟报仇，这匹识途老马顺利地将我们带进了刘眉的卧室里，使对方的犯罪动机和背景初露端倪。"

张啸华浓眉一蹙："谁？"

"海州大厦！"李新建用不容置疑的口吻答道。

张啸华简洁地问道："主谋？"

"总经理刘眉。"李新建一副胸有成竹的样子。

张啸华侧过身子，又问："证据？"

"海州大厦副总经理吕安出面雇请杀手，杨秋被神秘女人诱到八号别墅死于非命，而杨春千里迢迢回国后就直奔刘眉。这一切都证明，刘眉有重大犯罪嫌疑。"李新建推断得丝丝入扣。

张啸华仍有疑问："你刚才说在拘捕杨春时，刘眉说他是自己的情人，这又该作何解释？"

"这更从反面证明了杨和刘之间存在着共同的利益关系。"李新建身子一挺,"杨春现已拘押,我建议立刻逮捕刘眉,双管齐下,突破缺口,迷雾重重的海州毒品案就会真相大白!"

张啸华身体往后一靠,说道:"说了半天,你们除了死去的杨秋外,对两名所谓的犯罪嫌疑人没有拿到任何过硬的证据。你们不想想,光凭想象和推理,检察院能批准逮捕吗?"

强民插嘴道:"可以先拘留,如果在规定时间内没有突破,咱就申请延期。反正他们的屁股也不干净,把各种疑点汇集起来慢慢查呗!关他们半年,一点问题没有!"

李新建觉得强民的话出格了,赶紧训斥道:"你这是刑警说的话吗?法盲!"

强民被噎得直翻白眼,不服地嘟囔道:"事事都照规矩办,鬼知道哪天才能破案。"

李新建瞪了他一眼说:"那也不能胡来。我个人认为,此案有可能涉及海州药业集团某些头头脑脑。我们顺藤摸瓜,说不定能牵出大家伙来。"

张啸华马上划定范围说:"海州药业是我们市高科技产业龙头,不能轻举妄动。对郭小鹏,更不能随便怀疑。你们的调查范围,目前到刘眉这个层次为止。凡涉及更深的犯罪背景,由上级领导机关统一部署侦破工作。对刘眉采取任何重大行动,都必须经局党委批准后才能实施。考虑到杨春的华裔美籍身份,如无确凿罪证,不宜长时间拘留。马上放人!"

郭小鹏和刘眉站在巨大的梳妆镜前，互相凝视着镜中对方的眼睛。温柔写意的爱抚，激情渐涌，终于演变为幽暗灯光下惊心动魄的狂潮。急风暴雨后的平静中，刘眉小鸟依人般偎在郭小鹏怀里。

郭小鹏似乎是在无意中提起一件事，说道："香港华龙集团将派出全权代表介入海州药业高层管理。这么大一笔钱放进别人口袋里，派个人来监管也属天经地义，这位代理明天就到海州。"

刘眉仍沉浸在刚才的热潮之中，闭着眼睛温柔地嗯了一声。

郭小鹏渐渐逼近主题："华龙集团董事局和戴天主席要求这位全权代理担任实职和正职。海州药业大小三十多个企业，其核心是药品生产和销售，这一块容不得旁人染指。金融证券和房地产也还实力雄厚，但与政府部门和特殊客户关系密切，外人也不能插手。其他企业，虽不影响重大商业机密和经济命脉，可又分量太轻，恐怕难表我方的合作诚意。选来选去，四星级的酒店海州大厦倒是一个最合适的位置，华龙集团也有此意。"

刘眉倏地睁开了眼睛，身子微微一抖。郭小鹏把她抱得更紧些，身体语言比苍白的对话更有力量。刘眉忽觉有些委屈，泪光闪烁。

郭小鹏吻了吻她的秀发说："我当然不会委屈你。你将进入集团董事会，兼任海州药业总裁助理，分管海州大厦和集团财务。另外，你会得到增加的百分之三的公司股份。"

刘眉鼻翼轻颤，晶莹的泪珠如断线般无言地滚落。郭小鹏似乎良心上有些不安，问道："眉儿，你还想要什么？"

刘眉猛然翻身扑到郭小鹏身上，哭喊："我只要你！要你的爱!"

两个人的体位变换激发了又一轮狂风骤雨,刘眉的抽泣声渐渐变为持续不停的呻吟……

0 2

李新建把双脚搁在办公桌上,一脸官司地抽烟,强民在长椅上假寐。

李新建自语似的说给强民听:"我听说,美国总统罗斯福在与下属讨论问题时,开头总是很平等,可一旦超过他的忍耐限度,他马上就用第三人称说总统认为如何如何。这张牌一出,别人就没法玩了,官大一级压死人哪!"

强民考虑得很实在,说道:"张局长不让抓人,咱们就没有授权,还得偷偷摸摸地干活。"

李新建无可奈何地叹了口气:"你大小也算个官,知道不知道一把手最大的权力是什么?"

强民摇头。

李新建把桌上的双脚换了下位置,继续说:"头一个是开会权。我这个副支队长,除去支队长授权外,顶多能召集我分管的你小子开会,而不能召开全支队大会;然后是批准权,平时咱们管这个、管那个的,可张局一声'这事要经过我',咱们就什么他妈权也没了,只剩下服从权。"

强民忽然来了灵感,说:"咱玩个曲线救国如何?从毒案外围入手,慢慢挖他的根儿!"

李新建眨眨眼,来了情绪:"可以,小案子不用惊动大官,你报给我批就行!"

强民站起来说:"说干就干,我先去摸摸底。哎,杨春这个假洋鬼子怎么办?"

李新建拉下脸想了会儿说:"局长让放,那就放吧,再进来也是早晚的事儿!"

阳光灿烂。波音喷气客机徐徐驶入停机坪,巨大的轰鸣声震耳欲聋。郭小鹏率费经纬、刘眉、林小亮等公司要员在出港口迎候。

汪静飞夹在旅客人流中走出机场大门,与以郭小鹏为首的楔形队伍完美对接。郭小鹏将手伸向汪静飞的一刹那,仿佛心灵感应,浑身涌起一股热流。刘眉顿时神色黯然,心中暗道:"他怎么没说港方代理是位女性,而且是位年轻漂亮的小姐?"

郭小鹏脸上浮起灿烂的笑容,伸手握住汪静飞的手说:"汪静飞小姐?"

汪静飞点头微笑,目光闪闪地望着郭小鹏:"郭小鹏总裁?"

郭小鹏握手的时间稍嫌长了些,热情地说:"欢迎汪小姐莅临海州。"

汪静飞的握手和微笑是纯商业式的,客气道:"劳动总裁大驾,实不敢当!"

勤于应酬的段海接过汪静飞的行李,一行人走向广场的车队。

汪静飞随意地边走边对郭小鹏说道:"郭总裁是怎么在人海中认出我的?"

郭小鹏与汪静飞并肩而行说:"汪小姐毕业于香港中文大学法律专业,又获得工商硕士学位。一般来说,读工商学位的女性,都不会很漂亮,但汪小姐正是我心中所想象的。"

汪静飞明知他已接到电子邮件,但没捅破,笑问:"郭博士的理论有何根据?"

郭小鹏答道:"漂亮女性,容貌就是资源,它和海湾国家的石油一样,几乎不用脱蜡,装桶就能卖。而容貌一般的女性,则像含有杂质的原油,需要脱蜡数次,方能上品级。"

汪静飞向刘眉笑道:"郭总裁这种理论,简直就是对我们女性的污蔑。"

刘眉勉强报以应付性的微笑。女性视美丽同类为天敌,尤其是热恋中的女性,汪静飞从刘眉的表情里清楚地感受到了这一点。

林小亮已拉开奔驰车门,恭请贵客登车;段海则已在驾驶室里轰响了八缸的发动机。

郭小鹏请汪静飞上车时停住问:"汪小姐又是如何认出本人的?"

汪静飞淡淡一笑:"权力、金钱、智慧,三个参数交叉,便能确定空间的任意一点。"

郭小鹏也矜持地笑一笑,请汪登上后车门,他无意中似乎怠慢了女友刘眉。

豪华车队鱼贯驶出广场,迅猛提速,驶入机场高速公路。

超豪华新款大奔驰如同平滑水面上的巡洋舰,在高速公路上稳稳地昂首飞翔。郭小鹏和汪静飞在后座相谈甚欢。

"汪小姐是第一次来海州?"

"来过半次。"

"有些事只有整体,不能切分。"郭小鹏破天荒地感到说话的欲望,"比方说,计划完成了一半,饭吃了一半,这都成,但不能说我有半个太太或者情人。"

坐在副驾驶位置的林小亮回头插话道:"半个儿子就说得过去,比方说女婿或者过继的儿子。"他不过是在郭小鹏面前随便惯了,可话一出口,即觉出大不妥,赶紧闭上嘴巴。

郭小鹏果然有些变色,冷声道:"半个兄弟,有他还不如没有!"

对郭小鹏经历了如指掌的汪静飞马上接续刚才的话题:"我在内地上的中小学,曾经坐火车路过海州,在车站待了半小时,所以说是半次,但我对海州也并不是完全陌生。"

郭小鹏情绪恢复,饶有兴趣地说道:"请汪小姐略予赐教。"

汪静飞侃侃而谈:"海州市人口约三百五十万,亚热带气候。沿海沿江,通路通航,同时又是两条铁路干线的交会点,交通十分便利。它的经济优势主要体现在轻工业,其中医药产业又占主导地位。而在医药行业中,海州药业则为龙头老大,举足轻重。"

林小亮恭维道:"汪小姐对海州的情况,比我这个土生土长的海州人还要熟悉。"

郭小鹏颂歌盈耳,心情舒畅,双眉扬起道:"现在是资本运营的时代，贵公司的巨额资金将与海州药业的企业形象融为一体，更有汪小姐这样的高智慧人才尽展风流，前景不可限量！"

汪静飞感到谈话渐入佳境，主动出击问："不知郭总裁对我有何见教？"

"见教不敢当。"郭小鹏话题陡转，"我现在最想知道的是汪小姐希望获得什么位置。"

汪静飞思维调整得极快，不动声色地悠然说道："家有千口，主事一人，您安排吧。"

郭小鹏道："如果您没有异议，我想请您屈就任海州大厦总经理一职。"

汪静飞马上作出回应："我是学管理的，也当过五星级酒店的总裁助理。"

郭小鹏往汪静飞身边移了移说："那太好了！我是不是可以认为汪小姐已经接受了这个职务？"

汪静飞端坐不动，平静地说："这也是董事局和戴主席同意接受的安排，谢谢郭总裁。"

郭小鹏觉得时机已到，将皮包中的《海州商报》递给汪静飞。报纸头版有汪静飞的彩色照片和她即将出任海州大厦总经理的报道。

"郭总裁的工作很是神速啊，令人佩服！"

"我是个习惯和时间赛跑的人，当然，这也等于给咱们的海州大厦做个免费广告。"郭小鹏把"咱们"两个字咬得很重。

正说着，红色法拉利跑车忽然超过奔驰车，刘眉示威似的按了几声喇叭，扬长而去。

林小亮话里有话："时速至少在一百八十公里，刘总是不甘人下啊！"

郭小鹏猛然想起对刘眉有意无意的冷落，不觉摇头苦笑。

03

张啸华的局长室宽敞明亮，强烈的阳光透过落地窗斜射进来，满地生辉。

李新建正在汇报案情："我们调查了众多林小强主政海州大厦时的管理人员，并获得了确凿的证据。现在基本上可以认定，刘眉入主海州大厦具有预谋犯罪的嫌疑。"

张啸华紧盯着李新建和强民，但没有发话。

李新建边翻看笔记本边继续道："刘眉，1974年生，祖籍浙江奉化，毕业于中国建筑大学建筑机构专业。1992年，她和郭小鹏先后来到海州。两人何时相识不详。次年，她应聘进入海州大厦担任娱乐部领班，后任公关部经理、副总经理等职。其上升速度之快，与海州大厦衰败和林小强堕落的速度成正比。林小强被捕判刑后，海州大厦被海州药业集团兼并。"

张啸华垂下眼睑说："这段历史早有结论。林子烈同志大义灭亲，把儿子送上了法庭。"

李新建赶紧补充："林小强吸食毒品，皆从杨秋处购得，中介就是刘眉。刘以其美色诱使林小强就范，最终导致了海州大厦的彻底破产。此外，刘还有侵吞和抽逃资金的嫌疑！"

张啸华站起身来踱步，沉吟道："说来说去，总体给人以商战的印象。证据基础不足，猜测、臆想的成分过多。况且，并无现行罪证，以此定罪，显然过于勉强！"

李新建火了，脸涨得通红，脖子上的青筋直蹦，但又不便发作，强忍怒气说："您毛主席的书读得多，一定记得他老人家说过，结论来自调查研究的结果。您不让我们调查，证据能从天上掉下来吗？！"

张啸华并不生气，用长者口吻道："毛主席还说过，我们的原则是党指挥枪，而绝不允许枪指挥党。老人家还教导我们，局部服从全局，全党服从中央。"

李新建已无回击之力，强民不停地悄悄拉他的衣角。

张啸华改用命令的口气："我再强调一遍，凡有关海州大厦的行动，必须经我同意、批准！"

李新建忍不住了，站起来还想争辩，张啸华办公桌上的专线保密电话响了。他对李新建、强民挥挥手说："请二位回避一下。"

李新建、强民二人闷着头走出，带上房门。

张啸华拿起听筒，电话显然是来自相当高级别部门的负责人，声音亲切而沉稳："啸华同志，海燕已经顺利起飞，到达指定位置。你们要确保她的安全并且不要干扰她的工作，绝对保密。"

张啸华神情肃然，以坚定有力的语调说："我们全力配合，请首长放心！"

电话听筒里的声音低沉了许多："海州的毒品案，刚露出冰山一角；从国家安全的角度看，它只是一场局部战役。全案的侦破，涉及与国际刑警组织的密切合作，要服从大局，统筹安排。"

"明白。"

"知情者要控制在最小范围，有事请通过专线单独与我联系。"

"是。"

电话挂断，留下一串忙音。

张啸华深吸一口气，拿起内线电话："命令海豹，执行原定计划……"

局长室门外，李新建百无聊赖地靠在暖气片上，随手翻阅《海州商报》，突然看见汪静飞的照片和报道，脸色骤变。

此时，汪静飞被海州大厦的值班经理和客房小姐引入宽敞华丽的高级套房。待二人退出后，她开始仔细观察这套含办公、起居、卧室及双卫生间的豪华房间。目光过处，她很快便发现分别暗藏在客厅屋顶及卧室电话内的微型摄像镜头和窃听设备。她不动声色地撇了撇嘴角，坦然宽衣进入卫生间。

0 4

郭小鹏缓缓放下电话听筒，仰靠在宽大舒适的大班椅上，望着笔记本电脑屏幕上汪静飞那张流光溢彩、生动美丽的脸，按动鼠标不停地将画面放大，直至只剩下那双性感的嘴唇。

宽敞典雅的办公室里很安静，郭小鹏全神贯注地凝视着电脑屏幕，表情时而激动时而茫然。

财务部长老毕悄没声儿地走进门来，笑眯眯地将一沓报表递给郭小鹏说："董事长，本季度收支状况都在这里了。"他是个四十多岁的男子，显得狡猾但并不深刻，态度谦卑。

郭小鹏冷着脸合上笔记本电脑说："以后进来最好先敲敲大门，别跟做贼似的。"说着把报表推开，"基本情况，我已经从计算机上看到了。谈谈这个季度的财务分析吧。"

老毕显然不善于作抽象的概括，说了句"总体看来没有什么问题"后，就带着讨好的神情："这是咱们自己人看的报表，给税务局的报表上，我把这笔收入转到香港华龙公司的账上，而以后发生的费用，仍可以重复报销，摊入成本，冲销所得税的数额。"

郭小鹏把双臂交叉在胸前，注视着财务部长。

老毕继续汇报："还有这笔三百五十万的收入，我先把它藏起来，然后再把它放到出口账上，这样就可以增加退税十几万。算下来，总共可节约款四十多万元。"

郭小鹏等他说完后，带着嘲讽的微笑问道："你当会计多少年了？"

老毕愣了愣说："我插队回来，在工厂当会计。财经大学毕业后，当过财务科副科长。"

郭小鹏打断他说："你当财务部长多久了？"

财务部长察觉董事长脸色不对，说话谨慎起来："副部长三年，部长七个月。"

郭小鹏嗯了一声，沉吟片刻后说："美国有一部《洗钱控制法》，构成洗钱罪有五大要素,一、明知;二、某种非法活动;三、金融交易;四、收益;五、故意。我在选修MBA课程时,教授总喜欢做案例分析。咱们也来分析一下。"他拿起那张假报表,"你显然是明知骗取退税当然是非法,广义的金融交易,不仅指金融机构间的交易,凡票据交易就算;这份收益进了公司的账,如果我再不加以制止的话,你说这算不算故意?"

老毕嘴巴慢慢张大,推了推眼镜,露出尴尬的苦笑。

刘眉风风火火地闯进来,见有人在座,压住火气,坐到一旁的沙发上。

郭小鹏口气变得缓和了些,接着说:"我承认你是一片好心。但我想告诉你,只要有经济活动存在,就必须承担纳税的义务。你可以合理避税,但不能故意逃税,那是一种犯罪行为。"

老毕是个骨头不硬的人,见董事长如是说,只有点头的份儿。

郭小鹏公事公办地以商量的口吻说:"咱们先谈到这儿?"

老毕赶紧站起身来,点头哈腰退出。

刘眉气呼呼地关上房门抱怨:"世上最难看透的东西,就是男人的心!"

郭小鹏冷冷地发问:"你在说谁?"

刘眉霍地站起,几步走到郭小鹏对面的软椅上一屁股坐下,情绪激动地嚷道:"我面前就坐着一个喜新厌旧的陈世美!"

郭小鹏皱起眉头说:"你我都是受过高等教育、在大型企业担任高级职务的人,我们之间应该有共同的语言。"他语调虽温和,但态度很冷漠。

061

刘眉盯着他的眼睛质问:"你为什么突然变心?"

郭小鹏起身离开大班椅说:"这是一个很无聊的话题。"

刘眉妒火中烧的目光追着他的背影说:"你没告诉我来的是个年轻漂亮的女人!"

郭小鹏觉得索然无味,提高了声音:"你也没问过啊!"

刘眉见郭小鹏的双眉拧成一团,便知其忍耐已到了极限,而她又并不想和他真的闹翻,就自找台阶恨声道:"我要知道她是个女的,绝不会把总经理的位置让出来!"

郭小鹏毕竟手腕圆通,深谙进退,释然笑道:"那就让她担任集团公司副总裁,天天在我身边。你还当你的酒店高级领班,给我创造一个喜新厌旧的外部条件。"

刘眉扑哧笑了,情绪迅即转换说:"我是怕你被那个狐狸精给迷住了。"

郭小鹏知道"危机"已过,轻松笑言:"要不然孔夫子怎么会说,唯女子……"

刘眉接话说:"唯女子与小人难养也。"

"后面还有话呢。"郭小鹏踱到刘眉面前,"近之则不逊,远之则怨。"

"什么意思?"刘眉显然没听明白。

"你对她好,她就桀骜不驯;稍一疏远,她又埋怨个没完。"

刘眉忽闪着眼睫琢磨着这话站起来,郭小鹏轻抚着她的后背一起往外走。刘眉忽然停住了脚步,歪着头认真地问:"你是不是觉得汪静飞比我年轻漂亮?"

郭小鹏替刘眉打开房门说:"我觉得故宫漂亮、晚霞漂亮、巴黎也很漂亮,但绝没有占为己有的意思。你这人,从来就不自信。今晚给汪总接风,不知刘总有没有兴趣?"

刘眉转怨为喜道:"我倒想见识见识,她有多大能耐……"

0 5

李新建阴沉着脸高速驾驶,迈速表指示一百八十公里,两边的树木迅速倒退。

强民抹了抹脸,说:"从咱们抓获的零星小毒贩手中的货分析大部分是冰毒。如果你这些日子以来的瞎猜有点边的话,他们必定要在某个地方加工麻黄素。"

李新建一拍方向盘叫道:"对呀!你小子有进步,会联想了!"然后凝眉思索片刻,继续推论,"冰毒需要大量的麻黄素,而麻黄素的提取在市区的可能性不大,因为它污染严重,极容易暴露。"

强民来了精神,说:"顺这路子往下猜,这个加工点必定在荒野僻静之处,而且是有水源的地方。"

0 6

这是个位于巷子边的小饭店,不到二十平方米的店堂里只摆着五六个半大不小的餐台。强民坐在屋角桌子旁，把玩着打火机，眼睛看着门外。

一个中年男子匆匆走进，强民向他招手。

中年人身着起皱的劣质西服，衬衣领子已卷起了毛边，但领带却是价格昂贵的名牌。他叫周利，一个生意人，强民曾救过他。

夜幕罩住了海州大厦。

汪静飞沿着昏暗的走廊走向住处。她打开门，进入房间，将房卡插入电源开关，顿时一片光明。她似乎感觉到什么，环视四周，见卧室的门关着。在她的印象中，刚才出去时好像并没关卧室门。

她警惕起来，猛地推开进入。

一只手悄无声息地搭在了汪静飞肩膀上，汪静飞条件反射地反身擒拿，双手已被紧紧握住，对方呼吸声可闻。她定睛一看，不由得惊呼："新建！"

李新建一个热吻压了过去。汪静飞躲避了一下，仅仅是一下，之后就变成互相的狂吻。

汪静飞似乎意识到什么，旋即推开李新建，故作冷淡地说："对不起，我认错人了。"

甚觉突然的李新建，稍许冷静后指指房顶低声道："我已经让那些东西突然死亡了。"

汪静飞捋捋弄乱的头发后问："你是怎么进来的？"

李新建不答反问："你改名了？"

汪静飞显然是故意想把距离拉大，淡淡地说："改名是我的自由。"

李新建这才察觉汪静飞态度的变化，于是激动起来问："五年前你为什么突然离开刑警学院，而且连个招呼也不打？"

汪静飞把头偏了偏说："我讨厌警察这个职业，瞒着你向学校递交了退学申请。不打招呼是怕伤害你，告别最简单的办法就是马上离开！"

李新建瞪大眼睛，惊愕地审视着她，过了好大一会儿，才猛地扳住她的肩膀说："晓飞，你在骗我！我从你的眼睛里能看出来！"

汪静飞闭上双眼问："你能阅读我的眼神？"

李新建充满深情地缓缓说道："你在我怀抱里说话的时候，我从来都是看着你的眼睛的。你睡觉的时候，我也能通过你的眼睛，看到你的梦！"

汪静飞用力摆脱李新建，转过脸去说："那都是少年时期情感冲动的荒唐举动，现在还提它干什么？"

李新建恼了："荒唐？我看你现在才叫荒唐呢！"

汪静飞的嘴唇哆嗦了一下。

这个细微的动作立刻被李新建捕捉到，他的希望之火重新燃起。他从夹克口袋里取出钱包，然后又从钱包中取出一张塑封的照片："晓飞，这是咱们的合影。五年来，它从没离开我一步。前年，一伙歹徒绑架了一群孩子，用炸药相威胁。我一人上车去谈判，也把它放进了防弹衣……"

汪静飞控制住面部表情。

"这后面还有你写的字，你应该记得！你那儿也有这样一张，后面的字是我写的……"

汪静飞用冰冷的语调打断李新建："时过境迁，提它一点意义也没有了。我有权选择自己的生活道路，请你不要再干扰我！"

因为愤怒，李新建已经失去了分析能力，声音颤抖着道："看起来，我真是自作多情了！"他把照片揉成一团，"现在人可以为钱不择手段，但看在相爱一场的分上，我还是想送你一句话，别为了钱把什么都搭上！"说着，他狠狠地抡起胳膊，把照片摔在地上，"你可以忘了我，也可以忘了咱们的爱，但是你要是忘了你爹，那个为了崇高事业牺牲的老警察，你就不能算个人了！"

李新建大步跨出门去，门哐当一声巨响……

强民看起来与周利关系挺铁，说话一点弯子不绕："我想在化工方面挣点钱，打日工，你是这方面的大拿，还望指条路。"

周利边给强民斟酒边问："化工的分类比较细，不知道你想打入哪一类？"

强民答："腐蚀性比较强的那一类。"

"没问题！"周利拿出手机就拨号，"范明吗？我是老周。请你到西二道巷顺来小酒馆一趟。马上！"他放下手机，对强民道，"范老二手下有一帮广西、贵州的民工，多危险的活也敢接。"

不一会儿，范明走了进来。他穿着领子竖起的风衣，干瘦干瘦的骨架就像衣裳撑子。

周利招呼他坐下，然后将强民介绍给他："我的一个亲戚，想找份活干。"

范明颇有些江湖气,上下打量一番强民,就像牲口贩子在检验一匹马:"那你就到卢辉那儿干去吧。但那活可有些危险。"

强民压抑住兴奋说:"咱们不怕危险,只要有钱赚!"

汪静飞把揉成一团的照片展开,抚平。翻看背面,上面是她娟秀的字"生死相依"。她又取出自己的那张,后面是李新建粗放的大字"爱到永远"。

汪静飞大滴的泪水滴在照片上。

她用火柴把照片点燃。

她的手剧烈颤抖。

跳动的火苗渐渐燃出一片片红红的朝霞……

清凉的晨风里,她和他并肩跑在刑警学院背后的小山石径上。他们气喘吁吁地在山坡上停住了脚步,寻一片青青的草地坐下,看一颗颗晶莹的露珠从草尖坠落。叽叽喳喳的小鸟在树枝上蹦跳,灵巧的双爪拨弄着羽毛。她哼唱着抒情的校园歌曲,他目不转睛地看着她,嘴角漾着笑,如同一位英武的护花使者。太阳升起来了,柔和的光镀亮了山坡上或红或黄或蓝的野花,他们的心胸陡然之间开阔起来。她说:"我们是光明的使者。"他说:"更是驱逐黑暗的勇士。"她又说:"生命因创造和奉献而有价值。"他点点头:"就像这辉煌无私的阳光……"

缕缕青烟牵出一个个月光下的夜晚。她依偎在他壮实的胸前,倾听着蛙鸣和微风与树叶的絮语。她仰起脸问:"你有一天会离开我吗?"他附在她的耳边说:"我的生命由两部分组成,一部分是你,一部分是这身警服。"她故意为难他:"如果这二者你必须作出一种选择呢?"他狡猾地反问:"那你呢?"她笑了:"你的答案就是我的答案。"

……

照片已经烧尽,残火灼痛了汪静飞的手指。她走到巨大的落地窗前,眺望着满城璀璨的灯火和夜空闪烁的繁星,口中喃喃道:"新建,我只能让你失望了……"

07

三菱吉普车如脱缰野马般在街道上疾驰。李新建双眼圆睁,发疯一样猛打方向盘,忽左忽右的车轮发出一阵阵尖啸。前面明明是红灯,可他没有看见似的冲了过去。

李新建的大脑里如同翻腾的岩浆。她是他的初恋,是那种刻骨铭心的至情至爱,所以他无法对她释怀。当汪静飞不辞而别,突然离他而去时,他把曾学到的所有侦查知识全都运用到寻找她的行动上了,可他一无所获,一个活蹦乱跳的大活人就这样在他面前如蒸汽般消失了。他百思不得其解,精神恍惚地度过了最后一个学期。毕业分配到海州后,希望更加渺茫,加上刑警工作的繁忙,他无暇再去茫茫人海里寻访,但他无时无刻不在惦念着心中的"维纳斯"。每当身心交瘁的破案之余,他总是取出那帧唯一的照片,一遍遍默默地看着,回忆那些和她在一起时的美好时光。这之后,曾有亲友给他牵来红线，也曾有适龄的女士向他抛出绣球，全都被他婉言回绝了。他以前对那些独身主义者感到不可思议，现在却完完全全理解了。他相信，如果找不到她，自己肯定也会加入到单身的行列中去，把刑警事业作为唯一的"爱人"。

可今天，像突然离他而去时一样，她又突然从天而降出现在他面前，而且已经完全蜕变成了另外一个人，这真是他始料不及从未想到的。他愤怒、绝望之后紧随而来的便是茫然、困惑。心里一遍遍地问：怎么办？怎么办？到底该怎么办？……

0 8

一轮圆圆的月亮挂在天幕上。浪涛拍岸，水花四溅。张啸华的肩章在月光下闪闪发亮，李新建跟在他身后。

李新建目光茫然地眺望着海面，缓缓说道："我在刑警学院读书的时候，和一位女同学恋爱了，这一爱就是三年。今天她突然以港商的身份出现了，珠光宝气不说，还进入了海州大厦那个旋涡里。"

张啸华问："你们接触上了？"

李新建点点头。

第三章 萌生情愫

杨春轻松地吹着口哨走近空无人迹的别墅,但见房门虚掩,屋内隐闻水声。他停住脚步,用眼角的余光扫视着周围,然后慢慢走上门前台阶,果断地推开房门。灯火辉煌的客厅里空空荡荡,打开的电视机音量很小地播报着本市新闻。隐约的水声来自楼上浴室,刺激着人的想象;安静的空调微风送暖,更是令人浮想联翩。

01

秋风一阵紧似一阵。落叶灌木抖落身上泛黄的旧装,细长的枝权扭动着,在风中翩翩起舞。天空高远而明净,偶尔飞过的鸟划过蓝天,留下婉约动人的歌鸣。

这是城外一家破旧的小旅馆。在楼上客房里,隐身蛰伏的杨春与两位萍水相逢的房客合住一屋。被"瘦六"喊作"老狼"的人阴沉健壮,显得颇有城府;而那个瘦六确是名如其人,瘦骨嶙峋,双眼浮肿,给人一种酒色过度或是吸毒的印象。

02

李新建快步走进市电信局办公室。他拿出警官证对办公室主任说:"我是公安局刑警支队的,在查一个案子,希望你们配合。"

办公室主任是个爽快的年轻人,点点头道:"没问题。请讲。"

李新建把一张纸条递给主任,叮嘱道:"请绝对保密。"

办完事,李新建走出办公室,穿过营业大厅。这时,包里的手机响了。他掏出打开,强民的声音像跟谁吵架:"报告首长,我查到麻黄素厂的线索了!"

李新建三两步跨下台阶,跳上三菱车说:"别开玩笑,我现在心情可是不太好!"

强民嚷嚷着说:"谁开玩笑?我通过一个叫范明的人,找到了卢辉。这个卢辉,很可能就是做毒品原料粗加工的包工头。他们约我一会儿在城外见面……"

城外公路旁，一位彪形大汉斜靠在路边一辆破吉普车车头上。范明把背着铺盖卷的强民带到他面前，介绍道："卢老板，我给你把人带来了。他叫马铁柱。"

卢辉上下打量着强民问："嗯，块头不小。哪儿人哪？"

强民一脸木讷答道："山东。"

"以前在哪儿混？"卢辉又问。

强民扳着手指回答："修马路、修下水道、下煤窑、码头搬运，啥力气活儿俺都干过。"

卢辉突然伸手说："身份证！"

强民乖乖地把连夜赶制出的假身份证递给他。

卢辉对照一番后，把身份证揣进自己的口袋里，说："按照公司章程，身份证归我保管。"

强民连声说："行，行。您保管，俺放心！"

卢辉打起官腔说："我的工厂保密性很强，不光要出大力流大汗，还要耐腐蚀战高温。"

强民忙说："这些范老板都说过，俺不怕。"

"知道就好。"卢辉扔给强民一支烟，"我这儿有这儿的规矩，你可要弄明白了！"

强民从地上捡起烟，宝贝似的吹吹上面的灰，夹在耳边，恭顺地说："只要能挣钱，啥规矩都成。"

03

在城郊小旅馆附近的低档洗头房里，杨春将分头推成板寸，戴上墨镜，一改儒雅形象，活像黑道杀手。

04

乌云蔽日，狂风骤起，枯黄的芦苇似海浪般奔腾翻涌，一派肃杀之气。

卢辉驾驶的破吉普如汪洋中漂浮的小船，在密密的苇丛中颠簸前行。

吉普车冲出苇丛，来到海边，早有一辆摩托艇等候。

卢辉率强民弃车上船，一马仔发动快艇飞速向远处的海中孤岛驶去。

摩托艇很快便驶到孤岛靠岸处。卢辉和强民从艇上跳下。小岛怪石嶙峋，寸草不生，鸟兽绝迹，毫无生命气息。

空气中飘散着强烈的刺激性异味，几间冒出浓烟的简易工棚隐约可见。一个用棍棒搭起的瞭望塔上晃动着一个人影。

强民被卢辉带进一间光线昏暗的大屋，刚进门，就被几根包皮大棒猛击倒地。卢辉大喝一声："给我捆起来！"

05

海州大厦总经理室。汪静飞边翻阅文件，边往电脑中输入数据。漂亮精干的客房部经理刘芳敲门进入，问汪静飞："汪总叫我？"

汪静飞点头示意对方坐,刘芳规矩地坐到老板桌前的椅子上。

汪静飞输入完毕,关闭电脑,对刘芳道:"你送来的客房部月报表我已经看过了。"

不摸老总底细的刘芳小心地问:"有什么问题吗?"

汪静飞反问:"你还记得住房率吗?"

"百分之九十四点七。"刘芳一口报出。

汪静飞用平静的语调说道:"问题就在这里。"

"这是一个相当高的数字呀!"刘芳有些出乎意料。

汪静飞道:"问题就出在这个'相当高'上。"

刘芳不解地问:"难道高不好吗?"

"凡事都有一个度。"汪静飞看着刘芳,"过度就不好了。"

刘芳认为汪静飞在故作高深,便有些不服气地问:"怎么就不好呢?"

汪静飞站起身,边踱步边道:"我在希尔顿和香格里拉酒店集团都服务过。即使是这些驰名世界的酒店,住房率也很少有超过百分之八十的,何况现在是旅游淡季。"

身为客房部经理的刘芳大概是骄横惯了,以傲慢的腔调道:"汪总说的是外国名牌酒店,海州有海州的特点。我费了九牛二虎之力,才拉来了若干旅游团队和会议,达到了目前这个数据。"

汪静飞绵里藏针地说:"主要客源是团队和会议,看上去住房率确实喜人。但实际上,利润都被高额回扣所抵消,甚至出现负增长。更重要的是,这种回扣不是对顾客的优惠,从正常渠道支出,而是以现金的方式,从餐厅、商场和娱乐业等处坐支。这些钱,显然是到了个人手里。严格地说,这是变相的行贿。你承认这一点吗?"

被击中要害的刘芳只好喃喃地说:"现在都这样干。没有回扣,任何旅馆也玩不转。"

汪静飞不依不饶地说:"你犯了一个概念上的错误。商业上所说的回扣,是一种正常的优惠,可以计入成本,而你们所说的回扣,则属于少数人暗箱操作甚至私分,这叫贪污和贿赂。"

女经理刘芳脸上红一阵白一阵,无言以对。

汪静飞得理让人,口气缓和了许多:"从今天起,一切按规矩办。"

刘芳赶紧点头:"是,汪总。"

汪静飞坐下,递还报表说:"你回去吧。"

刘芳满面通红退出门去。这时,电话铃响了,汪静飞拿起听筒:"喂……哦,董事长,您好!"

郭小鹏浑厚的男中音:"早想我们俩一起吃顿饭,随便聊聊。今天怎么样?"

汪静飞立刻回应:"我也正准备单独拜访董事长呢,当面讨教。"

郭小鹏愉快地问道:"心有灵犀一点通?"

汪静飞岔开话题:"您是东家,定个时间和地点吧。"

"晚上七点,我去大厦接你。"郭小鹏说罢,挂断了电话。

市中心闹市大街。阳光灿烂,车水马龙。繁华的商场门口,行人拥挤,五光十色。

刚洗完发、做过面膜的刘眉妩媚娇俏,艳光照人,加之那一袭红得耀眼的低开领长裙,走在街上,引来许多目光。她旁若无人,走到街头 IC 电话亭旁拨打磁卡电话。

"杨大哥吧?我是刘眉。怎么样,今天见个面?"

"什么地方?"

"老地方,黄金海岸八号。天黑以前你到那儿就行。"

杨春没再讲什么,挂断电话。

刘眉缓缓挂上听筒,静站片刻,猛地转身,拦住一辆出租车,跳上去,迅疾离开。

一直在街拐角处盯着刘眉的李新建走出,快步走向电话亭。这时他的手机响了。

李新建接通电话,听出对方是那位电信局办公室主任。主任说他们在检修微机线路终端时,碰巧听到他提供的三个电话中的一个,问他有没有兴趣过去听听录音。

李新建边回身小跑,边对着手机大声道:"当然!当然!我马上就到!"

06

衣衫褴褛的强民被打得遍体鳞伤,吊在房梁上大口喘息。一大汉玩弄着一把明晃晃的剔骨尖刀,慢悠悠道:"臭雷子,在局子里扛个啥警衔儿啊?"

无法挣扎的强民做可怜状:"好哥们儿,别拿俺老实人开涮。俺……俺听不懂呢!"

卢辉冷冷道:"我一摸你那身份证就知道是假的,老子就是做假证件起家的。我再最后问你一遍,姓名?"

众打手如狼似虎齐声吼:"快说实话!"

强民喊冤:"俺真是山东枣庄滕县马家沟村的马铁柱啊!"

卢辉勃然大怒:"好,算你小子有种!来人啊,把他拖出去办了!"

打手们一拥而上、七手八脚地把强民扛起来飞快地抬出门外,扔进一个事先挖好的大坑里,然后不由分说便开始往坑里填土。

强民满脸鼻涕眼泪,嘶声喊叫:"俺冤枉啊!冤枉!卢大爷饶命啊!"

卢辉笑眯眯地道:"说实话,我就饶你小命。"

强民大喘着气交代:"俺真名叫王向阳,在老家烧砖窑,窑主拖欠工资不给,俺一气之下就把他闺女干了。俺怕她说出去,就把她杀了。"

一个大汉感兴趣地追问:"多大的闺女?"

强民嗫嚅道:"十二三。"

大汉一锨土甩在强民脸上:"你他妈老牛吃嫩草,强奸幼女啊!"

卢辉扬手制止说:"别打岔!说重要的。"

强民灰头土脸、声泪俱下地说:"公安局到处抓俺,老家待不下去了,这才更名换姓,花一百块钱买了个假身份证,跑了出来。俺先是跑到安徽芜湖,在那儿被警察抓住当盲流遣送,好不容易在遣送回山东的路上逃跑,到海州投奔老婆娘家表舅周老板……"

卢辉看看旁边一个一直没说话的文人模样的中年人,那人点了点头。

强民满脸求生欲望:"卢老板,俺不要钱,俺白给你干,能让俺活着比啥都强啊!"

07

海州大厦的夜广场是美不胜收的。音乐喷泉在华灯的映照下,流光溢彩;悠扬动听的流行曲调缭绕着巍峨挺拔、富丽堂皇的四星级酒店主楼。

汪静飞淡妆素服,文静高雅,款款走下金碧辉煌的大堂门前台阶。

郭小鹏一身休闲便装,清秀潇洒,破例上前为汪静飞打开奔驰车门。

奔驰车无声无息地滑入灯光璀璨的海滨大道,消失在一盏盏闪烁的尾灯之中。

海涛怒吼,夜鸟凄鸣,阴风呜咽。

红色出租车远远地停住,杨春独自下车后缓缓走向八号别墅。

昏月出没于乌云之中,婆娑的树影如仙女和恶魔牵手起飞。远远望去,暗夜中蛰伏的别墅灯火通明。

杨春轻松地吹着口哨走近空无人迹的别墅,但见房门虚掩,屋内隐闻水声。他停住脚步,用眼角的余光扫视着周围,然后慢慢走上门前台阶,果断地推开房门。灯火辉煌的客厅里空空荡荡,打开的电视机音量很小地播报着本市新闻。隐约的水声来自楼上浴室,刺激着人想象;安静的空调微风送暖,更是令人浮想联翩。

杨春稍事停留,沿木质旋转楼梯拾级而上。他穿过幽暗的过道,一脚蹬开主卧室房门,室内悄无声息。观察片刻之后,他才极为敏捷地施展身手,嗖地跃进室内。

卧室里空空如也。卧具整洁,纹丝不乱,华丽的落地窗帘井然垂落。

杨春慢慢走近虚掩的浴室门，猛然推开，水声突如喷泉。浴室里热雾弥漫，空无一人，淋浴喷头被开到极限，水花四溅。

这时，他忽听身后一声轻响，不由得浑身一颤，蓦地回过头来。只见李新建端坐在靠窗的沙发上，正用打火机点燃香烟。

杨春有些意外，但并未惊慌失态。他压住心跳问："李支队长，你怎么在这儿！"

李新建吐出烟雾说："看来你的朋友爽约了，我来是保护杨先生的安全。"

杨春笑道："没人约我，我也没约别人，李支队长保护谁呢？"

李新建反问："既然无人相约，杨先生到这儿来干什么？莫非是梦游此地？"

杨春故作奇怪的样子道："据我所知，这栋别墅是属于春秋兄弟影业公司的资产。我回自己的家来看看，难道不是很正常吗？倒是李支队长的出现令人费解。你到这儿来干什么？"

"杨先生的朋友也许这次是试试杨先生的诚意，如果我没猜错的话，她根本就不会来。当然，下次是个什么结果就很难讲了。"

东海饭店顶层旋转餐厅。郭小鹏和汪静飞凭窗而坐，窗外是灯火辉煌的城市夜景。

胡桃木餐桌上摆着精美昂贵的法国菜和一瓶红葡萄酒。郭小鹏亲手为汪静飞倒酒，随口道："此酒产地是法国的普罗旺斯，时间是 1966 年。"

08

随着尖锐的哨音，房灯熄灭，工棚大屋内数十名沙丁鱼般紧密排列的马仔整齐地倒在地铺上蒙头睡觉，一刹那无声无息。

绝对的军事化管理。

岛上严禁灯火，一团漆黑，带狼狗的武装人员巡逻值班，偶见雪亮的手电闪动。

经过高强度神经折腾和一天重体力劳动的强民，杂在汗臭难闻的人堆里假寐，在黑暗中闪着眼睛，紧张地思索着对策。

09

旋转餐厅里，郭小鹏与汪静飞相对而坐。也许是谈话投机，也许是酒的刺激，二人似乎已进入了状态。尤其是郭小鹏，好像更有倾诉的愿望。

"我的父亲是一位作家，十八岁时就发表了一部长篇小说。可惜的是，他被打成右派，从北京发落到了海州。当时的海州镇，远没有今天这样的繁荣，而那时我的母亲是誉满江南的越剧名旦。"

"她一定长得很漂亮。"汪静飞展开想象。

郭小鹏幽幽道："就是这漂亮给她带来了诸多麻烦。"

"漂亮女人总会遇到麻烦。"汪静飞感触颇深地说道。

郭小鹏深沉的神情里隐含着悲凉："你现在遇到的麻烦，就算骚扰方势力大，惹不起，总还是躲得起的。可我母亲那会儿，躲都没地方躲。当时，她已经离开上海，来到父亲身边。父亲在农场监督劳改，来骚扰母亲的人就多了。更加上劳改右派是没有工资的，连吃饭都是问题。我的哥哥，就是因为贫病交加，在两岁头上死去了。"

"难道没有遇到好人？"汪静飞关切地问。

郭小鹏嘴角抽动了一下说："这是一个很复杂的问题，什么算是好人？"

汪静飞道："能真心帮助你们的就是好人。"

"这样说，也算遇到过。"郭小鹏端起酒杯灌了一大口，"当时有一个地委副书记兼宣传部长，就多方面照顾过我母亲。要知道，宣传部长是分管剧团的。没有他，我的父母恐怕都熬不过那场天灾人祸。但这种援助是有附加条件的。这位副书记兼宣传部长，就是我后来的继父。"

汪静飞心灵颤动，问道："在你父亲去世之前，还是之后？"

郭小鹏又停了一下，吐出两个字："之后。"

汪静飞暗中松了口气，泪水竟不知不觉地渗了出来。

郭小鹏冷静得近乎于冷酷："从我记事起，有关这件事，就听到过许多种说法。最权威的版本是'英雄落难，美人有情'。说我的继父在'文革'初期被打倒，发配海州监督劳动，与我的母亲在苦难中相遇相知直至相爱，结为患难夫妻；后来继父又官复原职身居高位，夫贵妻荣，而我的母亲却断然离他而去，带着幼年的我远嫁香港，再次落下'水性杨花'的骂名！"

汪静飞不忍再听，柔声劝慰："别说了，董事长，你的心情我能理解。"

郭小鹏咽回一丝隐泪，惨然一笑："我让汪总伤感了。"

汪静飞努力使自己平静下来，停了会儿又问道："你父亲是什么时候走的？"

郭小鹏低声道："在我未满周岁的时候。父亲临终嘱咐母亲，儿子将来干什么，哪怕做个手艺人，也不要做文人。"

汪静飞力图使话题轻松些："所以，后来郭董事长就学了理工科？"

郭小鹏道："你肯定不能想象，我在高干继父的家里，过的是什么样的日子！"

汪静飞确实难以想象，问："他们打你？"

郭小鹏黯然道："我的继父身为高级干部，肯定不会亲手打人。但那种深入骨髓的歧视，那种精神摧残，常人难以想象，那是一种超越阶级仇恨的蔑视。"

刘眉不知何时突然在他们身后出现，嘴角挂着一丝冷笑道："董事长痛说革命家史，感人至深哪！"她把脸转向郭小鹏，"我追随你这么多年，从来没听你讲过。"郭小鹏冷冷地命令道："请你走开！"

刘眉尴尬片刻，猛地扭头快步离开。

10

奔驰轿车无声地行驶在冷冷清清的海滨大道上。两边的路灯眨动着闪烁不定的眼睛，远处的码头上偶尔传来几声沉闷的汽笛声。路在脚下无尽地延伸。

激光音响音量很小地播放出一首流行歌曲，女歌手伤感的歌声在暗夜中飘荡。没人说话，车里空气有些沉闷。

汪静飞悄悄看了看郭小鹏，那张线条生动的侧脸不由得令她怦然心动，竟隐隐有了一种被征服的征兆。她弄不清这是幸运还是危机，而她感到恐惧的则是她该如何去面对深爱她的李新建。

车身轻轻晃动了一下，海州大厦的灯火已隐约可见。汪静飞强迫自己从思维的黑洞里回到现实中来，不停地告诫自己：你应该明白你的处境！你更应该清楚你的任务！在神圣的职责面前，任何东西都是无足轻重的！

黑暗中响起的电话铃蜂鸣声，打破了午夜的寂静。刚进入房间的汪静飞顾不得接通电源，摸着黑跑上前去拿起电话听筒。她"喂"了几声，对方却默不作声，相持片刻，电话被挂断。

汪静飞冲到落地窗前向外俯瞰。隐约可见蛰伏在楼下树影中的三菱越野车一动不动，车内似有烟头闪亮。

汪静飞望着那时明时暗的红点，心中不由得如潮翻涌。

电话铃又响，汪静飞回身冲过去抓起听筒，声音急促地问："喂，哪位？"

郭小鹏的声音低沉亲切："静飞吗？请允许我这样称呼你。我没什么事，刚才忘了道晚安。"

汪静飞心情复杂，在黑暗中轻声说："晚安。"

她放下电话，再次悄悄走到窗前，却发现三菱车早已无影无踪。

第四章 暗流涌动

"砰!"一声震耳欲聋的巨响,人形靶心窝洞穿,枪中十环。

国防乐园射击俱乐部里,郭小鹏头戴耳罩,平端装有红外瞄准器的AK47突击步枪连发连中,赢得周围一片喝彩。枪声一落,被打成蜂窝状的人形靶迅速滑到郭小鹏面前,除一个九环外,其余全是十环。

01

海州药业集团厂区，到处是繁忙的景象。

现代化制药车间内机声轰鸣，由电脑控制的生产流水线在有条不紊地运转。穿白色工作服的郭小鹏在费经纬等技术负责人的陪同下视察生产情况。

郭小鹏侧身询问费经纬："费总工，戒毒灵的批准程序到哪一步了？"

费经纬答道："现在只等卫生部药品局的批文了。"

郭小鹏不满意地略略提高声音："也就是说，还缺最重要的手续？"

费经纬满脸认真地道："戒毒灵从构思、创意、研制到专家鉴定、申请人身试验、临床试验，总共不过一年半时间，这已经够快了。以前这个过程往往需要几年，甚至十几年。"

"现在是信息时代，一万年太久，只争朝夕。不能等，要抓紧！"郭小鹏转脸对身后的林小亮说，"小亮，你们应该去北京多跑跑，费总不太擅长公关。"

说话间，一行人已经走出厂房，来到停靠在厂区大道旁的奔驰车前。

费经纬在与郭小鹏握手道别时，一副欲言又止的样子。郭小鹏意识到费经纬有不便启齿的事情要说，于是对其他人道："你们忙去吧。"然后请费经纬上车。

段海见董事长和费经纬上车，估计有事密谈，知趣地下车离开。

郭小鹏对费经纬道:"经纬,你我从小同学多年,又在一起共事,还有不能说的话吗?"

费经纬扶了扶眼镜,不好意思地道:"董事长,我的原单位省生物化学研究院,有一个正高名额。评定正高职称的需要参加一个国家级的科研项目,生物化学研究院正好有这样一个项目,但科研经费不足。"

郭小鹏简洁地问:"他们开价多少?"

费经纬答:"二十五万。"

郭小鹏又问:"这是一个什么项目?"

费经纬答道:"一种转基因产品,国家863计划的下游项目。"

郭小鹏道:"如果我给他们五十万,海州药业能成为这个项目的联合研制单位吗?"

费经纬喜出望外,连声道:"当然,当然没问题。这个项目的负责人吴雨生教授是我的老师,工程院院士,他对你和海州药业极为赞赏。"

郭小鹏说:"你顺便问问吴教授,愿不愿意出任海州药业的高级顾问。"

"吴先生是西南联大毕业生,今年已经七十多岁了,恐怕干不了具体工作。"费经纬如实相告。

郭小鹏道:"既为顾问,就是挂名,月薪三千元人民币。有他这块院士的金字招牌,他每年只需陪我聊几次天,就能扩张海州药业的无形资产。"

02

海州大厦总经理室里寂静无声，汪静飞在笔记本电脑前紧张地工作。随着她手指的轻轻敲击，屏幕显示：海州大厦财务1998。她按动鼠标，各种明细账目报表飞跑，接着又出现了1999、2000字样。她自语："壁垒森严，天衣无缝。"接着敲击，屏幕显示：海州药业集团股份有限公司。她输入密码，接通计算机中心，屏幕显示：需要授权。

汪静飞拿起电话说："计算机中心吗？我是海州大厦总经理汪静飞。"

一个小姐的声音从听筒里传出："汪总您好，请问有什么事？"

汪静飞道："我需要查阅公司销售汇总。"

小姐相当客气："对不起，这需要董事长授权。"

汪静飞紧了紧手中的听筒说："我是香港华龙集团的全权代表，也需要授权吗？"

小姐仍然是甜润的声音："这是集团的规定，请原谅无法向您提供帮助。再见。"对方礼貌地挂断了电话。

汪静飞倒吸一口冷气，感到面前的冰山坚不可摧。

这是位于城郊的一座废弃的工厂厂房。厂区空旷荒凉，杂草丛生，高大的厂房屋顶上黑压压地站满了乌鸦。

在一座锈迹斑斑的炉塔下，穿一身油腻工作服的杨春坐在铁椅上擦着手枪。一个身材瘦小的男子蹲在旁边察言观色，显然是倒卖枪支的主儿。杨春欣赏着擦得锃亮的手枪，眯着眼瞄了瞄准星说：

"我就是喜欢 77 式手枪!"

男子巴结地说:"杨先生有的是钱,干吗不用支好枪?"

杨春扫了他一眼,教训道:"难怪人都叫你王傻儿,你真是个傻×!什么叫好枪?好用就是好枪!这枪的子弹好找,警察也不容易查到枪主!懂不懂?"

王傻儿借坡下驴,频频点头:"是啊,是啊!我好不容易花大价钱才搞来的,警察查得特紧。"

杨春一伸手说:"子弹。"

王傻儿斜肩谄笑:"杨大哥还没给钱呢!"

杨春把一只胀鼓鼓的钱包扔过去说:"连包都给你!"

钱显然超过手枪价值,王傻儿心里踏实多了,把两个沉甸甸的油纸包递给杨春,很关心的样子道:"杨大哥这么躲来躲去的,到底躲的是谁呀?您不是说,公安局也不敢碰您一根毫毛吗?"

杨春脸色阴暗,沉声道:"海州想除掉我的人,恐怕不是一个两个。"

"我要是您,早就远走高飞,到外面享清福去了,永远不再回来!"王傻儿自作聪明地耸耸肩。

杨春拆开纸包,露出亮晶晶的子弹。"外面?你以为外面遍地黄金,只管弯腰捡就行了?"他往弹匣里一粒一粒压子弹,"我就是要在这一亩三分地上跟对手见个高低!"

王傻儿讨好道:"这一亩三分地上,还不是您和秋哥说了算。"

杨春摇头说:"过去是我们兄弟说了算,可现在被人挤了地盘。"

王傻儿假装英勇地挺了挺胸说:"查出是谁了吗?小弟把他

废了！"

杨春抬头看他一眼说："就凭你？别他妈丢人了。你连门儿都摸不着。"

王傻儿涎着脸笑了笑："您这把枪没有秋哥的好看。"他发觉说漏了嘴，不禁害怕起来。

杨春停止了动作，眼睛有些发直地自语道："秋弟就是太喜欢摆派了，老用一支美国 M15 将官手枪，把子上还镶着珍珠。到用的时候，拔都拔不出来。"他说着把弹匣"哗"地插入枪把。

王傻儿连忙弥补刚才的失误，拍胸脯说："秋哥走了，还有咱哥们儿呢！"

杨春望瞭望西斜的太阳，沉声道："打虎还得亲兄弟啊！秋弟要是还在，我也不至于虎落平阳，与你们这帮小毛贼为伍了。"

说罢，他拉了拉枪栓，缓缓举枪向王傻儿瞄准……

0 3

"砰"一声震耳欲聋的巨响，人形靶心窝洞穿，枪中十环。

国防乐园射击俱乐部里，郭小鹏头戴耳罩，平端装有红外瞄准器的 AK47 突击步枪连发连中，赢得周围一片喝彩。枪声一落，被打成蜂窝状的人形靶迅速滑到郭小鹏面前，除一个九环外，其余全是十环。

俱乐部经理恭维道："郭董事长百发百中，不愧是当代枪王，文武全才！"

郭小鹏却有些不以为然，淡淡地道："只要眼睛没毛病，谁用这种枪都能百发百中。"

经理强调介绍："这是我国最新研制和装备的AK47突击步枪，有效射程达到一千米，野战部队每个排才配备一支，专门用来射击敌人的指挥官和火箭炮手。郭董事长用过这枪？"

林小亮吹嘘道："我哥什么枪没用过？他在美国驾驶过F16战斗机！"

经理顿时肃然起敬："我当兵十六年，第一次遇见郭董事长这样的传奇人物。"

一身名牌运动装的郭小鹏戴上墨镜，前呼后拥地离开射击场地。

刘眉从远处刚刚停稳的法拉利跑车上跳下，匆匆赶过来。她跑到郭小鹏面前，叫了声："董事长！"

闲杂人等知趣地散开，郭小鹏皱了皱眉头，点燃一支烟抽着。

刘眉低声道："计算机中心向我报告，说汪静飞要查阅集团公司财务总账。"

郭小鹏冷冷地仰着脸，墨镜后面一片漆黑。他脸色严峻地命令林小亮："你马上去计算机中心通知陈然主任，海州大厦和集团公司财务总账系统，向汪静飞总经理全面开放。授权通知书明天上午交到他手里。"

林小亮不敢怠慢，驾驶着他的丰田车一溜烟远去。

郭小鹏用手机拨通计算机中心主任室的电话，低声道："陈然吗？你马上到高尔夫球场来一下。"

04

海边荒岛巨大的工棚里热气蒸腾烟雾弥漫,数十名穿军用雨衣、戴胶皮手套、捂脏毛巾的马仔围着十来口大铁锅,用粗大的木棒使劲搅动着锅里乌黑黏稠的液体。

已成为马仔头目的强民卖力地吆喝着:"大家快点儿干,把火烧旺点儿!熬完这几锅,咱们就开饭。今天餐上加餐,红烧肉管够!哟,老板来了!"

卢辉捂着鼻子进来,强民把凝结成大烟膏般黝黑发亮的成箱产品指给他看。他伸手在烟膏上抹了抹,放在嘴里尝了尝,满意地说道:"嗯,不错。铁柱,你小子还行,不光产量上去了,质量也上去了。你以前在家不光是烧窑吧?"

强民谦虚地哈着腰道:"在村办企业、乡镇企业都干过,还当过几天厂长呢。"

卢辉问:"怎么又不干了?"

强民不好意思地答:"为女人呗。"

"为女人?"卢辉来了兴趣,"介绍介绍。"

强民现编现卖,把曾经办过的一个案子拉到了自己身上,说道:"我带了个业务员进城,这小子没经过我批准,晚上弄了俩鸡来,把丑的给了我,他留下个年轻俊俏的。办完事后他跟人家闺女讨价还价,最后谈妥给发票三百,不给发票二百五。他掏三百付了账,结果那女的给的发票上边没有税务章。没这小红圆圈,回厂里就报不了销,他就扯住人家不让走。那女的一气之下,打电话喊来了相好的,几棍就把他砸趴下了。他觉得挺冤,就想喊我过去帮他，人家又在他身子穿了几个窟窿，当时就断了气。受他的连累，我这厂长给罢免了不说，还在号子里蹲了十七天。唉，一言难尽啊……"

卢辉听得哈哈哈大笑，连声道："精彩！精彩！铁柱你他妈的真是找了个宝贝业务员！"

强民也跟着傻傻地笑，卢辉一拍他的肩膀说："走，我也带你进城去，可别当我的二百五啊！"

强民赶紧推托说："俺就不去了吧？要是遇到警察，就全完了。"

"放心，我不会让你问人家要发票！"卢辉拍了强民的头一下，笑着道。

强民还想说什么，卢辉推了他一把说："走吧，跟着卢大爷没事儿！"

强民无奈地跟着卢辉走出工棚。

05

高尔夫球场。下午的阳光温暖明媚，照耀在平展起伏的金黄色草坪上，令人心旷神怡。

金市长一身漂亮的运动装，更显年轻潇洒。他在挑选球杆时对郭小鹏道："按照规定，公务员是不允许打高尔夫的，特别是上班时间，不过今天可以破例。"

郭小鹏道："据我所知，是规定不允许公务员持有高尔夫俱乐部的会员证。"

金市长挑好一副名牌球杆，接着道："不管是临时打球还是持有会员证，我都目标太大。"

郭小鹏笑了："美国总统也打高尔夫，请金市长开球。"

金市长挥杆击出一球，绝对的专业水平。郭小鹏也随之一击，二人共同前行。

"市法院执行庭有位庭长，刚从省里调来没两年，可高尔夫俱乐部会员证就弄了两个。"金市长把脸转向郭小鹏，明知故问，"那玩意儿一个值多少钱？"

郭小鹏一时揣摸不透市长的用意，于是随口答道："那是个随行就市的东西，价值二十万左右。"

金市长感叹道："仅此一张，就相当于我这样的干部十几年的工资。你说他一个小小的庭长，咋有这么大的胆量？"

郭小鹏顺着市长的思路往下走，说道："权力这东西，看会不会用。我和我妈在农村下放时，火柴并不紧张，可只要镇上几个小卖部的售货员一联合，把火柴放到柜台下面，一个类似'托拉斯'的组织就出现了。"

金市长说："现在是立法易，判决难，而执行更难。"

"正因为难，执行庭就值大钱了。"郭小鹏见金市长并无深入的意思，就想找一个更有些兴趣的话题，"我见过那位章庭长打球。"

"跟我比，水平怎么样？"金市长问。

郭小鹏答道："差远了！他是连推带刮掯带着捞，把能违反的规矩都违反了。"

金市长动作协调地击出一球，脸上露出笑容。高尔夫球滴溜溜地滚近球洞转了个圈，停在洞的边缘。

海州大厦总经理室。汪静飞正在大班桌前敲击电脑，忽见刘眉推开门昂然而入，旁若无人地环顾四周。

汪静飞多少有点诧异："刘总？"

刘眉挑战性地一挑眉问："怎么，汪总不欢迎！"

汪静飞用平静的语调道："刘总这是什么话？请还请不来呢！我正有好多事情要向刘总请教呢！"

刘眉大大咧咧地坐在汪静飞对面，四处扫了一眼后，带着江湖腔调侃道："我虽然在这个办公室里盘踞了好几年，但基本没动以前的东西，汪总一进入，就面目全非了。"

汪静飞知道对方"来者不善"，软中带硬道："刘总接手时，大厦已经濒临倒闭，百废待兴，顾不上讲究。我呢，哪怕在这里工作一天，也要按照自己的意志改造周围的环境。"

刘眉并不收敛自己的锋芒："汪总到底是硕士，格调就是不一样。"她指着一只古董花瓶，"小鹏曾经说过，真正有钱的人，就要买没用的东西。比方买赛马、买古董、买宠物、买漂亮女人。"她的眼睛飞快地转动，"要是实在钱太多，干脆就买个人造卫星！"

汪静飞说到底也是女人，而女人对女人，尤其是漂亮女人对漂亮女人，天生就有敌意。一番紧张的思索之后，她决定对刘眉进行"冷处理"，于是低下头不再答理。

刘眉认为玄奥的语言镇住了对方，江湖气越发显露。她取出精巧的打火机点燃香烟，是那种精巧细长的黑色摩尔烟，悠悠吸了一口，将香烟徐徐吐出，问道："汪总知道这大厦的来历吗？"

汪静飞仰起头，不置可否，将身体尽量舒适地在沙发范围内伸展。

刘眉在尼古丁的作用下激情难抑地说："这座海州大厦，原本是市委书记林子烈为长子林小强安排的立命安身之地。后来林小强因为吸毒进了监狱，小鹏看在继父的面子上接手重建，发展到今天这样的规模。应该说，我刘眉是海州大厦的创始人之一，为海州大厦和海州药业集团的发展做出了不可磨灭的贡献。"她说着起身径直走到酒柜前，给自己倒了一小杯红酒。

汪静飞安静地注视着她，没有发表意见。

刘眉接着说："为了海州大厦和海州药业，为了小鹏的事业，我刘眉什么没干过？"她的声音突然有些哽咽，但旋即变得刚强起来，"我心甘情愿！我什么委屈、什么痛苦、什么屈辱都能忍受！只要小鹏永远不离开我，我愿意为他牺牲一切！"说罢，一口将酒喝干。

汪静飞冷静地提议道："刘总今天情绪好像不太稳定，改日再谈如何？"

刘眉失态地将酒杯摔在地毯上嚷道："我就要今天谈！"

汪静飞宽容地一笑，用手托住下巴，静听下文。

不料刘眉情绪陡转，又坐到汪静飞面前，身体微往前俯诚恳地说："有件事，想请汪总帮忙。"

汪静飞不知其葫芦里卖的什么药，沉着应对："您说。"

刘眉推心置腹地说道："汪小姐，您年轻漂亮，又是名牌大学硕士，又是香港永久居民，又是大公司的高级职员。而我呢？不怕您笑话，出身贫贱，毫无背景；学历虽说也有，但到底拿不出手。相比之下，你我一个天上，一个地下。您可以有很多选择，嫁给大阔佬、大学者的机会多的是。而我只有小鹏一个。如果您把他抢走，我将会一无所有！"

汪静飞变了脸色，严肃地说道："刘总这话是从何说起？"

刘眉笑得有些凄凉："我看你们有这个苗头。"

汪静飞站起身来说："这很无聊，也绝不可能！刘总还有事吗？"

刘眉也站起身来，冷冷地说："很好，顺便送给您一句忠告。"

已准备送客的汪静飞停住脚步："请讲。"

刘眉冷漠的语气里暗藏着威胁和杀机："海州药业组织庞大、关系复杂，是个藏龙卧虎之地。这地方不比香港，法律之类的玩意儿，有时候不是很管用！"

汪静飞针锋相对："我相信，在中国的任何地方，都要依法办事！"说这话时，她的双目里陡地射出两道寒光。

刘眉露骨地威胁说："入乡随俗，到什么山就要唱什么歌，别把手伸得太长了！"

汪静飞双眉挑了挑，反击道："请问刘总，你想让我唱什么歌呢？"

已经走到门口的刘眉回过头来说："你自己琢磨去吧！"说罢扬长而去。

0 6

海州城内的生产资料大市场永远都是喧嚣热闹的。大到水泵电机农用车，小到铁钉鱼钩胶皮手套，样样俱全。

卢辉带强民开车穿行在乱哄哄的人流中，最后停在卖橡胶制品的商店前。商店老板一看生意来了，满脸笑容地热情迎候："哟，卢老板！您来啦？"

卢辉走到柜台前，拿起胶皮手套样品，垂着眼皮问："这手套多少钱一副？"

老板边递烟边说："老主顾，老价钱，不会向你多要，还是十八块！"

卢辉翻了翻眼说："上次你就多要了，龙瞎子那儿只卖十二块。"

老板连忙道："就怕货比三家。我这是军工名牌，给你的就是成本价呀！"

卢辉不耐烦地说："还跳楼价呢！"他一拉强民，"到龙瞎子那边看看。"

老板慌了："您先别走，再商量商量。十五，怎么样？"

卢辉瞥了他一眼说："十三，拿三百副，给你四千块。"

老板同意了："算我白送给卢老板了，交钱吧。"

刚开好票，卢辉的手机响了。他跑到一边接听后回来对强民道："老板要见我。你就在这儿等我，清点一下数目，不准离开半步。我去去就回。"说罢匆匆跑到门外，开车离开。

强民老老实实地守住一箱手套，一双一双仔细清点。

老板问道："你们做什么产品啊，一买就买这么多？"

强民和老板套近乎："化工产品啊，需求量特别大，过几天我们还来。"

老板忙递给强民一支烟："跟你们老板说说，下次还到我这儿来，我不会亏待你。"说着使了个意味深长的眼色。

强民笑笑:"没问题。老板,俺使使您的电话成吗?"

老板爽快地答应:"你使,随便使。"说罢踱出门外。

强民拨通李新建的手机后大声说:"小李侄子吗?俺是你铁柱叔啊。俺在大发生资市场买货哩,立马儿得赶回厂子里去,夜黑打牌俺就不去了。哎哟!不行!肚子叫卢老板的猪头肉撑坏了,俺得去四路车站对过的茅房拉屎去。"他挂断电话,捂着肚子跑出门去,对商店老板道:"麻烦您给照看一下!"

卢辉开车赶到约定地点,见穿皮夹克的林小亮正不耐烦地靠在丰田车旁抽英国烟斗。

卢辉颠儿颠儿地跑到他面前请安:"林老板,您忙着哪!"

林小亮骂道:"你他妈总是这么磨蹭,泡妞儿去了?"

卢辉喊冤:"忙得屁股朝天,累个贼死,有那心,也没那精神。买胶皮手套来了。"

"怎么那么费呀?"林小亮皱起眉头。

卢辉没好气地说:"您去干两天,就明白怎么费了。"

林小亮问:"进度怎么样?"

卢辉答道:"快了,快了!"

林小亮又来气了:"你他妈总是快了快了,就是不见货。我可告诉你,我也不过是个中间环节,要是把上头给惹急了,你在海州就没法混了!"

卢辉似乎并不害怕,解释说:"这玩意儿污染太大,废气废水排多了,怕引起环保局和警察的注意。再说,可靠又肯干的人手太缺。更重要的是,"他捻动手指,"还缺点儿银子。"

林小亮道:"定金不是给你了吗?你怕我赖账?"

卢辉厚着脸皮道:"按说是不怕,可银子攥在手里,这心里就踏实,心里一踏实,进度自然就快了。"

林小亮骂了声粗话,把一个厚厚的信封拍到卢辉面前。

卢辉喜形于色,大嘴张着半天没闭上,道:"痛快!十天后开车来取货吧!"

林小亮坐进车,好像忽然想起什么,问:"听说你那儿又进人了?"

卢辉眨巴眨巴眼说:"是有一个,范明告诉你的?"

林小亮又问:"可靠吗?"

卢辉把信封塞进兜里说:"我审查过了。我这双火眼金睛,谁也逃不过去。"

林小亮不屑地讥讽道:"就你这狗屎眼,还能把人看准了?"

卢辉不高兴地反驳:"矬子里选将军,他还真是个难得的人才呢。"

"你这么说,我还真得见识见识。"林小亮边说边发动着车。

卢辉涎着脸笑问:"哎,您那位漂亮姐姐哪儿去了?上回在粤海酒楼吃饭,就远远地瞅了一眼,真是国色天香,可连句正经话都没搭上,害得我做梦老想她。您再给引见引见?"

林小亮嗤之以鼻,骂道:"瞧你那熊样!海州有多少人算计她,没一个得手。你别他妈癞蛤蟆想吃天鹅肉了!"

卢辉很执着地请求:"不就是见一面叙叙吗?您给说说,让我交货前见见她!"

林小亮怕挫伤他的积极性,影响生产进度,就敷衍道:"我说说看吧。别他妈成天琢磨那事儿，误了正事我阉你个龟孙子！"说罢一加油门，丰田车疾驰而去。

公共厕所里臭气熏天，强民捂着鼻子蹲坑。他不停地调换姿势，看得出，他已经蹲了好一会儿了。随着一阵急促的脚步声，穿便衣的李新建匆匆钻进来，蹲在强民旁边也开始出恭。

强民长出了口气，又赶紧把嘴捂上。

李新建低声骂道："你也真会挑地方，没个干净地儿？"

"我想去东海饭店，人家也得让我进啊！给。"强民把一张破纸交给李新建，"这是我画的地形图。他们的主要产品是麻黄素提炼物，已经积累了五十多箱了。"

"老板是谁？"

"听说是个女的，年轻漂亮，可谁也没见过。出面的是个年轻人，老板的弟弟。"

"看样子你还要继续潜伏下去。"

"到什么时候？"

"查清老板是谁为止。"

"我他妈受不了啦！"强民顾不得臭了，连声叫苦，"进去就挨顿黑打，差点儿没给活埋了！"

李新建鼓励道："完成任务，我下半年给你报功升警衔儿。"

"就怕熬不到那天了。"强民起身系好裤子往外走，"我得回去了，卢辉快回来了。"

李新建站起来，透过厕所的砖孔，看见强民回去后不过片刻，卢辉就出现了。他迅速从手提包里取出相机，将长焦镜头对准卢辉，不停地按动快门。

07

金市长和郭小鹏拎着球杆，漫步在草地上。金市长抬头看了看将要滑进晚晖的夕阳，又看看表，问道："这球场有多大？"

郭小鹏答道："长大约六千米，占地约六十公顷。"

金市长叹道："今天是打不完这十八个穴了。"

郭小鹏说："您说打多少，咱们就打多少。"

金市长挥挥球杆："就打这最后一个穴吧。"

郭小鹏点头："好的。咱们赌个输赢如何？"

"作为政府官员，我从不和任何人赌任何东西。"金市长一本正经的样子。

郭小鹏道："那就换个说法。您胜了，我送给您这套高尔夫球具；您败了，请我吃海鲜。"

金市长来了兴趣："这还行。"他挥杆击球，球在空中划出美丽的弧线后，落到洞边。

郭小鹏一杆打去，球却落到一个故意设计的坑里。他跪到坑里拿杆左右比画，最后无可奈何地说："这球就是世界第一的老虎伍兹来了，没三杆也打不出去。我认输了。"

金市长微笑道："你该不会是故意让我吧？"

郭小鹏指了指远处发球地点说："我要能故意把球从那么老远一杆打进这坑里，不敢说英国公开赛，起码能在国内的爱立信杯比赛上拿个名次,早就不当这个劳什子董事长了。"

两人笑着把球杆递给球童,浑身轻松地往回走。

郭小鹏边走边道:"我有个事,顺便想跟您说说。"

金市长笑道:"凡是'顺便'的事,往往都很重要。"

"戒毒疗养院开工典礼的时候,请您一定出席。"郭小鹏似乎是有些郑重其事。

"那当然,千秋功业嘛!"金市长盯着郭小鹏,"就这事?"

郭小鹏坦然的样子道:"能不能以市政府的名义借给我一点钱?"

金市长警惕起来问:"什么意思?"

郭小鹏笑道:"您别紧张。我的意思是您借给我三两百万,我很快再给您打回去。"

金市长不解地问:"这是何苦呢?洗一遍?"

郭小鹏解释:"狐假虎威而已。民营企业是您属下的政府各个部门盯得最紧的地方。如果政府以支持民营企业投资慈善事业的名义借给我钱,那么工商税务等部门就不敢来骚扰了。"

金市长原则性很强,觉得有些刺耳,眉头皱了皱道:"嗯?'骚扰'这个词用得不好!"

郭小鹏道:"是有些偏激。可现在政出多门,要把这些程序都走完,黄花菜也凉了。"

金市长终于表态:"你写个报告,交给我的秘书。我给银行批一下。"

郭小鹏连忙点头道:"好的,我马上就办!"

晚霞瑰丽,日落西山。郭小鹏等人把金市长送出俱乐部大门,来到红旗轿车前。郭小鹏挽留说:"金市长,东海饭店有个香港来的阿威师傅,鱼翅做得很好。"

金市长停住脚步说:"我已经五十七岁了,用老舍先生的话说是'现在花生米有了,可牙没了'。除了某些正式场合不得不应酬,还是回去吃老伴的手擀面来得舒服些。"

郭小鹏不再勉强,示意段海把十四根一套的进口球杆放到红旗车上。

金市长发现后制止道:"虽说我赢了球,但不能真的把球具带走。"

郭小鹏用轻描淡写的口气说:"不过是个运动器具而已,值不了多少钱。"

金市长显然清楚球杆的昂贵,说道:"它值多少钱,郭老板心里最清楚。"

郭小鹏笑着对段海说:"市长不要就算了,为官之本,讲究清正廉洁。"

金市长也笑道:"如果你们想让我平安降落,就请原谅我的谨慎。"

大红旗缓缓启动,郭小鹏一行挥手为市长送行。

08

李新建风风火火地闯入局长室,差一点撞在准备下班的张啸华身上。张啸华训道:"越来越没规矩。每次进门都不喊报告,更别说立正敬礼了！"

李新建赔着笑脸："我这不是有紧急公务嘛。"

张啸华坐回办公桌后说："你不管公务、私务，从来都是紧急的。"

李新建先把标有地下工厂位置的海州市地图指给张啸华看，再展开强民手绘的地形图，说道："这个黑工厂是提炼麻黄素的，麻黄素是加工冰毒的基本原料。"

张啸华看着地图，没有抬头，说："读中学的时候，我是化学课代表。"

李新建等张啸华抬头后，又把卢辉的照片递过去："这是我偷拍的卢辉照片。"

张啸华端详影像模糊的照片，问："就是你说的那个黑包工头？"

李新建点点头："强民报告，卢辉的老板是个年轻漂亮的女人，我敢肯定是刘眉！"他一拳捣在桌子上，"只要您一点头，我立刻就捣毁地下黑工厂，把刘、卢二犯拿下，彻底揭开毒品大案黑幕！"

张啸华摇头道："恐怕不会这么简单吧？心急吃不得热豆腐，海州毒品大案背景很深，切忌解决处理简单粗糙，操之过急，捡了芝麻丢了西瓜。即使刘眉涉嫌毒品案，也仅仅是个幕前人物，真正的毒枭隐藏幕后，并与海外贩毒集团有着千丝万缕的联系。与全局相比，你的工作只是局部。但即便是局部战斗，你也要把握时机，稳操胜券，不要影响全局。我相信我已经讲得很透彻了，如果你还没听懂，不妨靠边休息几天，我派别的人来主持破案。"

李新建一副心悦诚服状，不无恭维地说道："虽然没完全听懂，但局长的意图我已经完全清楚了。我最深的体会是局长真不好当，我还是当个刑警支队副支队长最合适，人暂时就别换了吧？"

张啸华刚闪出笑脸，又变得严肃："你小子聪明透顶，可就是改不了性急的毛病。"

"我准备密切监视卢辉和刘眉、杨春等人的行动……"说着看张啸华的反应，见他不吭声，就主动问，"局长还有什么指示？"

张啸华语调短促果断："从卢辉入手，掌握确凿证据，时机成熟，可以实施逮捕，把外围打开！"

李新建很正规地立正敬礼："是！"

张啸华站起捣了他一拳："别装模作样了，快忙你的事去吧！"

09

刘眉快步走出海州大厦大堂旋转门，驾驶红色法拉利跑车疾驰而去。隐蔽在出租车内的杨春命令司机跟上，紧随其后。紧接着，李新建驾驶的三菱越野车也从暗处开出，紧紧咬住出租车。

性能优良的法拉利跑车提速极快，在宽阔平坦的大道上疾驰如飞。桑塔纳出租车和三菱越野车顿时相形见绌，很快被拉开了距离。

刘眉手握方向盘，用耳机接听移动电话："什么？明白了。好的，我就不忙着去总部了，能找到个赛车的机会可不容易！"她挂掉电话，从后视镜中看了看跟踪的车，恶作剧地一笑，猛甩方向盘，突然加大了油门，向城外开去。

进入城外冷清无人的高等级公路后，法拉利与后面的车差距就更大了。跑车如同红色的闪电射向无尽的黑暗，稍纵即逝。

杨春命令出租车司机："快，跟上！跟紧它！"

司机抱怨说："您知道它是啥吗？它是法拉利！它有八个汽缸，驾驶舱跟飞机差不多。别的不说，光人家那四个轮胎就比咱这破车值钱。那轮胎跑到一百六十公里以上，才进入最佳状态。咱这破桑塔纳，玩了命也就是这个数。想上二百，除非从悬崖上往下掉。"

"我给你双倍的车钱，只要你能跟上它！"杨春抛出诱饵。

司机保持原车速说："这车就是我的命，不能为俩小钱，把命给丢了。"

杨春明白"重赏之下必有勇夫"的道理，拍出两张百元大钞："再加二百！"

被利益驱动的司机猛踩油门，发动机狮吼般怪响，整个车震颤起来。

三菱车里的李新建也把车速提高到最大限度，但越野车在平滑如镜的高等级路面上顿时失去了优势。他自言自语骂道："他妈的，下次老子要求装备赛车！"

法拉利驾驶室内，刘眉打开激光音响，把车开得更加潇洒，如喷气式客机即将起飞。节奏铿锵的迪斯科音乐伴随着飞转的车轮，激情喷涌。在灯光灿烂的十字路口，刘眉决定结束这场猫戏老鼠的游戏。她突然掉头往回开，把刹车不及的桑塔纳和三菱甩在身后。

桑塔纳出租车和三菱越野急忙掉转车头，开足马力向法拉利追去。

海州药业集团总部大楼在夜色里巍然耸立，典型的欧美式风格。喷泉广场的灯火一片辉煌，亮如白昼。法拉利如同长跑冠军首先到达终点，刘眉下车后快步走进楼内。

桑塔纳出租车尾随而至，杨春跳下车追进大门，揉开上前询问的门卫。

片刻，三菱越野车不慌不忙赶到，李新建下车后拿起手机拨号。

杨春跑到刚刚启动的电梯门前，默数着迅速变换的楼层显示荧光数字。电梯荧光显示停在第十五层。杨春精神抖擞，开启另一电梯进入。

李新建此时穿过大堂，大步冲到电梯门前，看着杨春乘坐的电梯上升，掏出了手枪。

在十五层楼道，杨春从电梯里一步跨出，面对复杂幽深的楼道，不禁有些茫然。但稍作判断，便贴右墙走去。空荡荡的大楼里悄无声息，房门紧闭，壁灯昏暗，楼道里只有杨春的脚步声。他刚走到楼道拐弯处，突然闪出几名高大魁梧的保安人员，将他双臂反扭起来。顿时，灯光大亮。保安人员也不说话，迅速将杨春推进一间会议室的大门。

硕大无朋的罩灯将强光直射在椭圆形会议桌面上，与四周的黑暗形成强烈反差。郭小鹏独自坐在会议桌的主席位置上，身后站着两名保镖。刘眉、费经纬、林小亮和汪静飞等十几位海州药业的核心人物分别围坐两旁。所有的人，都默默地、冷冷地审视这位不速之客，气氛有些阴森。

杨春沉着镇定，甚至轻轻笑了笑，在会议桌的另一端遥对郭小鹏不请自坐，旁若无人地点燃香烟。

沉默少顷，郭小鹏冷冷地发问："你是谁？"

杨春放肆地冷笑道："杀了我的亲弟弟，你还不知道我是谁！"

郭小鹏一怔，问："你的弟弟？"

"郭先生也是江湖中人，何必演戏？"杨春一拍桌子，"别他妈装丫挺了！"

郭小鹏颇感厌恶地皱起眉头说："我告诉你，这里是海州药业集团总部，不是街头无赖撒泼斗野的场所！坐在你对面的也不是你的同类，而是大型高新企业的最高领导人！"

杨春把烟扔到地毯上，指着郭小鹏喝道："姓郭的，少来这一套！别在你杨大爷面前摆谱！为什么要杀我弟弟？"

郭小鹏靠在皮椅上居高临下地说道："你弟弟死于非命，你应该去找有关司法部门，而没有权利在这里无理取闹。中国是个法治国家，你应该遵守中国的法律。我不认识你，请你出去！"

杨春霍地站起身来怒斥道："你不认识我？你总该认识林小强吧？你是怎么把海州大厦搞到手的？你指使这个姓刘的臭婊子想把所有的对手都赶尽杀绝呀？你他妈做梦！"

林小亮手握裁纸刀，紧张地看着郭小鹏。刘眉和汪静飞面无表情，冷若冰霜。

郭小鹏面不改色，向站在杨春身后的保安挥挥手，冷冷地命令道："好了，请这位先生出去！"

杨春不等身后的保安动手，突然迅速拔出手枪直指郭小鹏喊道："我废了你！"

话音未落，李新建率众刑警破门而入，迅捷地夺下杨春手中的凶器，将他摁坐在椅子上。郭小鹏眼睛一亮，嘴角浮起意味深长的冷笑。

警察的突然闯入，缓解了室内的紧张局势，与会者都暗中松了一口气。

李新建接过杨春的手枪看了看，微微一笑，把枪揣进怀里。

汪静飞漠然地看着李新建和众刑警，好像眼前发生的事与她无关。

李新建对部下命令道："把他带走！"

杨春冷笑着看了郭小鹏一眼，被刑警带出会议室。

费经纬走到李新建面前，握住他的手真诚地说："谢谢您！谢谢各位警官！避免了一场悲剧……"

李新建也很客气："这是我们应该做的。"说着对郭小鹏点点头，"请各位继续开会吧。"

费经纬和林小亮把李新建送出门外，几名保安也随之撤出。

郭小鹏始终阴沉着脸，坐在靠椅上纹丝不动。

费经纬和林小亮送人回来，发现气氛有些异常，忙收敛笑容默然入座。

罩灯的强光下，十几名集团负责人屏息正襟危坐，屋子里突然间静得落针可闻。

郭小鹏没有改变姿势，仿佛自语般道："在资本原始积累阶段，难免使用一些低级手段。福特一世是这样，老洛克菲勒也是这样；比尔·盖茨在初创微软帝国之时，也用过不少摆不到桌面上的招法，这并不奇怪。"他突然抬起头来，目光如炬，加重了语气，"但这个姓杨的所说的一切，纯属对我本人和海州药业集团无端的污蔑！"

汪静飞迎着郭小鹏灼热的目光微微颔首，她那双秀目显得深不可测。

郭小鹏威严地审视着一张张熟悉而忠诚的面孔继续沉声道："除港方代表汪静飞小姐外，在座各位都称得上是海州药业的元老和中坚。我们走过的艰苦创业之路光明磊落，凝聚着我们的汗水、心血、智慧和每个人的生命历程。我们问心无愧！我们要像爱护自己的生命一样，爱护海州药业的崇高声誉和企业形象，这就是我们的创业之魂、立业之本。我希望在座各位同仁都能真正成为海州药业这条'诺亚方舟'上的忠诚水手，同舟共济，共同到达胜利的彼岸。"

刘眉已激动得满面绯红，眼里饱含着爱慕和敬仰的泪水，在座的各位也被郭的真诚和坦荡深深打动。汪静飞闻之，也不得不为郭小鹏的真情表白而动容。

海滨大道上，以三菱越野车为首的警车车队闪着警灯呼啸而过。三菱忽然一个急刹车停靠在路边。后边的车也纷纷停住，刑警们跳下车跑过来。被两名刑警夹在三菱车后座中间的杨春不知发生了什么情况，眼睛紧盯着前座的李新建。李新建嘴角叼着烟，掏出杨春那支小巧精致的手枪来，轻轻一扣扳机，"啪"的一声，枪口喷出一朵蓝色的防风火苗。

李新建点燃香烟后，回身把仿真玩具打火机手枪扔给后座的杨春，揶揄道："自己玩玩可以，别拿它吓唬人，这是犯法的。去年有个酒鬼用这玩意儿吓唬旅客说要劫持飞机，结果被判了半年徒刑。杨先生，我今天先放你一马，你好自为之。下去吧！"

刑警给杨春打开手铐，拉开车门放杨下车后，"砰"的一声关上车门。

警车车队闪着警灯呼啸而去，把一头雾水的杨春扔在黑暗的旷野里……

第五章 动了杀机

残阳如血,冷风萧瑟,苇海涌波,冷水坑的四周隐隐透着杀机。

强民扛着木箱子,在落日余光中穿过苇丛向冷水坑走来,浑身落满了金辉。

冷水坑是苇中一块空地,四周芦苇如黑墙般耸立。花白的苇羽芦花在强劲的秋风吹拂下,如躲躲藏藏的幽灵,飘忽不定,上下左右旋飞。强民似乎预感到一丝不祥,他缓缓弯腰放下木箱,警惕地聆听着四周的动静。

01

灿烂的阳光下,一架军用直升机远远飞来,绕着海边孤岛转了几圈,掉头远去。躲在芦苇丛中靠着丰田车抽英国烟斗的林小亮警觉地摘下墨镜,望着越飞越远的直升机想了想,用手机拨通卢辉的电话:"卢辉吗?你把新来的马大个儿带过来。"

没多大一会儿,卢辉带着强民乘摩托快艇飞快地向这边驶来。隐蔽在芦苇深处的林小亮用高倍望远镜观察马大个儿,不禁大吃一惊。望远镜中,破衣烂衫、灰头土脸的强民的面容越来越清晰可辨。林小亮紧张地放下望远镜,用手机命令已经靠岸登陆的卢辉:"听着,你一个人过来!"他透过苇丛缝隙,看到卢辉对强民说了句什么,然后一个人晃晃悠悠地向这边走来。

林小亮待卢辉走到面前,这才从芦苇里探出身子。他努力使自己镇定下来,用很随便的口吻问道:"什么时候交货?"

卢辉说:"昨天不是说好了吗?最晚十天。"

林小亮把一个信封扔给卢辉:"能不能提前到五天?"

卢辉掂了掂钱的分量后说:"六天吧。我玩儿命,估计差不多。"

林小亮加重语气:"别玩虚的,到底行不行?"

卢辉一撸脖子说:"没问题!"

林小亮抬头看看天空又问:"这地方以前来过飞机吗?"

卢辉想了想说:"好像没有。"

林小亮装出漫不经心的样子:"那个马大个儿到底可靠不可靠?"

卢辉看了他一眼说："你不是让我把他带来吗？他在那儿，叫他过来你亲自问问？"

"你调查过他的来历吗！"林小亮音调变得阴沉。

"一个强奸杀人犯，还要怎么调查？他说的和我派到公安局去的内线搞来的情报严丝合缝，没一句假话。"卢辉说到这儿不高兴地眉毛一扬，"你他妈的总不相信人！"

林小亮坐进丰田车轰响油门，不屑地说："是你们这帮家伙让人放心不下！"

卢辉赌气道："那你自己来干好了，我还不想伺候呢。"

林小亮显然不想激怒卢辉，忍着气道："好了，好了。用人不疑，疑人不用。下午六点，你叫马大个儿把粗加工的样品送到冷水坑接头处，我派人准时到那儿接货。"

卢辉点点头说："没问题，不过我有个条件。"

林小亮皱起眉头问："什么？"

卢辉恬不知耻地笑了笑："让你那漂亮姐姐和我一起吃顿饭。"

林小亮像吞了只苍蝇，直恶心，但马上掩饰着随机应变："你不说我还差点儿忘了。昨天我跟姐姐说了说，她约你今晚在城里见面，具体时间地点，她用电话通知你。"

卢辉大喜过望，不敢相信地追问："她真这么说来着？是单独见面吗？"

林小亮不耐烦地说："你还想集体接见啊？犒劳犒劳你呗，熊样儿！"说完开车走了。

卢辉一拍大腿迈开八字步，哼着淫词小调儿晃晃悠悠地朝海边走去。

02

市公安局局长室。快步走到门口的李新建正欲往里冲，忽然想起什么，忙停住脚步，十分响亮地高喊一声："报告！"

里边传出张啸华愉快的声音："是新建吧？进来。"

李新建走到办公桌前，精神饱满地递上一沓照片，兴冲冲地道："局长，这是今天航拍的九号海岛照片。"

张啸华仔细审看照片，抬头问："特警队准备得怎么样？"

李新建答道："特警队准备完毕，加上武警一个排，随时听候调令！"

张啸华满意地点点头："很好！你要密切注意卢辉及其老板的行动，掌握确凿证据后，立刻实施逮捕。不管这位老板是谁，通过突击审讯，一定要打开缺口。"

李新建忍不住问："什么时候对黑加工厂采取行动？强民还在里面呢。"

张啸华严肃地说道："抓不住卢辉和'老板'的尾巴，捣毁一个毒品粗加工作坊没有任何意义。岛上还有武装力量，晚上行动怕有误伤。如果今晚案情有突破，可在明天清晨行动。"

李新建挺了挺胸："是，我这就回去准备。"说罢转身走向门口。

张啸华忽然叫住他："等等。"

李新建走回来问："什么事局长？"

张啸华拿出一张请柬递过去："海州大厦有个庆祝开业十周年的盛大酒会，请我出席，我还有个会，就不去了，烦你代劳。"

李新建有些生硬地把请柬推回去说："如果不是命令的话，我拒绝'代劳'！"

张啸华笑道："这可是有吃有喝出风头的好机会，金市长要亲自出席。"

李新建转身往外走，说："咱小萝卜头一个，您另请高明吧。"

张啸华板起脸说："昨天嚷着要调查海州大厦，真让你去，还摆起谱来了。拿着！"

林小亮驾驶着丰田车在郊区通向城内的公路上横冲直撞，频频越线超车，高音喇叭长鸣。路边一个被掀翻小摊的老板冲着飞驰而过的车大骂："你他妈奔丧啊！"

丰田车眼看就要驶上市内的快车道，偏偏遇上路口亮起红灯。车流被阻，一时动弹不得。林小亮抓耳挠腮，急得直骂："他妈的，你倒是走啊！"边骂边高频率地猛摁喇叭。他见交警远远地指他，忙停止违规动作，掏出手机拨号。好容易接通电话，刚说了声："姐，出事了……"就被对方打断。刘眉的声音传出："我在大厦正忙着呢，你快过来，有话见面说！"说完挂机。

林小亮骂骂咧咧地再拨电话，却被告知："你拨打的用户已关机，请稍候再拨……"他愤怒地一摔手机，"小命都攥人家手里了，关他妈什么手机啊！"

绿灯终于亮了，车流启动，丰田如离弦之箭般射出，强行超车。

紧赶慢赶，林小亮见缝就钻，很快便看到了海州大厦，他驾着丰田风驰电掣般驶入音乐喷泉广场。大厦张灯结彩，员工们正为大厦开业十周年庆祝活动忙碌。已在大堂等候的刘眉见丰田车驶来，立即迎出。她跳上还没停稳的丰田，吩咐林小亮："别说话，往城外没人的地方开！"林小亮马不停蹄地掉转车头，驾着车迅速离开大厦。

李新建开着三菱心急火燎地往支队赶。他想利用去海州大厦参加宴会之前的这点空隙，把工作再安排一下。

忽然，他的寻呼机"嘀铃铃、嘀铃铃"响起来。他左手掌着方向盘，右手从腰间摘下寻呼机，摁键查看信息。液晶屏幕显示：林、刘在大厦接头后离开，请注意！

李新建十分诧异，他并没安排人跟踪林小亮或是刘眉呀，这条怪怪的讯息又是谁发来的呢？他百思不得其解，马上打消了回支队的念头，掉头向海州大厦方向驶去。

0 3

丰田轿车驶上宽阔平坦的海滨大道，林小亮正准备打开不停鸣叫的手机，却被刘眉一把夺过去。

林小亮看着刘眉直发愣，问道："怎么了，姐？"

"用这个。"刘眉递给他一个 SIM 卡，"你的手机很可能被监听，这是用假名新买的。"

林小亮更加紧张了，声音急促地道："姐，我在岛上看见刑警支队重案大队的队长强民了！"

刘眉大惊："你没看错？"

林小亮气急败坏地喘着粗气道："没错儿！我上中学的时候，他就是我们那儿的片儿警，三天两头把我们这帮坏小孩儿叫去训一顿，别提有多恨他了，扒了他的皮，我也认识他的骨头！"

刘眉感到头皮都炸开了，叫道："这可是大事，他认出你来了吗？"

"他没看见我。"林小亮拍了一下方向盘，"现在最危险的，就是这个强民，还有卢辉。"

刘眉示意林小亮把车靠向路边停下，果断地一甩长发道："不行！得赶快想办法掐断这条线，让警察抓住把柄就全完了！"

林小亮杀气腾腾地道："那就把这两个人都干掉！"

刘眉毕竟是女流之辈，背脊有些发凉，不无顾忌地说道："干掉卢辉应该没什么问题，强民有没有必要？他可是警察。杀了警察，尤其是重案队队长，公安局还不把海州掀个底朝天？"

"除恶务尽，不能留半点隐患！"林小亮咬牙切齿，他看看刘眉问，"姐，害怕了？"

刘眉脸色暗淡，轻声道："姐是死过几回的人了，怕过谁？我是怕毁了你哥的千秋大业。"

林小亮黑着脸说："什么千秋大业？过一天算一天吧。我们不能俯首就擒。"

刘眉燃起香烟，手指微微有些抖动，冷冷地问："你有什么计划？"

林小亮故作胸有成竹："咱们分头行动。你负责干掉卢辉，我来对付强民。"

刘眉仍有些担心地说："怎么干？这可是人命关天的大事，不是小孩子过家家，得有个完整的计划。"

林小亮得意地说出杀人计划："我早就安排好了。下午六点，卢辉派强民把粗加工样品送到芦苇荡深处的冷水坑，那是个杀人越货的天然场所，强民将在那儿神不知鬼不觉地结束生命。与此同时，我会通知卢辉今晚和你单独见面的时间和地点，剩下的活儿，就看姐姐精彩的创意和表演了，这本来就是你的拿手好戏。卢辉是个色中饿鬼，对姐姐垂涎已久，杀他还不跟玩儿似的？"

换了身笔挺西服、油头锃亮的卢辉开着吉普车匆匆往城里赶，不停地打手机，可林小亮的电话老打不通，气得卢辉直骂："他妈的，敢玩你卢大爷！"他刚想摔手机，铃声响了。见是个陌生号码，开口又骂娘，"你他妈等会儿再打！"不料电话里传来林小亮的声音："你他妈骂谁呢？不想接我挂了啊！"

卢辉连忙停住车，双手抱着手机道歉："哎哟哟，林老板！该死该死，我正给您打电话呢。您说您说！"

林小亮通知他："晚上七点，我姐约你在舰桥影城纽约厅见面。"

卢辉连声答应着："好的，好的，请告诉你姐姐，我准时去。谢谢林老板！"

林小亮叮嘱说："我姐目标太大，认识人多，你别让人给盯上了，影响不好，明白吗？"

卢辉点头如鸡啄米："明白，明白，这个我懂。咱也是老鬼了。哎，你换手机了？"

林小亮说了句："我手机没电，用我姐的。"随即挂断了电话。

卢辉轰的一声把车开出，顿觉天高地阔，血脉偾张。心情舒畅的他边动作夸张地打方向盘，边哼着有滋有味的小调。

沐浴在金色晚晖里的海州大厦广场，鼓乐齐鸣，彩旗飘飞，鞭炮炸响，花灯怒放。一辆辆高级轿车接踵而至，达官贵人衣冠楚楚地走下汽车。

郭小鹏满面春风地率刘眉和汪静飞两位女将笑迎佳宾。他西装笔挺，左胸处缀着一朵鲜红欲滴的康乃馨，加之两边站着美若天仙的助手，更显得气宇轩昂，风度非凡。

加长大红旗轿车徐徐驶入欢乐的人海，金市长矜持地从车上走下，立刻被记者们包围。拍照的、录像的、拍马屁的蜂拥而至，郭小鹏忙上前解围，将市长引入大堂。

李新建坐在远离人群的三菱车里，冷眼观望着眼前这浮华的场面。他自言自语："眼见你起高楼，眼见你宴宾客，眼见你楼塌了……"

也就在此时，海边荒原芦苇荡的深处却是另一番景象。残阳如血，冷风萧瑟，苇海涌波。冷水坑的四周隐隐透着杀机。

强民扛着木箱子，在落日余光中穿过苇丛向冷水坑走来，浑身落满了金辉。

冷水坑是苇中一块空地，四周芦苇如黑墙般耸立。花白的苇羽芦花在强劲的秋风吹拂下，如躲躲藏藏的幽灵，飘忽不定，上下左右旋飞。强民似乎预感到一丝不祥，他缓缓弯腰放下木箱，警惕地聆听着四周的动静。

突然，身后"扑啦啦"一声巨响，强民一个嘴啃屎趴在地上，却见一只硕大的野鸭掠过苇梢飞去。他抹掉满脸的芦花，慢慢坐起，恶狠狠咒骂一声，从肮脏的对襟破褂里摸出一支压扁的劣质香烟……

04

海州大厦宴会大厅里宾客云集，甚是热闹。

庞大的管弦乐队开始演奏传统中国乐曲《茉莉花》，长方形餐桌上堆满了美味佳肴和各色名酒。侍者来往穿梭，宾客笑语欢声，整个大厅洋溢着喜庆的气氛。

郭小鹏率汪静飞和刘眉等助手陪着以金市长为首的一大群政府官员及社会名流，端着鸡尾酒谈笑风生。各新闻媒体记者趋之若鹜，不停地闪灯拍照，令人眼花缭乱。

李新建端了杯红酒独自站在僻静的角落里冷眼旁观，显得与眼前的场景格格不入。大厦保安部经理向他走过来，亲热地说："李支队，您不多少吃点东西？别客气！"

李新建摇摇头道："您忙您的去吧，不用惦记我。"

保安部经理圆滑地说："您是贵客，虽说平时跟大厦没有直接的业务关系，可您的鼎鼎大名如雷贯耳，特别像我们这些搞保安工作的，对您真是打心眼儿里崇拜。"

李新建不愿听他的无聊吹捧，岔开话问："金市长旁边那个胖子是谁啊？"

保安部经理眯起眼睛看了看介绍道:"哦,是计经委刘主任。市长左边那位高个子是海关的吴关长,再过去是银行的胡行长,背对我们的那个秃顶是国税局的薛局长。"

"真是冠盖如云啊!"李新建看他如数家珍的样子,嘴角露出一丝讥讽的微笑。

两人正谈着,郭小鹏率刘眉、汪静飞等人忽然照直向李新建这边走来。李新建欲回避,但不想"掉价",便拿着酒杯,斜靠在装饰柱上。

保安部经理连忙介绍:"董事长,这位是公安局刑警支队的李支队长。"

郭小鹏不提"杨春事件",而是伸出手说:"久仰,久仰。"

李新建与郭小鹏握手说:"保安部经理先生丢了一个字,是'副'支队长。"他把"副"字咬得很重。

郭小鹏似乎并不介意正还是副,真诚而热情地说道:"李支队的大名,我可的确是早就听说了。您领导并指挥了侦破市区抢劫运钞车案、滨海绑架儿童案、栖村投毒案等海州大案,声名远扬,被誉为神探啊!"

李新建一脸惭愧的样子说:"名不副实,杨秋和吕安被杀案,就是我的一大败笔。"

刘眉眼睛闪了一下,微微颔首;汪静飞大智若愚,望着李新建目不转睛。

郭小鹏神态自如,侃侃而谈:"胜败乃兵家常事,李支队不必心里欠安。我做第一笔生意时就被人骗走了三十万元,几乎倾家荡产。我相信李支队的智慧,一定会力挽狂澜。"

"谢谢郭董事长的鼓励。"李新建忽然很不礼貌地指了指汪静飞问,"这位是……"

"啊,忘了介绍。"郭小鹏改用郑重的口气,"香港华龙集团的全权代表、海州大厦新任总经理汪静飞小姐。"他紧跟着又补充强调,"工商学硕士!"

汪静飞在她认为恰当的时候主动伸出手来,李新建视而不见,仍对着郭小鹏说:"我从来不和女人握手。"

在场的人都有些惊讶。汪静飞极为尴尬,但也就是一瞬间的事,她很快便控制住了情绪,平静如常。李新建大概也觉出有些过分,于是自圆其说道:"要说从来,也不太准确。"

郭小鹏很感兴趣地问:"这里面有什么故事吗?"

李新建说:"一个很乏味也很陈旧的故事。郭老板日理万机,快忙您的去吧。"

郭小鹏是个凡感兴趣的问题都要探究出答案的人,又问:"我真的很想知道,为什么?"

"很简单。"李新建仍不看汪静飞,"因为我曾经被女人拒绝过握手,而且这个女人曾经是我的朋友。"他把脸转向刘眉,"刘总应该知道,我大概没跟您握过手吧?"

刘眉意味深长地笑了:"或许是我和汪总不配和您握手。"

"这倒大可不必。"郭小鹏打趣地说,"拒绝握手,总有其特殊原因。"

汪静飞始终保持得体的微笑,好像他们在说别人的事。

李新建看看表,像想起什么似的忽然告别:"对不起,我还有事,告辞了。"

郭小鹏很随意的样子道:"那就请汪总代我送行。"

李新建这才把脸转向汪静飞,婉言谢绝:"不敢劳动汪总大驾。"

汪静飞并不说话,只是纯职业性地做了个"请"的手势。

汪静飞送李新建走出大堂旋转玻璃大门,走下台阶的李新建回过头来道:"请留步。"

汪静飞默默地看着他,缓缓伸出右手。李新建双手插在裤兜里,冷冷地说了句:"请原谅,我不能破例。"

郭小鹏快步走出电梯,透过玻璃门远远地看着。

汪静飞张了张嘴想说点什么,但她又强克制住。李新建转过身,扬长而去。汪静飞怅然若失,眼里隐含着委屈的泪水。郭小鹏悄悄出现在她的身后,望着李新建远去的背影,轻轻喊了声:"静飞。"

汪静飞猛然惊醒,但并未回过头去,掩饰着说:"董事长,你怎么下来了?"

郭小鹏柔声劝慰:"外面凉,你要注意身体。你没事吧?"

汪静飞转过头来,已经恢复了平静,笑着说:"我能有什么事?董事长,咱们回去吧。"

郭小鹏小心地搀了她一把,两人走进金碧辉煌的大堂。

05

天色渐渐暗下来,凄厉的秋风一阵强过一阵,吹得芦苇东倒西歪,如同狂舞的鬼怪。

破衣烂衫的强民冻得瑟瑟发抖,守着样品木箱来回转悠,不时仰脖观望。

密集的苇丛中,林小亮双手端着装有瞄准器和消音器的手枪,趴在一个小土丘上瞄准。

强民等得不耐烦了,口中愤愤地骂道:"我操你个妈,怎么还不露头,是不是要把你强大爷冻死在这儿?"

瞄准器十字线中心终于罩住了焦躁不安、来回走动的强民,林小亮手中的枪微微颤抖。毕竟是第一次杀警察,他难免心惊肉跳,过度的紧张使他怎么也无法把十字线中心定在强民的头部。他想了想,把枪口下移,屏住呼吸瞄准,强民的胸口终于被套在瞄准器中央,而且没有障碍物。他扣动扳机,发出"噗"的一声闷响。

子弹从强民肩上呼啸而过,几只野鸟被惊飞。强民应声就地一滚,却并不逃跑,反而迎着枪声方向呈"之"字形迅疾快跑。

林小亮大吃一惊,慌乱中又开一枪。强民又是倒地一滚,迅猛逼近。

林小亮毕竟是公子哥儿,哪见过这种阵势?他拉下摩托头盔面罩起身仓皇逃跑,跨上隐藏在苇丛中的摩托车狂奔而去。

强民闪电般一跃而起迅跑直追,其惊人速度宛如丛林中飞奔的猎豹。

林小亮此时超人的摩托车技术也是发挥得淋漓尽致,沿羊肠小道急驶如飞。

灰色的苇海在狂风的裹挟下,如同翻滚的大潮,大潮深处的人车大赛惊心动魄。

强民取近道箭一般射出苇丛，一个饿虎扑食直取猎物，可惜扑了个空。林小亮魂飞天外，手忙脚乱地猛加油门，趁强民滚地翻腾之际，飞过丈余宽的壕沟，很快驶上海堤大道，如野马狂奔，霎时便没有了踪影。

强民追上海堤大道，从地上捡起林小亮丢下的烟斗，遗憾地挥了挥胳膊。他始终没看清凶手的真面目，显得十分懊丧。

夜幕降临，街灯通明。繁华大街上行人熙攘，一片热闹景象。

卢辉驾着破吉普车在车流中穿行，忽然发现一辆三菱越野车远远地跟在后面。他脑子一转，突然猛打方向盘，拐进另一条街道。然后他回头看看，三菱车依然不紧不慢地跟在后面。他顿时头皮一麻，感到有些不妙，紧张地思考对策。这时，前边路口快要到了，他故意放慢速度，待绿灯闪动、红灯将要亮起时，他突然加速，闯了过去。三菱越野车欲闯红灯，但被横行的车流所阻隔，李新建气得直拍方向盘。

卢辉利用这宝贵的间隙，开足马力与三菱拉开了距离，东拐西钻，神出鬼没，将车开到一家大型娱乐城外的停车场上，跳下车混入人群，很快就不见了踪影。

片刻，三菱越野车飞驰而至，李新建把车停在娱乐城门口，跳下追进大门。

这座娱乐城地上地下好几层，各种娱乐设施齐全，宛如迷宫。卢辉快步穿过人山人海的电玩厅、劲歌狂舞的迪斯科广场、健影如飞的旱冰场、歌声起伏的卡拉OK包房，捉迷藏似的从楼上跑到地下，钻进一间废弃的女厕所里不见了。

李新建凭着直觉跟踪，目标没有出现。他开始推门乱找。闯进一问卡拉OK包房。里面漆黑一团，他打开手电照射。两名穿着很暴露的小姐赶紧用手遮脸，一名中年男子也连忙埋下头去。另一名男客却冲上来将李新建的手电打到一边，呵斥："你他妈瞎照什么？"

李新建没工夫与他废话，扭头就走。男客不依不饶地揪住他的皮夹克后领道："你他妈看完西洋景就走？"

李新建只好站住，勉强地扭过头来解释："我是警察，在执行紧急公务，请您放开！"

男客揪住不放，口出狂言："你警察算老几？给老子跪下道歉！"

李新建见此人已不可理喻，反手给了他一倒拐，那人踉跄倒退到沙发上方才止住。

这边卢辉已溜出娱乐城后门跑到大街上，挥手拦了辆出租车迅速离去。

李新建摆脱纠缠之后，快步走出娱乐城。他茫然四顾，无奈地叹了口气。这时，手机响了。他忙打开手机，还没等他问话，手机里便传来强民气喘吁吁的声音："大侄子，俺是你铁柱叔啊。俺刚才险些遭人暗算，情况有变啊！"

李新建一凛，忙问："谁暗算你？"

强民道："没看清楚啊，大侄子在哪儿呢？"

李新建不耐烦了，对着手机提高了嗓门："我正找卢辉呢。你他妈别一口一个大侄子地占便宜！你马上回加工厂去，卢辉已经进了城，那里现在群龙无首，你赶快回去把他们稳住，等候行动命令！"

强民还想说什么,他"啪"地合上了手机。

06

舰桥影城是海州市最豪华也是功能最齐全的综合影剧院。纽约厅里正在放映美国大片,激烈刺激的追车枪战场面震人心魄。

卢辉的身影出现在放映厅门口。他摸着黑东张西望,见看客寥寥无几,多为成双成对的情侣,根本没有"姐姐"的踪影。看看表已经七点半,不觉低声骂起娘来。

忽然,手机响了,卢辉打开一看,是个似曾相识的号码。他赶紧溜出放映厅接听。果然是个年轻女子的声音:"卢老板吗？我在西二环公子酒吧等你。不见不散啊！"

卢辉顿觉全身酥软,刚叫了声"姐姐",对方已挂了电话。

此时的卢辉,心底的欲火已被点起,他恨不得一步就赶到"美人儿"身边,实现自己朝思暮想的风流梦。

他一溜小跑出了影城,乘出租车赶向颇有名的"公子酒吧"。

车到酒吧停住,卢辉下了车,径直走进。只见灯火昏暗,气氛暧昧,烟雾弥漫,音乐低沉。他大睁着双眼四处扫视,一个涂唇膏、文眼线的女性化男孩走到他面前,轻声道:"对不起先生,我是这儿的服务生,那边有位女士请您过去。"

卢辉随着男孩走到刘眉面前。尚未落座,他就立刻被刘眉的惊人美艳吸引,贪婪的目光大胆"抚摸"着那过分暴露的酥胸。

少年不一会儿便给坐下的卢辉送上一杯色彩斑斓的鸡尾酒，然后妩媚地一笑，扭着腰肢离去。

卢辉毕竟有自惭形秽之感，搓着大手讨好地问："我怎么称呼您？"

刘眉摘下墨镜，嫣然一笑道："你不是叫我姐姐吗？"

卢辉立刻上了道，眼珠又开始盯着刘眉胸部乱转，色眯眯地说："姐姐皮肤真白。"

刘眉嗔道："眼睛老实点儿！"

卢辉胆子大起来，话也就露骨了："就见姐姐一回，心里憋得难受。咱们玩玩儿？"

刘眉秋波闪动地低声说："你也不看看，这是玩的地方吗？"

卢辉用手指指外边道："旁边开个房间？这地方我熟。"

刘眉正色说："那怎么行？我是有身份的人。"

"有身份也有欲望啊！姐姐看我怎么样？"卢辉猥亵地笑了。

"看你也是个银样镴枪头，中看不中用。"刘眉故作不屑的样子。

卢辉被挑得欲火烧心，越发急不可耐，豪言壮语顿出："是骡子是马，拉出来遛遛！"

刘眉见时机火候已到，便认真地道："你要真有心，咱们找个海滨别墅待会儿？"

卢辉突然觉得好事来得太快，一时沉吟起来。

刘眉眉梢一挑："怎么？不敢？"

卢辉色胆陡增，横下心说："谁不敢？牡丹花下死，做鬼也风流。走！"

"等等。"刘眉做思索状，然后道，"你去花水湾要一栋别墅，尽量僻静一点的,然后打电话告诉我楼号。"

"咋的?还不一块去?"卢辉有些疑虑。

"我在海州认识人太多,不能和你一起露面。"刘眉沉着解释。

卢辉阴沉地盯住她的脸道:"姐姐不会耍我吧?我可是属猫的,毛不能倒着捋。"

刘眉娇嗔道:"煮熟的鸭子还能飞呀?如果不是想犒劳犒劳你,我见都不会见你。快去呀!"

卢辉疑疑惑惑地起身离开,叮嘱道:"你可快点儿,啊!"

刘眉含情脉脉地点头,待卢辉消失后,立刻拿起手机拨号。

林小亮独居的豪华套房内,空无一人的客厅突然响起电话铃声。

惊魂未定的林小亮正躲在浴室里照镜子,用药水涂抹脸上的剐伤。电话铃声使他又紧张起来,犹豫了好一阵,才拿起旁边的壁挂式电话,抖着声音问:"谁呀?"

刘眉的声音传出:"你马上开车到花水湾温泉度假村门外等我!"

林小亮问:"姐,你没事吧……"对方已挂断了电话。

林小亮赶紧穿衣戴帽,把自己严严实实地包裹起来……

树影掩映的别墅小楼透出温柔的灯光,四周空寂无人,冷清而宁静。

刘眉如午夜的玫瑰仙子,飘然闪入虚掩的房门,还没等她站稳,卢辉就迫不及待地扑了过来,喘着粗气道:"小心肝儿,你想死我了!"说着,搂住便要亲嘴。

刘眉用手挡住他的臭嘴,说道:"别急,又没人抢你的,跟我做爱可得温柔些。"

卢辉显然不会温柔,欲火难耐地嚷道:"不就那么回事儿嘛!还能玩儿出什么花儿来?"

刘眉噘起嘴巴做生气状:"那你也得洗洗啊!"

"我又不脏!"卢辉抱着不肯放手。

刘眉挣脱他说:"你成天花街柳巷出出进进,还能不脏?"说着把他往浴室里推。

卢辉边脱衣服边嘟囔:"跟知识分子做爱真他妈麻烦!"边说边钻进了浴室。片刻,浴室里便响起哗哗的水声和卢辉哼唱的愉快的小调声。

刘眉不敢怠慢,用戴着黑丝手套的手往酒杯里倒了些白色结晶体。为加速溶化,她又托起酒杯,用力晃了晃杯中的酒……

07

西山别墅默默地矗立在浓浓的夜色里,安详而又宁静。奔驰车无声无息地驶到门前停住,郭小鹏下车,整了整略有些乱的头发,掏出钥匙打开了房门。

他轻轻踩着木质地板楼梯走上二楼,推门进入母亲的卧室。

郭母正独自躺在沙发上看电视,见儿子进来,笑着点了点头。屏幕上仍是郭母年轻时优美动人的扮相,却听不见声音。

郭小鹏默默地蹲在母亲面前,如远方归来的游子。郭母温柔地抚摸儿子的头发,轻声问:"记得今天是什么日子吗?"

心事重重的郭小鹏摇了摇头,似乎显得很累。

郭母慈祥地轻声慢语道:"一定是遇到了什么棘手的事,否则不会忘的。"

郭小鹏恍然大悟:"啊,今天是爸爸的忌日!"他跪在了母亲面前。

郭母感叹:"是啊,他已经走了三十二年了。我也黄泉路近了……"郭小鹏伸手去捂母亲的嘴,眼里含着泪水。

郭母把儿子的手握在自己手中,疼爱地说道:"你的手跟你爸爸一样,又软又细,讨女人喜欢。"

郭小鹏不想惊动母亲的回忆,便把脸放在母亲腿上假寐。母亲绵软的问话在他耳边响起:"公司添新人了是吗?"

郭小鹏略感惊讶地抬起头来问:"妈,您怎么知道的?"

郭母审视儿子说:"是个女的?"

郭小鹏点点头。

郭母又问:"很漂亮?"

郭小鹏笑了:"妈妈真是料事如神,诸葛亮似的。"

郭母也笑起来:"妈哪儿是诸葛亮啊,只是最能看透儿子的心思,你就是走得再远,也走不出妈的眼睛呀!"

郭小鹏心里一抖,连忙问:"妈妈能把看人看事的办法教给儿子吗?"

郭母意味深长地悠悠道:"一个男人活在世上,要过两大关:一个是金钱关,一个是女人关。"

郭小鹏低声说:"金钱和女人对我都不重要,我过不了自己这一关。"

郭母语重心长地说:"你有钱,你也不在乎钱,这妈都知道。可你没有女人,这妈也知道。妈最担心的是,你从小就过着一种黑暗的内心生活,长时间地忍受着一种精神上的折磨。可你又继承了你父亲的悲剧性格,似乎永远也无法解脱。只有女人,才能抚慰你心灵的创伤,可你没有。刘眉对你不合适。你的要求太高。这个女人,她究竟在哪儿呢?"

母亲的话轻柔悦耳,却如重锤砸在儿子的心上。郭小鹏仰起脸来看着母亲,仿佛要从她脸上找到心灵的答案。

郭母捧住了儿子的脸说:"鹏儿,妈这辈子对不住你。妈把你带到林家的时候,你才五岁。有一次,林小强和你打架时,说了句你别穿我爸爸买的鞋,你立刻脱下来扔了过去。从此一直穿我做的布鞋。从这件小事,妈就看出你的性格来了。妈真是高兴啊!"

郭小鹏被刻骨铭心的往事所触动,把头埋进母亲的怀里。

郭母像哄婴儿一样轻轻拍着儿子的后背,柔声慢语如哼唱儿时的歌谣:"孩子,你太累了。睡吧。妈已不久于人世,往后的日子谁来陪伴你呢?没见到这个可心的人儿,妈是死不瞑目啊!"

郭小鹏在母亲的怀里悄悄流下了眼泪。

午夜的黑暗中响起惊心动魄的警笛声,几辆警灯闪烁的警车从海滨大道飞驰而过。以三菱越野为首的警车车队开到花水湾温泉度假村 28 号别墅小楼前。李新建率领刑警们冲进二楼豪华套间。

强烈的灯光照射下，只见卢辉赤身裸体死在床上。

李新建看了一眼，便阴沉着脸走出房间，站在过道里抽烟。狡猾的对手又抢先了一步，好不容易才获取的线索就这样突然被掐断，而且掐得这样迅猛和及时。

房间里，身穿白大褂的法医和技侦人员在紧张地勘查现场。李新建走进去，低声问法医："怎么死的？"

法医摘下口罩答道："初步鉴定是吸食冰毒过量，导致心肌梗死死亡。"

"冰毒？"李新建略感惊讶，紧跟着问道，"死亡时间能确定吗？"

法医答："基本可以确定。大约是一个小时前，最多不超过两小时。"

一位技侦人员走过来汇报道："看来是个老手，现场没留下任何痕迹。"

刑警小郑和老范从门外冲了进来，李新建迎上去问道："外围调查情况如何？"

"服务小姐和保安报告，曾见过一个黑衣黑裙的女人不久前从这儿走出。"小郑抢着说道。

老范补充说："这个女人很神秘，像个幽灵。"

李新建默默点头，顺手拿起卢辉脸旁的枕巾，发现上面隐约有一块口红的擦痕。他使劲抽了抽鼻子，嗅到一种特殊的气味。

"可能是妓女。"小郑又抢着推断。

"妓女有用上千块钱口红的吗？"李新建沉着脸扫小郑一眼，"她们更用不起几千块钱的法国香水！"

小郑吐了吐舌头，脖子一缩不吱声了。

神秘的午夜女郎使李新建立刻便想到了那张美艳动人的脸，他的心不由得紧了紧，情不自禁地为孤岛上的强民担忧起来：他会不会再遭毒手？他孤身一人能稳住局势吗？万一……

李新建不敢想下去了，他点上烟狠狠抽了几大口，掏出手机快速摁号，然后对着沉声道："喂，张局长吗……"

0 8

晨光微露，雾气弥漫。小岛仍在酣睡的梦中。

突然间，杀声四起，吼声震天。全副武装的特警部队在直升机和快艇配合下猛扑制毒黑窝，岛上响起激烈的枪声，正举枪瞄准的瞭望塔上的汉子应声从木架顶倒栽葱摔下。

武装直升机在低空盘旋，用高音喇叭反复喊话："岛上的人注意！岛上的人注意！你们已被包围！你们已被包围！马上放下武器！马上放下武器！"

从梦中惊醒的马仔和打手们慌成一团，几名武装人员冲进工棚大屋尖声大叫："警察来啦！快抄家伙！"

一打手顺手操起靠在墙角的双筒猎枪，强民纵身跃上，一个直冲拳把他打倒在地，抢过猎枪端起大喊："谁都不准动！我是警察！"

另一大汉举起自制手枪向强民瞄准，强民手疾眼快，果断地扣动了扳机，只听"轰"的一声，正击中那人面部。硝烟飘散，大汉浑身鲜血捂着满脸枪眼倒下。

强民大声喝道:"放下武器!都给我乖乖原地蹲下!快蹲!"

武装人员纷纷扔下武器,抱着脑袋蹲在地上。几十名来不及穿衣服的马仔也抱头原地蹲下。

特警们冲进工棚大屋,李新建一把抱住强民,当胸一拳:"小子干得好!"

他们走出大屋来到海边,特警正将"俘虏"们押上大船。李新建上下打量了一下强民,问:"昨天被人暗算,没伤着碰着?"

"开枪的大概是个新手。"强民把红红的烟屁股"嗖"地弹进海水里,"打不准不说,胆儿还小得像兔子。"

李新建笑笑道:"难道你想碰到一个老手?"

"可惜没看清他的脸。那小子摩托技术不错,逃得比兔子还快。"强民说着从兜里掏出制作精良、样子十分怪异的烟斗,"不过跑了和尚跑不了庙,我拿到了他丢下的英国烟斗,等抓住了卢辉,人证物证俱在,那小子跑不了!"

李新建脸色暗淡下来,猛吸一口烟说:"卢辉死了!"

强民并不惊讶,只是有些遗憾地道:"我估计也差不多。他们既然敢对我这个警察和重案大队长下手,卢辉也肯定活不成!"说到这里,他眼里浮现出忧郁之色,"看起来,我们面对的真是一台庞大的机器啊!"

市公安局会议室里,张啸华在主持召开案情汇报会。会议室里烟雾弥漫,显然会已经开了很久。

李新建在发言:"既然张局让大家畅所欲言,我就再强调一下我个人的观点。大家知道,麻黄素是制造冰毒的基本原料,这次破获的麻黄素地下加工厂,规模虽不小,但它仅仅是个粗加工的手工作坊。我相信,在海州必定有一个更高规格的地下冰毒制造中心。"

"为什么一定在海州呢?"张啸华反问道。

"麻黄素是国家控制的特殊药材,主要产地是我国的西北部。从外地大批量地运往海州,可以利用海州某些大型制药企业的正当需求作为掩护;而某些大型制药企业本身就具备了研制、试验、加工、生产高纯度冰毒的资金和技术条件,完全可以堂而皇之地公开制造冰毒。可以想象,那是一种多么可怕的情景!"

李新建的分析和判断新颖而大胆,引起与会警官们强烈的反响。

张啸华一直板着脸听他讲话,但眼里隐隐闪动着欣赏的亮光,道:"你也不用说'某些',直接点海州药业集团的名就行了。你的观点很有创造性,但想象不能代替事实。如果将来事实证明你的想象完全正确,我会为你请功。怎么样?强民还有什么意见?"

强民抬起头,很郑重其事的样子说道:"李支队的意见值得重视。卢辉的老板是个年轻漂亮的女人,而昨天夜里他被害的现场,也曾有位神秘的黑衣女郎出现;还有一个,昨天黄昏袭击我的人是个年轻人,从背影看,很像林小亮。"他点上一支烟,"杨秋、吕安、卢辉相继被杀,刘眉和林小亮都留下诸多疑点,所以我认为,目前虽不敢说海州药业集团涉嫌毒品犯罪,但至少与这几起凶杀案有关。我建议,马上以故意伤害犯罪嫌疑拘捕刘眉和林小亮,打开缺口。"他说着弹弹烟灰,最后又加重语气,"王子犯法与庶民同罪嘛!"

张啸华听到这儿,不由得笑了:"看来两位队长对我有意见。王子犯法当然与庶民同罪。但'王子'毕竟不是'庶民',他牵涉很多人和事。一个贪污公款的科长被判刑,其社会影响肯定不如胡长清、成克杰等巨贪那么大。因此必须慎重,一定要重证据。"

李新建心里的怨气直往上蹿,突然迸出一句:"如果不把海州这个毒瘤连根挖掉,我们就是对人民犯罪。"

"切除毒瘤当然要除恶务尽,但不能把原来健康的部位也一起切除掉。"张啸华严肃起来,"我也再次强调,必须遵守纪律,服从命令,在局党委的统一部署和统一指挥下实施破案!"他看了看直喘粗气的李新建,改用轻松些的语气,"破获麻黄素加工厂是一个重大胜利,局里将为有关人员请功。用毛主席的话说,这只是万里长征走完了第一步。拘捕刘眉和林小亮时机还不成熟。散会!"

李新建慌忙举起右手:"局长!我要求与郭小鹏正面接触,请指示!"

张啸华略一沉吟,答道:"可以。"

09

舰桥影城香港厅里正在放映香港爱情喜剧片,偌大的放映厅里散坐着屈指可数的几对看客。

刘眉和林小亮紧紧依偎着坐在后排靠边的沙发里窃窃私语，宛如一对情侣。

林小亮心有余悸地说："真他妈危险，差一点就玩完了，吓得我今天连车也不敢再开。"

刘眉表扬他说："这次你还是立了大功的，否则你我就被那帮警察一锅端了。"

林小亮又得意起来："都说你们女人直觉敏感，老爷们也不弱。我一听说来了个大个子，立刻就联想到那个重案队队长，要不是因为天黑视线不好，他早见阎王去了。"

刘眉蹙眉思索，喃喃自语般："没有家鬼送不了家人，堡垒是最容易从内部攻破的……"

林小亮一惊："你的意思是……咱们公司有内奸？"

刘眉盯着银幕说："我怀疑在公司高层，隐藏着一个警方的卧底。"

林小亮的嘴、鼻、眼顿时比例失调，吃惊地问："比咱们俩的位置还高？"

刘眉摇头说："如果真是那样，海州药业就完了。"

"你该不会怀疑是董事长吧？"林小亮忽然凑近她低声笑着问。

刘眉推他一把说："都什么时候了，你还有心思开玩笑！"

"那你怀疑是谁？"林小亮挠了挠头。

"难道你想不出一个怀疑的对象？"刘眉带有启发性地对他眨眨眼，"这个人很可能是进公司时间不长，而且有很深很复杂的背景……"

"你是说汪静飞？"林小亮倒吸一口凉气。

刘眉摸了摸他的脸说："你还没傻到被人卖了还帮着数钱。"

"她可是香港老板的大红人啊！"林小亮不敢相信。

刘眉以刻薄的语调道："鬼知道她是老板的什么人，鬼知道她的老板又是什么人。"

"就算她是卧底，也不知道毒品的事啊！"林小亮不以为然。

这时，一个穿风衣、戴口罩的男人悄悄坐到离他们不远的后排座位上，一动不动。

刘眉忽然烦躁地挥挥手说："算了，不说她了。本来外面催货催得就紧，让雷子这么一闹，两个多月的辛苦全泡汤了。咱们现在首要的事情是还得想办法去搞原料呀！"

林小亮问："还上内蒙古？"

刘眉想了想道："内蒙古不能去了，我想去趟新疆。"

"去新疆？找铁孜？"林小亮睁大了双眼问。

刘眉点点头："这家伙手里有经过粗加工的半成品，拿来直接就能用。"

林小亮不无担心地问："你认识铁孜吗？听说这家伙贪财好色、心狠手辣，你对付得了吗？"

"你们男人哪个不贪财好色？"刘眉显出对此并不介意的样子，"这倒正好可以利用。"

"警察早就注意你了，恐怕你出不了海州，就被盯上了！"林小亮仍不放心。

刘眉胸有成竹地说："我有我的办法，咱们走。"

两人悄悄起身,互相拉扯着摸黑向门外走去。

那个坐在离他们不远的后排座位上的男人慢慢摘下口罩……

第六章 密林黑枪

汪静飞也笑了,但她的笑声未落,就听见近处一声清脆的枪响。她本能地伏身卧倒,郭小鹏却在四处张望。段海一个箭步冲过来,张开双臂把郭小鹏压倒在地上。几乎与此同时,第二声枪响接踵而至,子弹正打中段海的手腕……

段海就地一滚,猛然跃起时,手中已握着郭小鹏的五连发猎枪,向行刺者开了一枪。

这时,只见一个矫健的身影跳跃着向森林深处遁去。

01

三菱越野车在海州药业集团总部大楼门前停住,身着警服的李新建和强民下车。他们在门卫的请求下,按规定填写了会客单,然后在门卫的引领下走进电梯间。

郭小鹏的董事长室是个套间。此刻,他正坐在只属于自己的书房兼休息室里。这是个并不大的房间,铁锈色的墙面、书柜、桌椅和地毯甚至天花板构成了室内的主色调。书柜里摆着"二十四史"和《厚黑学》等线装书,而装帧精美的宽大外文书则摆在墙角一隅。在他身后的工艺品柜橱里只摆着按人物、动物、植物分类的三样东西:一个是耶稣受难石雕,一个是苍鹰凌空抓住飞鸟的标本,还有一个是插在古铜色陶罐里的小向日葵。柜橱的正上方挂着一长方形匾额,上书"与人斗其乐无穷",字形苍劲有力,可见书者有着深厚的功夫;其中"人"字极小,"斗"字则特大,落款是林子烈。

郭小鹏肘撑桌面,手托下巴,在凝神沉思。写字台左上角的相框里,母亲正用慈祥的目光注视着他。突然,电话铃声惊醒了他。他抓起听筒"嗯"了一声,然后道:"请他们过来吧。"说罢缓缓站起,几步走出,将门紧紧关死。

李新建、强民在秘书的引导下,踩着厚厚的地毯走过楼道进入董事长室。郭小鹏从大班桌后起身迎客,客气地说:"不知两位警官驾到,有失远迎,请坐。"李新建和强民坐到沙发上。李新建说:"事先没通报,打扰郭董事长工作了。"

郭小鹏在老板椅上坐定,淡淡地说道:"无事不登门,谈不上打扰。愿听李支队长指教。"

秘书端来两杯碧绿的龙井香茶后,躬身退出。

强民打量着豪华气派的办公室说:"您这儿的警卫,比公安局的大门把得都严。"

"中国的企业,无论大小公私,都有自己的特点。需要应酬的人和事实在太多,有时连思考问题的时间都没有。"郭小鹏轻轻转动一下高背皮椅,"二位有事请讲。"

"例行公事吧。"李新建开门见山地说,"我们正在调查一个毒品案,此案牵涉贵集团公司所属的海州大厦,不知郭董事长对海州大厦发生的事清不清楚?"

"不太清楚。"郭小鹏问,"海州大厦发生了什么事?"

强民反问:"难道海州大厦最近发生的事您不知道?"

"我确实不太清楚。"郭小鹏欠了欠身,"愿听指教。"

李新建笑了笑,软中带硬地道:"从杨秋和吕安被杀,到卢辉的地下黑加工厂被查获,许多线索都与海州大厦甚至海州药业某些背景有关。因此我们认为,有必要提前向董事长打个招呼。"

郭小鹏不想多说,起身送客,他气定神闲地说道:"感谢你们对我的信任,我会全力配合警方的调查。不好意思,我马上还有个部门经理会,如果没有别的事,你们看……"

李新建站起身说:"谢谢郭董事长的支持,今后我们可能会经常打扰。"他忽然话题陡转,"顺便问问,在海州药业的产品中,有没有需要使用麻黄素做原料的药物?"

郭小鹏面不改色道:"海州药业生产的药品达数十种之多,某些神经性药物也许会使用麻黄素做配料。即使需要这些原料,我们也会通过正常渠道进货,麻黄素是国家管制药物。"

李新建伸出手来说："非常感谢，请董事长留步。"

郭小鹏送二人到门口时，又补充道："有关海州大厦的事宜，你们可以直接去找汪静飞总经理，集团董事会已委托她负责全权处理有关海州大厦的一切事务，恕不远送。"

李新建、强民离去后，郭小鹏脸色阴沉地快步回到办公室，摁对讲器命令秘书："请费总、汪总、刘助理、林助理马上到我的办公室来！"

02

海州药业集团总部董事长办公室里，费经纬、刘眉、汪静飞和林小亮正襟危坐，聆听董事长训话。

郭小鹏满面怒容，在屋子里来回走动，大声道："海州药业是海州乃至全省名列前茅的民营企业，是全省医药系统的先进文明单位。'木秀于林，风必摧之。'作为董事长和总裁，我每天都三省吾身，有时甚至要数省。悬梁刺股，居安思危，战战兢兢，如履薄冰，生怕有一点点差错，对不起全公司两千多员工，对不起各位董事和股东，对不起政府和公众给予我的极高信任。可现在呢？现在是'山雨欲来风满楼'，公安局竟然查到我的头上来了！"

费经纬有些紧张，汪静飞和刘眉却比较平静，林小亮则是一副无所谓的样子。

郭小鹏忽然目光炯炯地转向刘眉和林小亮质问："那个招惹是非的毒犯吕安是怎么混进集团内部来的？居然窃取了海州大厦副总

经理的重要职位，使我们的企业蒙受了巨大的名誉损失！这是不能容忍的，这也是刘眉和林小亮两位总裁助理的严重失职！吕安的副总经理不是你刘总提的名吗？吕安本人不是你林总的铁哥们儿吗？你们就是这样给我这个总裁当助理的吗？现在我宣布，从即日起，刘眉和林小亮两位总裁助理停职反省，配合公安部门澄清事实，消除影响，彻底解决海州大厦遗留的问题。今后发生的事，由汪静飞总经理全权负责处理！"

汪静飞说话了："董事长的苦心我完全理解，但我个人认为，目前海州警方并未掌握海州大厦涉嫌毒品犯罪的确凿证据，而只是怀疑和试探。因此我们大可不必风声鹤唳、草木皆兵，而应该沉着镇定，静观事态的发展，维护大厦和海州药业集团的声誉。"

郭小鹏赞赏地望着汪静飞微微点头，眼里隐含着特殊的情感。

03

李新建和强民从十八楼电梯间走出，沿着楼道走向那个他们早就查得一清二楚的包着铜皮的门。李新建摁动可视门铃，响了好几声，里面才有反应。林小亮通过对讲器粗声道："谁啊？半夜三更敲老子的门！"

强民没好气地大声道："警察。"

房内的林小亮透过猫眼把李、强二人的举动看得一清二楚，忙摸起电话，匆匆忙忙摁了几个号，说道："我这儿出事了，你马上过来一下！"

不过一会儿工夫，一辆奥迪轿车疾驶到公寓大楼门口停下，一个衣冠楚楚、夹牛皮公文包的中年男子匆匆下车走进门洞。片刻之后，一辆警车闪烁着警灯接踵而至，停在奥迪车后面。几名刑警跳下车，也紧跟着冲了进去。

……

此时的林小亮已穿戴整齐，跷着二郎腿坐在客厅中央的大沙发上。那位刚进屋的中年男子坐在他身后的椅子上，活像一名翻译或保镖。

林小亮对板着脸的李新建说："介绍一下，这位是我的律师韩李法先生。你们有什么事，可以跟我的律师谈。"

强民呵斥道："你少学美国电影那一套，那两个女人呢？"

韩李法一脸迷惘状，问："请问这位警官说的是哪两个女人？"

"跟林小亮一起进来的两个妓女。"强民不等他解释，挥手对刚到的刑警们命令，"给我搜！"

韩李法和林小亮还想说什么，李新建把刚接过来的搜查证举到他们面前。

不过半分钟，强民和刑警队员就把那两名小姐带到了客厅。

强民"咔嚓"一声给林小亮戴上手铐。

04

卧室内一片安静，月光穿透薄纱窗帘，洒在地毯上。床头的电话猛地大响起来。

"谁呀?"郭小鹏的喝问戛然止住,忽然换成恭敬而冷漠的口吻,"是您啊?这么晚还不休息?"

电话里传来继父林子烈焦躁的声音:"我怎么睡得着?你知道你弟弟出事了吗?"

郭小鹏沉静地回答:"知道。"

林子烈问:"你准备怎么办?"

"我已经派律师去了。"郭小鹏的听筒离开耳朵,显示出他随时都有放下听筒的可能。

"光派个律师有什么用?"林子烈显然很不满意。

郭小鹏皱了皱眉,反问:"您有什么建设性的指示?"

"应该通过各种渠道,积极组织营救。"林子烈仍是领导人的口吻。

郭小鹏笑了:"小亮又不是为了什么理想、信仰、主义进去的仁人志士,而是一个因嫖娼被警察拘留的坏人,以什么名义组织营救?"他加重语气,"要不以您老的名义?"

林子烈对郭小鹏的漫不经心显然忍耐到了极限,很不高兴地提高了音调:"我知道你对我们林家父子有成见,可小亮也是你的血亲。你从来没叫过我一声爸爸,我完全可以谅解,可我总共就这两个亲生儿子,总不能都在你手里给送进大牢里去吧?你要报复,就报复我林子烈,别拿你亲弟弟的小命儿做砝码!"

郭小鹏也火了:"您要认为我是报复,那就等着看结果吧!"说罢,用力挂断电话。

05

边塞落日，大漠孤烟，这是位于西北沙漠地带的一座大型劳改场所。

一轮明月悬挂在铁窗上，照亮了阴暗潮湿的牢房。通铺大炕上躺着十几名犯人，一个个屏声闭息，合目假寐，不敢大放鼾声。

胡须满脸的林小强端坐在离门最远的炕头被窝上闭目养神，一个年轻犯人在给他洗脚。外面忽然响起铁门开锁声，犯人们悄悄睁开眼睛偷看。狱警把一个三十来岁、戴金丝眼镜、面皮白净的知识分子模样的青年男子推进门来，大声说道："这是新来的4087号，你们腾个地方，把这儿的规矩给他介绍介绍。"

犯人们好奇地打量新来的伙伴，待狱警锁门离开后，忽地同时坐起身来。

林小强仍在旁若无人地洗脚，连眼皮也没抬一下。

"骡子"是个身高体壮的西北大汉，上去就给了4087号一个大耳光，把他的眼镜打得不知去处，恶狠狠地道："管教让我们介绍介绍这儿的规矩。什么是规矩？这就是规矩！"

4087号是个高度近视，眼镜没了，世界一片模糊，他本能地弯腰去摸索。

"哈巴狗"是个矮矮胖胖、白白净净略有些谢顶的湖南佬，他一脚把4087号踢了个仰面朝天，训道："规矩没听完，别忙着给爷们儿下跪！"

4087号忍无可忍地质问："你们凭什么欺负人？"

"哟呵？""骡子"一个强有力的右勾拳，"你还敢顶嘴？！"

被打得鼻青脸肿、口鼻喷血的4087号不敢再说话了，勾着身子蜷缩在墙边。

"哈巴狗"捏了一下他细白的脸蛋，道："哟，该不是个鸭子吧？"

4087号连话也说不清楚了，连连摆手说："不，不是！绝对不是！"

"骡子"用手捏紧他的尖细的下巴："莫非你和老子一样，犯了杀人罪？"

4087号可怜巴巴地嗫嚅着说："不……不……"

"骡子"很自豪地松开手说："我看你也没本事！"

"哈巴狗"很感兴趣的样子问："强奸幼女？就在课堂上？"

4087号脸更红了："不，不，不是……"

人群后面的林小强发话了："把他带过来。"声音不高，但极威严。

犯人们立刻让开一条路，露出盘腿坐在炕头的"老大"。林小强靠着两床被子，跷着二郎腿，样子很像坐沙发，手中的胡杨木大烟斗冒出缕缕白烟，问道："叫什么名字？犯的是什么事儿啊？"

4087号立刻明白了此人的特殊地位，很恭敬地回答："我叫靳铁，诈骗罪。"

"判了几年？"

"三年。"

"念过大学？"

"财经大学金融学硕士。"

林小强来了兴趣，命令"骡子"说："把眼镜给他找来。"

"骡子"用眼睛一扫，被称作"小兔子"的年轻犯人正给林小强洗脚，他赶紧弯腰把眼镜捡起递给靳铁。

戴上眼镜，靳铁立刻精神起来，对林小强深鞠一躬说："老大。"

"哈巴狗"纠正道："不能叫老大，叫林总。"

林小强宽容地说："叫什么都一样，不就是个符号吗？"

靳铁巴结地叫了声："林总，您有什么吩咐，我一定效犬马之劳。"

"骡子"不屑地踢他屁股一下骂道："你他妈会干什么？臭老九一个！"

林小强正色道："他有他的用途，你们有你们的用途。"

"骡子"噤声，对林小强点头哈腰。

林小强指了指自己旁边的位置说："今天晚上，你就睡在这儿。"

等众人依次移动铺位后，"小兔子"赶紧把靳铁的被盖卷铺好。他返回后，发现自己的地方已经没了，便一声不吭地把被窝铺在地上。

靳铁有些不忍地说："这合适吗？"

"没什么不合适的，这里面和外面一样，都是弱肉强食。"林小强晃晃烟斗，"如果你不反对，以后就叫'鸭子'吧。"

靳铁哭笑不得，答应得有些勉强。

林小强笑了笑："你放心，我不是同性恋。"

靳铁松了口气。

06

朝阳把海州大厦镀得红光灿灿。奔驰车在大堂门前停下,郭小鹏从车上走下,神清气爽地走入旋转门。

门铃轻响。正在房间里晨练的汪静飞放下器械跑出去开门。郭小鹏一身麂皮猎装,更显得别有一种潇洒神韵。他笑道:"我还怕打搅了汪总星期天的懒觉呢。"

汪静飞展颜一笑,说道:"我从来不睡懒觉。董事长请坐,喝点儿什么?"

郭小鹏摇摇手,对周遭略作巡视。"黎明即起,洒扫庭除,好习惯。"他吟一句《朱子家训》里赞颂勤劳妇女的佳句。

汪静飞不无恭维地说:"董事长的文化底蕴很深呀!"

郭小鹏提醒道:"别忘了,我的父亲是一位作家。"

汪静飞颇感兴趣地问:"他手把手地教您?"

郭小鹏的音调有些悲凉:"这倒没有,在我一岁的时候,他就去世了。"

汪静飞掩了掩嘴:"对不起,您给我讲过的。"

"虽然没有手把手地耳提面命,但他的精神作为遗传基因给了我。"郭小鹏轻轻在沙发上坐下。

汪静飞递给他一杯果汁说:"但世界观还是您自己的。"

"一个人的世界观,其实在少年时代就形成了。以后再怎么改,也很有限。"汪静飞正想听下去,他却改换了话题,"汪总每天早晨都锻炼?"

汪静飞回答:"我在读书的时候,就养成了跑步的习惯。每天早晨三千米,风雨无阻。"

郭小鹏随口问:"汪总在内地什么学校读的大学?"

汪静飞答:"北京商学院。"

"哪一年?"

"1988年入学,读了两年国际贸易专业,后来转到香港中文大学去了。"

郭小鹏不再深谈这个话题,思维跳跃极快,说道:"我在美国时,听过这样一个故事。说一位年轻的总经理在新婚的第一天早晨,就从婚床上爬起来去外面跑步。看电梯的老头有些奇怪,对他说,我在你这个年纪,不要说新婚,就是在平时,也很难在这个钟点起床。总经理告诉他,这正是他活了一大把年纪仍然在开电梯的原因。"

汪静飞调侃道:"董事长的意思是说我这个总经理是跑步跑出来的?"

郭小鹏故作一本正经的样子说:"正是,勤奋和良好的生活习惯能起到潜移默化的作用,渗入到你的工作中去。"他说着站起身,"现在该入正题了。我今天来,是想请汪总参加一个活动。"

"请讲。"

"我们去郊外森林打猎。"

汪静飞热烈响应道:"好啊,这可是我的强项!"

郭小鹏做了个颇显绅士风度的邀请手势:"请。"

07

远郊森林狩猎区。

强烈的阳光透过树影,宛如一把把闪亮的利剑。林中空地,弥漫着缥缈的薄雾。

郭小鹏接过段海递过来的猎枪,把枪衣脱去后,忽然把枪扔给汪静飞,喊道:"静飞,接着!"

汪静飞眼疾手快,潇洒利落地把枪接在手里,熟练地拉了一下枪机,赞叹道:"嘿,英国詹姆士猎枪。"她接过段海递来的红色粗圆体子弹,装进枪膛,"这枪值多少钱?"

郭小鹏略感惊奇地看着她的动作,接过段海给他的另一支猎枪,随口答:"一千。"

汪静飞含笑地调侃:"即便是美元,也算是便宜的。"

"是英镑。"郭小鹏很随意的样子看了看汪静飞,"汪总对枪好像很内行?"

汪静飞很坦然地说:"因为种种原因,我还是小姑娘的时候,就不喜欢布娃娃而是喜欢枪。我参加过少年女子射击队,还得过好几块奖牌呢!"

郭小鹏感叹:"人不可貌相,海水不可斗量。汪总的爱好得益于家庭的言传身教?"

"我记得在内地,持有枪支好像是犯法的。"汪静飞忙岔开了话题。

郭小鹏见她没有回答自己的问题,也不好再问,便回答道:"是犯法,未经批准,叫非法持枪,所有的枪支都要上缴。在使用猎枪时，可以向公安部门申请，经批准后，可以在规定的时间和地点正常使用。譬如现在。"

他说着，在前边带路，向林子深处走去。汪静飞跟在他身后又问："在此地打猎违反不违反有关法律？"

郭小鹏从汪静飞的一连串提问里，知道她对内地的法律是生疏的，于是耐心地解答："只要交纳费用，不打禁猎规定的动物，就合乎海州市人大制定的地方法规。"

二人说着已经进入森林狩猎区，段海远远跟在后面。

郭小鹏大睁着双眼，开始搜寻猎物。汪静飞意识到此时应该是绝对安静，于是紧闭双唇，蹑手蹑脚地跟着郭亦步亦趋。一只野兔直起身子张望，被郭小鹏发现。他迅速举枪瞄准，扣动扳机，轰的一声枪响。

硝烟散去后，野兔无影无踪。

郭小鹏自我解嘲道："我这成了兔子赛跑裁判员的发令枪了。"

没想到那野兔并没跑远，换了个地方又直起身子冒出草丛，双爪吊在胸前。郭小鹏笑着调侃："这家伙看样子得了冠军，你看正向我致谢呢……"

话音未落，汪静飞已闪电般举起猎枪，几乎没有瞄准，手起枪响，野兔翻了个跟头，摔出老远。

段海喊了声："嘿！打中了！"他敏捷地飞跑过去拾取猎物。

郭小鹏笑了笑："到底是专业水平！"他指指旁边的一块空地，"坐下聊聊？"

汪静飞顺从地点点头："好的。"她选了块干净的石头坐下。

郭小鹏用绒布擦拭着猎枪说："我对动物非常外行。几年前，有人给我往家里送了一只杀好剥净的动物，我左看右看，认不出究竟是什么，只好给海州大厦的厨师长打电话，请他来加工。厨师长让我在电话里形容一番，好准备相应的作料。我对厨师长说，它比兔子大，好像比羊要小，但肯定不是猪。厨师长听了半天也没弄明白，跑来一看就笑了，说董事长，这不是狗吗？"

汪静飞也笑了，但她的笑声未落，就听见近处一声清脆的枪响。她本能地伏身卧倒，郭小鹏却在四处张望。段海一个箭步冲过来，张开双臂把郭小鹏压倒在地上。几乎与此同时，第二声枪响接踵而至，子弹正打中段海的手腕。紧接着又响起了第三枪，子弹打在石头上，迸发出耀眼的火花。

段海就地一滚，猛然跃起时，手中已握着郭小鹏的五连发猎枪，向行刺者开了一枪。

这时，只见一个矫健的身影跳跃着向森林深处遁去。段海持枪飞跑着追过去，又开了一枪。

汪静飞扶起郭小鹏，关切地问道："你没事吧，董事长？"

郭小鹏仿佛还没完全清醒过来，问："谁在打枪？"

片刻，段海持枪返回，遗憾地说："手不利索，让他给跑了！"郭小鹏急忙看他流血的手腕，问道："伤得重不重？"

段海笑笑道："可惜我这块美国将军表了。"说着解下血淋淋的手表。只见子弹正击中手表和手腕的分界处，表面已被击碎。他颇侥幸地甩了甩手，"也幸亏这将军表，要不然，我这手就算报废了！"

汪静飞赶紧取下皮枪带勒住段海的上臂，撕下一块衬衣熟练地包扎伤口，急急说道："得抓紧去医院包扎治疗，不要小看手腕，它的关节、肌肉、血管和神经结构非常复杂,不能耽误!"

郭小鹏脸色肃然地对段海道:"兄弟,你救了我一命,我不会忘记你的……"

第七章 疑窦丛生

汪静飞在黑暗中快步疾走,呼啸的冷风将她的衣裙高高吹起,如暗夜中狂舞的幽灵。

果然不出所料,自己的担心成为了冷酷的现实,而郭小鹏的探测或是说对怀疑的验定又是那样别出心裁。突起的变故,使她深切地意识到前迈的路将会更加坎坷艰险,布满了荆棘和无法预知的陷阱。

01

郭小鹏心事重重地驾驶着奔驰车,沿着山清水秀的远郊公路平稳地行驶。汪静飞回头看了看托着手腕靠在后排座位昏睡的段海道:"你说这个杀手,他的目标是谁?"

郭小鹏转动方向盘说:"比羊大,比牛小,但肯定不是猪,目标当然是我。"

汪静飞道:"这个段海,平常不言不语的像个闷葫芦,关键时刻还真利索。"

郭小鹏随口说:"他当过兵,也干过警察。"

"警察?"汪静飞有些惊讶。

"段海是苦出身,从小没爹没娘,在部队当侦察兵复员后,分配到海州大厦所在的辖区派出所,当了治安民警。"郭小鹏语调平静,"你知道,开酒店总有些不清不白的事情,他为人又仗义,当时帮过刘眉不少忙。后来不知被谁给举报了,警方给他罗列了一大堆罪名,什么泄露机密、收受贿赂、执法犯法等等,他被开除出了公安队伍。老婆跟他离了婚,带着孩子远走他乡。你说他一个派出所民警,知道什么国家机密?"

汪静飞不禁又看了段海一眼,问道:"那后来呢?"

郭小鹏继续说:"段海人挺实在,根本没去找过刘眉,隐姓埋名到码头干了三年装卸工,后来碰上林小亮,我才知道了真相。原想给他在公司安排个小职位,他说自己没文化,就喜欢开车。开始我并不太信任他,后来发现这个人很忠诚,又身怀绝技,守口如瓶,就正式让他给我当了司机和警卫。"

"养兵千日，用兵一时啊！"汪静飞感叹之后又问郭小鹏，"董事长在海州有仇人吗？"

郭小鹏摇头道："我一不夺人妻女，二不抢人钱财，三不争人权位，应该说没有。"

汪静飞困惑地皱了皱眉问："那这个人会是谁呢？"

郭小鹏深沉地望着前方说："估计是杨春，他要报杀弟之仇。"

"杨春？"汪静飞意外地问，"他不是那天当场被警察逮捕了吗？"

"他至今逍遥法外。"郭小鹏脸上阴云密布，"有些事，不是我们想象的那样简单。"

"那你应该马上报警，否则还会出事的！"汪静飞不由得着急起来。

郭小鹏淡淡地说："如果段海没事的话，还是不报为好。"

"为什么？"汪静飞疑惑地看着郭小鹏。

郭小鹏忽然有些伤感："我在海州也算是个公众人物，公众人物就没有隐私可言。倘若报警，闹得沸沸扬扬满城风雨，有损企业的信誉，作为个人，就难以控制局面了。"

"那就让凶手逍遥法外，时刻威胁你的生命？"汪静飞仍有些无法理解。

对汪静飞的拳拳关心，郭小鹏有些感动，他用柔和的目光看了她一下，然后注视着前边的路面缓缓说道："凶手刺杀未遂，应该远走高飞才对，没有一而再再而三动手的道理。"

汪静飞默然。

新疆。西北劳改农场采石场。

一声惊天动地的巨响，火光耀眼，山崩石裂，碎石块如冰雹般坠落。爆炸后的浓烟尚未散尽，数十名犯人就冲到炸落的石堆前，汗流浃背地选料打方。

烈日当头，烟雾弥漫，犯人们挥汗如雨，从事着繁重的体力劳动。林小强却独自坐在远离工地的阴凉地里喝茶抽烟，徐徐挥扇。

白面书生靳铁显然没干过重体力活儿，掌钎的双手虎口震裂，脸晒得通红，此时正是最热的时候。这儿日夜温差极大，素有"早穿棉袄午穿纱，围着火炉吃西瓜"一说，中午是最难熬的时辰。犯人们又热又累，又渴又饿，很多体质弱的已快支撑不住。靳铁摇摇晃晃正要晕倒之际，"骡子"招呼他说："喂，'鸭子'！林总叫你过去。"

"林总？"靳铁脑袋已经快不运转了，迷惑地睁大眼睛。

"就是老大！""骡子"一脸坏笑，"没准儿他真看上你个小白脸了……"

靳铁晃晃悠悠地向树荫下的林小强走去，几次都差点被碎石块绊倒。他走到林小强面前，林小强示意他坐下，可他根本就没注意到，只是双眼直勾勾地盯着旁边的茶壶。

林小强当然看出了他眼里的渴求，但故意不发话。他终于忍不住了，吞吞吐吐地问："能……能给我点水喝吗？"林小强笑了，恩赐的样子点点头，"喝吧。"

靳铁顾不得道谢，捧起茶碗咕嘟咕嘟一饮而尽。他擦擦嘴，意犹未尽，眼睛仍瞄着茶壶，但没敢喝第二碗。

"喝吧！"林小强大度地挥挥手。

靳铁抓起碗，又喝了一大口咽了下去。

林小强摇着扇子说："在这种地儿，有一个好身体，要比有一个好脑袋管用得多。"

"谢谢林总！"靳铁擦拭着眼镜，眼里含着泪水。

"如果好身体外加个好脑袋，你到哪儿都是王。"林小强补充道。

靳铁戴上破眼镜，毕恭毕敬地道："您说得对。"

"你看这蚂蚁。"林小强用树枝划拉着地上奔忙的蚁群，"工蚁一辈子干活儿，甚至连享受性生活的权利都没有。蚁王一动不动，却享受着最丰富的蛋白质营养。"

靳铁蹲下身子伸头去看。林小强吩咐道："干活去吧。"靳铁恋恋不舍地走开，林小强眯起眼睛注视着他瘦弱的背影……

0 2

看守所的大铁门漆黑漆黑，给人一种冷冰冰的畏惧感。门两边的高墙上张着电网，电网上有几只小鸟在欢快地蹦跳，似乎是在逗引里面失去自由的人。

刘眉开着法拉利停在对面的马路边，不时朝着黑铁门张望。大门打开了一条缝，林小亮空着手从里面走出来。咣当一声，铁门紧闭。她摇下车窗向他招手，林小亮激动地飞跑过马路，钻进跑车后，对大门警卫抛了个飞吻。刘眉发动了跑车说："别招人恨了，你还没待够啊？"

林小亮笑了笑，伏在刘眉座椅的后背上问："二哥派你来的！"

"凭你家老爷子那张老脸呗。"刘眉挂上挡,"你二哥也出了面。"

林小亮感慨道:"二哥就是二哥,他嘴上狠,心眼里对我最好。"

刘眉踩下油门,轰的一声把车开走。

03

二人走出病房,走下楼,走进医院病区花园。月色朦胧,柔光铺地;花园里树影婆娑,花香暗放,有一种神秘的安宁。他们在月下漫步,完全淡化了主仆之间的贵贱尊卑。

段海有些忐忑不安地问:"董事长,您想说什么?"

郭小鹏压低了声音问:"那天有人打冷枪时,你看到汪总的表现了吗?"

段海摇头道:"当时没太注意,怎么啦?"

郭小鹏深思着说:"枪响得很突然,我们毫无准备,但汪总在一瞬间的反应,我指的是本能的反应,是一个标准的原地卧倒动作,同时迅速出枪,搜寻危险的目标。面临突发事件,不惊不惧不诧,冷静沉着,除了训练有素的军人,一个普通女性,尤其是来自香港的白领女性,几乎很难做到这一点。"

段海点点头说:"我也见过这样的场面。"

郭小鹏接着说道:"此外,她很熟练地为你包扎伤口,不经过专门训练,也绝对做不到。"

"董事长的意思是……"段海一脸迷茫地看着郭小鹏。

郭小鹏以肯定的口气道:"一个文科大学毕业的女硕士,不应该像一个军人。"

"我懂了。"段海似乎已经明白过来,挺了挺胸说,"请董事长直接下命令吧!"

郭小鹏扶住他的肩膀低声道:"出院以后,你悄悄去一趟北京,调查汪的全部情况。"

04

海州国际机场。

一辆出租车飞速驶入厅前跑道,乔装改扮的刘眉款款走下车。但见她齐耳短发,秀琅眼镜,深色西服,淡抹红妆,与平素的美艳判若两人。她刚消失在候机大厅自动门里,林小亮驾驶着丰田车也匆匆赶到。

林小亮转了一大圈才在咖啡厅的角落里找到刘眉。他动作毛糙地拉椅子坐下,一口将咖啡喝光说:"姐,把你的'金蝉脱壳'之计教给兄弟几招?"

刘眉压低嗓门说:"我用真身份证去北京,再用假身份证飞新疆。"

林小亮说:"你孤身闯新疆,胆子可真够大的。"

"谁不愿意在家里舒舒服服地过安生日子?"刘眉伤感地说,"姐跟你们这些官家子弟不一样,姐生下来就会抓钱,穷怕了。姐得自己去拼去争啊!唉,说这些有什么用?"她用手绢擦擦眼睛。

林小亮同情地望着她，不无担心地说："听说那个新疆佬铁孜是个色胆包天、心黑手毒的家伙。你要能弄到货就弄，弄不到就打道回府，别搭上性命跟他较真儿，没必要啊。"

　　刘眉长叹一声说："上了这黑道，想停也停不下来。"她拿起拎包，"姐该走了。"说着把脸送到林小亮面前，林小亮轻轻在她脸颊上吻了一下。刘眉眼圈红了，起身头也不回地走向检票口，消失在过道深处。

　　此时，戴着墨镜、早已躲在暗处的杨春，冷冷地看着刘眉和林小亮的一举一动；李新建和强民则端坐在安检处密室里，通过摄像机监视器将这一切尽收眼底。

　　新疆的西北劳改农场采石场工地，已到中午开饭时间，数百名犯人蹲在乱石堆旁端着饭碗狼吞虎咽。靳铁见林小强独自坐在阴凉地里吃喝，便悄悄凑了过去说："林总是因为什么事儿进来的？"

　　林小强不太愿意地回答："事儿可多了去了。"

　　靳铁不敢再细问，于是讪讪地又问："判了多少年？"

　　林小强这次答得很详细："已经待了五年零三个月又十天半。"

　　"您没想办法出去？"靳铁把一大口饭脸红脖子粗地吞下去，"外面多好啊！"

　　"外面多好啊！"林小强学着他的腔调，脸突然一板，"你他妈进来干吗？"然后又笑了，"说说你自个儿的事儿。"

　　靳铁挪了挪屁股说："硕士毕业后，我分配到银行工作。两年后，我就当了证券部主任。您知道，中国的证券业很不规范，有漏洞可钻，我就帮朋友也给自己弄了点钱。"

"你这一点有多少？"林小强乜斜着眼睛。

靳铁用很轻松的口吻说："总得有个两三千万吧，不多。"

"就这数，也够杀头的了。"林小强用筷子敲敲他的碗，"用的什么手段？"

说到专业，靳铁得意起来，娓娓说道："虚开账户，挪用客户保证金，向银行贷款，通过电子网络在香港、东京、纽约市场买卖期货，命令操盘手高买低卖。当然，是卖给自己人。反正现在的钱，和以前的钱不一样，成了虚拟货币，或者叫电子货币，旁人很难插手。"

"怎么露馅的？"林小强不能不对眼前这个蓬头垢面的"奶油书生"刮目相看。

靳铁伸出舌头舔了舔碗里的剩米粒，然后说："凭我的专业技能，暗箱操作称得上风调雨顺、如鱼得水，没想到在东京市场做的黄铜期货一下给赔了，而且赔得很惨。我看翻不了身，就给自己来了个'休克疗法'。"

"什么休克疗法？"林小强听得很有兴趣。

靳铁道："反正也捞不回来了，我索性来了个大甩卖，把钱捞到差不多时，一走了之。"

林小强很肯定地说："这时就出事了。"

靳铁反问："您怎么知道？"

林小强把筷子往碗上一扣说："我有经验！"

靳铁点点头："我的一个合伙人在深圳被捕了，这个甫志高当晚就叛变，我也就落入法网。"

"钱呢，全都没了？"林小强眨巴眨巴眼。

靳铁也狡猾地眨巴眨巴眼反问:"您说呢?"

林小强已从他的眼神里看出了根苗,声音低沉地说:"按说该杀头的罪,却只判你三年;按说该就地服刑,却把你送到这儿。"

靳铁把碗放在地上,抹了把嘴道:"我判刑不要紧,很多人睡不安稳,所以才出现了这种奇怪的结局。"

林小强纠正说:"不是结局,而是局面,这样说才准确。"他总结性地沉吟,"这种局面是暂时的,随时可能有人再翻船,案子就得重判。你实际上是坐在炸药桶上,小命捏在别人手里。要想好好活下来,就必须依靠一个新的合伙人。"

靳铁哈腰点头道:"明白,这个人就是您!"

0 5

已是深夜时分,满城的灯火在不薄也不是太浓的雾气里如鬼火般闪动。

郭小鹏驾车驶上宽阔冷寂的海滨大道,陡地加快车速,疾驰如飞。

汪静飞上车之后,就没听到他开口。终于,她忍耐不住了,有些不安地问:"董事长要带我去什么地方?"

郭小鹏仍然沉默不语,灯光闪烁的脸上隐现着一种难以压制的激情。

汪静飞似乎感觉到了某种潜在的危机,说道:"请停车,让我下去。"

"我们应该好好谈一谈,彻夜长谈。"郭小鹏紧绷的嘴角扯着一线淡淡的说不明白意味着什么的笑。

车到舰桥半岛,缓缓驶入郭小鹏的豪华别墅院门。郭下车后,快步绕过车头,亲自为汪静飞拉开车门。汪静飞稍微犹豫了一下,走下轿车,随郭小鹏进入豪宅客厅。

华灯齐放,金碧辉煌。硕大无朋的客厅里空空荡荡,整座别墅寂静无声。

郭小鹏慢慢从身后揽住了她的腰身,显得自然而和谐。汪静飞浑身战栗了一下,一阵晕眩,感到整个世界在她面前旋转、倾斜,顿时心智迷乱,不由得紧紧闭上了双眼。

郭小鹏目不转睛地凝视着她微微颤动的眼睫,暗暗增加着双臂的力度。汪静飞突然惊醒,猛地分臂转身,竟把猝不及防的郭小鹏推倒在冲浪浴缸上。

郭小鹏突然冲过去拉住转身出门的汪静飞,低沉的声音问:"你到底是什么人?"

0 6

汪静飞在黑暗中快步疾走,呼啸的冷风将她的衣裙高高吹起,如暗夜中狂舞的幽灵。

果然不出所料,自己的担心成为了冷酷的现实,而郭小鹏的探测或是说对怀疑的验定又是那样别出心裁。突起的变故,使她深切地意识到前边的路将会更加坎坷艰险,布满了荆棘和无法预知的陷阱。

奔驰轿车无声地从后面跟上来，郭小鹏将车停在汪静飞前面，走下车来。她把头扭向一边，眼里不知何时流下了屈辱的泪水。

宽阔平坦的大道在车前默默地延伸，车上二人默默无语。郭小鹏悄悄从后视镜中观察汪静飞泪花晶莹的眼睛，禁不住心潮起伏、柔情隐动。他真挚地对汪静飞道："我从来没对女人动过真心。我承认，这是第一次，你强烈地吸引了我，但我也感到害怕。如果我们之间能够坦诚相见，我们一定会成为生活中最亲密的朋友。静飞，我喜欢你！"

汪静飞的目光终于在后视镜中与郭小鹏相遇，但她的眼睛深不见底。

第八章 蛇鼠一窝

新疆西北劳改农场的砖窑外,忙碌的犯人们如穿梭不停的蚁群。烈日当空,万里无云,荒漠里随风荡起的沙尘如一股股黄烟,扑打得人睁不开眼睛。

林小强和靳铁坐在阴凉处喝茶。林小强赤裸在外的腰背肌肉发达,皮肤细嫩雪白,向人显示着他在这群犯人中的优越地位。靳铁一手持扇给他解热,一手拿毛巾随时为他擦去沁出的汗水。

林小强惬意地眯着眼睛,享受着靳铁周到细致的服务。

01

　　新疆首府乌鲁木齐市。这儿的天特别蓝，云特别白，空气特别纯净清爽，给步下飞机舷梯的刘眉便是这种特别的印象。

　　她随着人流走出机场，扑面而来的异域风情使她好奇地东张西望。出租车在她身旁停住，司机很友好地向她打招呼，她看是个女的，也就坐了上去。上车后，她吩咐司机说："海德酒店。"

　　出租车刚刚开出，杨春也从大厅里走了出来，他扫了一眼，进入一辆丰田越野吉普。

　　丰田车与刘眉乘坐的出租车背道而驰。

　　刘眉很快便到了乌市最高档的宾馆——海德酒店，她来前已经预订了房间，所以很快便办妥了住宿手续，乘电梯上到十五楼，进入豪华的商务套房。

　　她先进浴室冲了个温水澡，洗去乘机四个多小时带来的疲倦。然后光着脚，斜靠在沙发上，手拿商务通，查阅电话号码。找到号码后，她拿出手机，想了一下后，决定改用房间电话。

　　她拨通电话，对着听筒道："铁孜先生吗？我是海州春秋兄弟公司总经理杨秋的朋友。半年前，他来新疆时，我让他对您提提我。我姓刘，叫刘眉。"她听了对方的回答后，放荡地笑了，"您知道啊，那太好了。杨秋？他挺好的，现在出国去了。"她把滑落的浴巾扯了扯，盖住雪白的大腿，手捂住听筒，冷笑一下，"去天国了！"接着赶紧松开手，换成笑脸，软绵绵地说，"对呀，我已经到了乌鲁木齐。方便的时候，咱们见个面？嗯，嗯，好。我等您的消息。"

刘眉放下电话，很开心的样子在沙发上跳了几跳，她这第一步比想象的顺利多了。万事开头难，看来是个好兆头。

海州滨海公园游人如织，汪静飞寻一僻静处石椅坐下，熟练地将手机的卡换成新卡，然后拨通电话："宋老师，我是汪静飞。"

宋老师在电话里调侃道："美丽的学生，你好阔气啊，天天新号码。"

汪静飞说："不怕一万，就怕万一，防患于未然。"

宋老师笑了笑说："公务人员总是有机密，要是把它们都公开，公务人员的优越感也就荡然无存了。开玩笑，你说你的事。"

"我已经查到需要的东西，但它太庞大了，您有筛选的办法吗？"

"我编写了一个软件，能很容易按使用频率排列，稍后发给你。"

汪静飞又问："我有没有截获对方电子邮件的可能？"

宋老师指教道："这个截获，不是半路抢劫，而是当文件抵达目的邮箱的时候，去阅读它。你可以在对方的邮箱安排一位电子间谍，等他来取邮件时，把他的密码和口令都记下。这等于你拿到了邻居家的门钥匙，想什么时候去都行。如果这个方法不奏效，我还有一个自己编写的软件，可以组合各种数据，来测试对方的密码。"

0 2

刘眉步出酒店大门，一身牛仔装在门前的灯光下显出另一种风韵。她招呼来一辆出租车，上去后对司机说了声："去新疆饭店。"

刘眉到了新疆饭店刚进大堂，两名西装革履、文质彬彬的青年男子就迎了上来。

他们出了饭店大门，跨上一辆桑塔纳轿车，两个男子一边一个把刘眉夹在中间。

桑塔纳很快驶出城市，道路两旁已渐显荒凉。刘眉表面镇静，但内心却是忐忑不安，笑容显得有些做作。

高个男子从精致的皮包中取出一块黑布，对刘眉说："对不起，刘女士，我们有我们的规矩。"

刘眉看看黑布后显得很老到的样子说："明白，请吧。"高个男子蒙上刘眉的眼睛。

桑塔纳颠簸了约半小时后，在一座新盖的两层楼前停住。两名男子一边一个，将她带进楼门。

三人在大厅里站定，高个男子解开刘眉的眼罩。刘眉揉揉眼看去，顿时惊呆了。只见刺眼的灯光下，剃成贼亮光头的杨春正一脸阴笑地打量她。铁孜在用刮骨刀割取羊腿上的肉往嘴里送，偶尔瞟她一眼。

杨春端起酒碗喝了一大口，抹抹嘴说："没想到吧，小骚娘儿们！"

刘眉眼珠骨碌碌转动，紧张地盘算应对之计。

杨春用讥嘲的口气道："你是觉得无论如何不该在这地方见到我？别瞎琢磨了，那没用！"

铁孜吞下一块羊肉，随着饱嗝从喉咙里咕哝出一句："冤家路窄！"

杨春打趣地道："对我来说是冤家路窄，对大哥你来说，就是'有缘千里来相会'了！"

铁孜粗鲁地露出满嘴的大黄牙笑了笑："还是你们南蛮子有文化。"

"从海州机场开始，我就一直护送，用古戏的唱词说，是'杨大郎千里送眉娘'啊！"杨春端起酒碗敬向铁孜。

铁孜虽不懂此典故，但知道是好话，于是端起碗和杨春相碰，一口见底。

刘眉的额头开始冒汗，汗流到眼睛里，她无望地闭上眼睛。

"人是你的，命是我的，咱们是不是可以开张了？"杨春急不可待地站起，"你先用人，我再要命，各得其所！"

铁孜鹦鹉学舌般地说："各得其所！谢谢老弟送来的鲜嫩小羊羔！"他说罢，行了一个新疆礼。

杨春也还了一个熟练的新疆礼。

两人再度干了碗中酒。铁孜摇摇晃晃地一手拿剔骨刀、一手拿羊腿，走向刘眉。

刘眉惊恐地看着他，羊油一滴一滴落在她的衣服上。铁孜用剔骨刀将刘眉的衣服扣子一个一个挑落，她周身战栗，紧闭双眼。

杨春色眯眯地凑过去说："铁大哥，我杨春眼下虽说是山穷水尽，但这份礼物不薄吧？"

铁孜盯着刘眉脖颈下雪白的乳沟看，顾不上回答，口水从嘴角里渗了出来。

杨春火上浇油说："刘小姐的床上功夫可是好生了得呀！"

刘眉心底的怒火忽地蹿了上来，她猛地睁开双眼，愤怒地瞪着杨春。

铁孜用刀敲敲肚皮说:"好货!好货!"他转回身,"好吃的东西要慢慢吃,一口吞没味道。"说着对高个男子挥挥手,"带下去,先给刘小姐净净身,涂点上等香料!"

汪静飞只开了房间的壁灯,显得很温馨。她按照宋老师传授的技术,果然很快便打开了陈然的电脑。她一屏屏地翻阅,不时地有色情的图像闪过。她心中暗骂:"这个伪君子!"

她移动鼠标,打开一个文件,屏幕出现"黑龙江莲池制药厂"。她立刻凝聚起注意力,文件显示"RH新药配方"。她继续操作,屏幕出现"海州药业集团公司研发部"字样,然后是很复杂的化学公式。

狐狸的尾巴终于抓住了,汪静飞激动得双眼发亮,竟情不自禁地直拍手。

03

铁孜和杨春仍在对饮,杨春朝楼上看看说:"铁大哥,这酒多了要误事的。"

铁孜摇了摇红得发紫的脖子道:"你还是不了解我,我铁老大没酒什么事都干不成!"他又补上一句,"尤其是那种事情!"

两人对碰,杨春为了保持清醒,偷偷地将酒洒在地上一些。

铁孜抹抹嘴说:"我知道你小子等得猴急。这么亮的盘子,真舍不得让你毁了。"他站起身，"好吧，我先痛快去了，你耐心等着！"

杨春也激动地站起，用尖刀在衣袖上来回磨蹭，说道："我今天要用她的心肝，祭奠我兄弟的亡灵！"

铁孜一副酒醉心不醉的架势问道："干掉她，海州市场真能回到你手里？"

杨春肯定地说："这个铁大哥放心，绝对没问题！"

铁孜打着酒嗝说："那我就放心了。"

杨春问："铁大哥在哪儿办事？"

"怎么？你想观战？那可不行！"铁孜指了指楼上说，"我有一间密室，凡是来了好货，都在那儿开苞！"说着摇摇晃晃爬上了楼梯。

此时的杨春，竟莫名其妙地突然有了一种酸溜溜的感觉。

铁孜上到二楼，喜哉乐哉地摸向密室。他所谓的密室，其实就是他楼中顶层的一间普通房间。这房间除去中心位置一张大床外，并没有什么别的特点。刘眉手被铐在床的栏杆上，嘴里塞着布。醉醺醺的铁孜走进去，手拿钥匙，两三次方才打开刘眉的手铐。刘眉做的第一件事，就是迅速取出嘴里的布。可还没等她回过神来，铁孜已经扑到她身上，撕扯她的衣服。刘眉镇静自若地躺着说："铁老板，我已经是你嘴边的肉了，何必这么着急？"

铁孜想了想，似乎觉得有道理，便停了手。

事到临头的刘眉，此时反而恢复了较量的勇气，她眼中柔波闪动，娇媚地说："细嚼慢咽才有味道，急着往下吞，会卡着喉咙的。"

铁孜瞪着血红的眼珠问:"你说,怎么个细嚼慢咽法?"

刘眉抬起身子,倚在床头说:"咱们先聊聊,加深一下感情,这样往下的事,才能身心合一,才能销魂蚀骨啊!"

铁孜哧哼哧哼鼻孔哑着嗓子说:"大城市的文化娘儿们,招数就是多。我这铁桶一般,谅你也飞不走!聊聊就聊聊,看能不能聊出点新鲜的来。"

刘眉嫣然一笑,娇声问:"铁老板,你说这钱是不是好东西?"
铁孜眼一瞪说:"废话!没钱就没房子、没汽车、没酒、没女人,就没人听我的吆喝,当然是好东西!"

刘眉又问:"你是做生意的,不会不想挣大钱吧?"

"废话,净是废话!没劲,还是来真的吧。"铁孜嚷嚷着,搂住刘眉。

"现在大钱就在你面前,你想让它飞了不成?"刘眉亲昵地拍拍他的脸。

铁孜左右环顾问:"在哪儿?"

刘眉指指自己说:"就在这儿。"

铁孜定了定神说:"杨春说了,你是狐狸精,把他弟弟的钱和命都骗走了,别在铁大爷面前玩花招了!"

刘眉眉梢挑了挑说:"杨春的话,你也能信?"

"他们兄弟和我有五年的交情,是我的大客户,谁也挑不动我们的关系。"铁孜毫不为之所动。

"不错,以前他确实是大客户。"刘眉撇撇嘴说,"可现在却是一条一文不名的丧家狗!"

铁孜晃晃脑袋说:"他说,海州的市场就会回到他的手里。"

刘眉一字一顿地说道:"海州的市场现在就在我的手里!"

"我凭什么相信?"铁孜狐疑地盯着她。

刘眉从衣兜里取出一张汇票说:"这是一张五十万人民币的自带信汇,而且这仅仅是定金。"

铁孜伸手说:"我看看。"

刘眉犹豫了一下,但还是给了他。因为此时此刻,只有这最后一张护身符了,她没有别的选择余地。

铁孜仔细地看数字,然后又对着灯光看水印。最后,他把汇票放进钱包。

"怎么样?没什么问题吧?"刘眉边问边试着往外移了移身子。

"问题吗……"铁孜拉长音调,又猛然而止,"我不管有没有问题,反正钱已在我手里了,先把你玩了再说!"他说着扑向刘眉。

刘眉喊叫:"你这个大流氓!"

铁孜大笑:"你喊吧,我就喜欢这样,越喊越有味儿!"

刘眉肝胆俱裂,心急如焚,可着嗓子尖叫:"臭流氓!你这个臭流氓……"

铁孜一把扯下刘眉的胸罩,嘿嘿笑着说:"咱俩都是流氓,不是流氓能到一起?"刘眉竭力遮掩胸部,拼出全身的力气挣扎。也许是酒精的作用,抑或是她若隐若现的丰乳的刺激,铁孜已经完全失去了理智,像一头蒙着红布的大公牛,疯狂地撕扯着她的衣服。这是一场力量悬殊的搏斗,不一会儿,声嘶力竭的刘眉就娇喘吁吁地瘫在了铁孜身下。已经就范的她,绝望地闭上了眼睛。

突然,紧闭的玻璃窗被撞开,一个身披四溅的碎玻璃的身影凌空飞入。一支乌黑的枪口,顶在铁孜多肉皱的后脑勺上。

刘眉睁开眼，惊喜地叫道："小亮！"

04

杨春已经颇有些不耐烦了，他百无聊赖地玩弄着手中的剔骨尖刀。又过了一会儿，楼上仍没有动静。他忍不住了，扔下刀，起身高喊："铁大哥，完事了没有？"

过了半晌，没有回音。

他欲上楼，被两条大汉挡驾。他回身走到酒桌边，一屁股坐下，低声咕哝："他妈的！他吃香的喝辣的，把老子一人晾在这儿！"他咕嘟嘟倒满一碗酒，然后端起送到嘴边，一仰脖，咕嘟嘟喝下。

此时在铁孜的密室里，他正被铐在暖气管道上，一副垂头丧气的样子。

刘眉惊魂甫定，问林小亮："你怎么来了？"

林小亮神秘地笑了笑说："我怕姐一人应付不了。"

"那你怎么知道我在这儿？"刘眉语调里带着疑问。

"本经理行走江湖多年，关系还是有一些的。"林小亮摇头晃脑。

刘眉低声问道："你二哥知道吗？"

"你猜！"林小亮的笑更神秘了，也许他知道，也许他不知道。

刘眉脸上有些失望，但更多的是希望，她还想再问个清楚。林小亮生气了，道："如果你再问，我可走了。"他说完，转脸看看铁孜，像西部片中的牛仔一样，食指挑着扳机环，飞快地转动手枪，

"把这小子给干掉吧!"

铁孜惊恐万分地看着刘眉,她走到他面前说:"按你所作所为,死上十次也不冤!"

铁孜从刘眉的话音中听到了生机,马上说:"我罪该万死!我罪该万死!"

刘眉走到林小亮耳边嘀咕了几句,他点点头。刘眉回到铁孜身旁,给他开手铐说:"好吧,我帮你讲了情,你可要立功赎罪。"

铁孜大喜过望,不住地点头说:"让我变狗变羊都行!"

刘眉点着他的头说:"你这个德行,下辈子能变成狗羊就不错了!"然后注视着他,"协助我们把杨春收拾了。"

铁孜恨恨地说:"你不说我也要收拾他,险些把我的财神娘娘给毁了!"

"你先出去稳住他,我马上就下去。"刘眉开始发号施令。

林小亮用枪比了比铁孜,威胁说:"别玩花招,周围都是我的人!"

好汉不吃眼前亏,铁孜诺诺而退。

"为什么不干掉他?这可是个赖货!"林小亮有些遗憾的样子。

"做生意最重要的就是一进一出,把他杀了,上哪弄麻黄素去?"

林小亮攥了攥手里的枪说:"那就把杨春杀了,老子老远来这么一趟,还没过枪瘾呢!"

刘眉嗔怪地看了他一眼说:"你就知道杀人。"

林小亮指了指天花板说:"上面说,要挥金如土,杀人如麻!"

"当挥金如土不顶用的时候,再杀人也不迟。"刘眉此时已整

180

理好了装束，被撕破的衣服该挽起的挽起，该塞进腰带的塞进腰带里。

林小亮说："留着杨春，终归是祸害。"

刘眉俨然一副将帅风度，说道："上面还说过，敌人是打不完的，要拉。你看杀了杨秋，就来了杨春。杀了杨春，杨夏、杨冬又来了，可拉拢住他，就多个帮手。"

林小亮禁不住笑了："姐真乃西出阳关的'今日昭君'。佩服！佩服！"

二人说罢，走出密室……

杨春坐在八仙桌旁，忐忑不安地看着客厅入口的楼梯，嘴中喃喃道："妈的，干上还没完了！"他把刀子猛地插入羊腿。

铁孜晃悠悠地走下楼梯，看得出，他又换了一套较为整洁的衣服。杨春巴结地问："铁大哥，味道怎么样？"

铁孜咂咂嘴道："鲜！嫩！"

杨春一副洋洋自得的神情说："我的话，没错！"

铁孜大喝一声："来人！"

两大汉应声而上，垂手肃立。

铁孜说："上酒，上菜！"

两大汉连声答应："是！上酒上菜！"说罢躬身退出。

铁孜突然转脸对着楼梯口喊道："有请刘小姐！"

刘眉仪态万方地从楼上款款而下，如春水般荡漾的目光瞭向杨春。

杨春愣了愣，赶紧看了看铁孜。铁孜起身，恭敬地对刘眉行了个新疆礼，柔声细语地说："请刘总上座。"刘眉当仁不让地在首席坐下，两大汉端烤全羊和大壶酒上来后，垂手站在旁边。刘眉这才风情万种地转脸扭身，对着杨春摇动雪白的脖颈说："杨大哥，我能不能吃完这最后的晚餐？"

杨春已经全傻了，看看刘眉，又看看铁孜。

铁孜无比恭敬地对刘眉说："您请用！"

刘眉看着发呆的杨春，假装可怜巴巴地说："杨大哥不发话，我不敢下手啊！"

杨春似乎已经明白过来，还是问铁孜："铁大哥，你这是……"

铁孜扬了扬眉毛说："这新疆早晚的温差就是大，中午吃瓜，晚上抱火炉。"

杨春不甘地问："铁大哥是不是见色忘友？"

铁孜不回答，专心地用剔骨刀剜羊头的眼珠和脑子。

杨春欲拔枪，被两名大汉一左一右扭住胳膊并极麻利地捆在客厅的廊柱上。他拼命挣扎，跳脚大骂："铁孜，你个王八蛋！你忘了我是怎么把你从警察的枪口前解救出来，你把我们的兄弟情谊竟然看得不如骚娘儿们的臭裤衩！你会遭报应的！"他又跳又叫地折腾了半天，看不出铁孜脸上有任何表情。铁孜只是专心致志地啃他的羊头，杨春长叹一口气，无奈地垂下了头。

铁孜抬起满是羊油的脸，慢悠悠说道："你小子说对了，我见色忘友不算，还见利忘命。我铁大爷从来就是这个德行，有奶便是娘。"

"你他妈的真是个卑鄙小人！"杨春咬牙切齿。

铁孜慢悠悠说："好人谁在刀尖上过日子？"

"算我瞎了眼！"杨春恨声说道。

铁孜看着在刀尖上颤动的羊眼说:"羊眼我吃多了,可从来没吃过人眼!"

杨春大骇,脸上的肌肉抽搐着。铁孜把羊眼一口吞下,然后倏地站起,一步步走到杨春面前,猛地扬起尖刀。杨春心如死灰,绝望地闭上眼睛。

"且慢!"刘眉一声尖叫。

铁孜的刀停在半空,杨春吃惊地睁开了双眼,不知道刘眉葫芦里卖的什么药。

刘眉快步走过来说:"我五十万定金之外,再加十万,买下这个人!"

铁孜手中的刀缓缓落下,惊讶地看着微笑的刘眉。

刘眉问:"怎么?铁老板嫌少?"

铁孜连忙答道:"不敢,不敢!"

刘眉向他伸出手去,铁孜乖乖把刀递在她手里。刘眉持刀逼近杨春,杨春咬牙切齿地说:"你动手吧,再过二十年,我老杨家又是一对好汉!"

刘眉手起刀落,杨春身上的绳索纷纷断裂。铁孜大惊,倒退几步,做防守准备。

杨春惊愕地看着刘眉问:"你……"

刘眉一字一顿地说:"我告诉你,杨秋不是我杀的!"她把刀递给杨春,"如果你非要栽在我头上,那好吧,我成全你!"

杨春持刀的手哆嗦着,不知所措地看着她。此时在楼上暗窗里的林小亮,正用枪瞄着杨春,他头上的汗珠一颗颗滚落。

杨春突然弃刀于地,扑通跪在刘眉面前,头深深垂下说:

183

"我……对不住您!"

刘眉扶起杨春说:"杨大哥为弟报仇,我理解。如果你信得过我,我可以帮你查出凶手。"

杨春双手扑地,感动得泣不成声。

铁孜拍手大笑:"这满天的乌云散了,桃园三结义。喝酒!咱们开怀畅饮!"

"还有个赵子龙呢!"刘眉朝楼上喊,"小亮,下来吧!"

林小亮从楼上一跃而下。

四人相对而坐,笑语喧哗,共同举杯。

市公安局局长室里,张啸华在一张巨大的中国地图前立着,视线慢慢从乌鲁木齐向海州方向移动,眉头渐渐皱紧。

指挥中心齐主任从门外匆匆走进,轻声喊道:"局长。"

张啸华没有回头,沉声道:"什么事?说吧!"

齐主任说:"海豹来电请示,是否按原计划执行?"

"没有不透风的墙,中国的人口的确太多了。"张啸华缓缓转过身来,斩钉截铁地道,"指示海豹,按原计划执行!告诉他,我会作出相应的安排!"

"是!"齐主任转身大步走出。

张啸华走到办公桌后,坐下,头仰靠在椅子上,双眼凝视着天花板上悄悄爬动的蜘蛛,陷入沉思之中。

05

舰桥半岛渐渐沉入夜幕之中,一座座别墅亮起了灯光。郭小鹏在书房里踱着步,思索良久,终于下了决心。他刷地拉上窗帘,拿出手机,抽出里边的卡,换上一张新卡,然后将其和手提电脑连接。

接着,他坐在写字台前,开始写电子邮件。屏幕显示的是英文:"G,您好。从本月开始,使用第三套密码系统。现在我将生产、研制情况,作为邮件的附件发出。收到后,请更换邮箱地址。"

他正在操作着,写字台右上角的电话铃急促响起。他看了看来电号码显示,连忙抓起接听:"戴主席,您好。"

"第一期投资的第二笔资金,已于昨天拨付了。"

"我们已收到银行通知,现在正在办理相关的手续。谢谢戴主席。"

"作为一个企业家,资金的安全从来都是第一位的。"

"请戴主席放心,我一定会竭尽全力,使您的利润达到最高值。"

"竭尽全力我相信,但天有不测风云啊!"

郭小鹏不知道戴天的葫芦里卖的是什么药,所以没回答。

戴天继续说道:"中国皇帝怕人误导远在边塞、掌握兵权的将领,就把一张画有老虎的符分成两半,他一半,将领一半。只有两个符对成只老虎,命令才能确认。"

郭小鹏拿铅笔在纸上写"虎符的故事,老狐狸"!

戴天又道:"政治是什么?政治就是在能允许的范围内妥协、

退让。"

郭小鹏言不由衷地说:"戴主席真是博学多才。"

戴天的声音仍不带任何感情色彩:"郭博士客气了,普林斯顿可是美国最著名的十所常春藤大学之一。"说罢,他语气一转,"一个篱笆三个桩,一个好汉三个帮,给你推荐一个副手如何?"

郭小鹏此刻已完全明白了:"您说。"

戴天说:"如果能给汪静飞女士一个副董事长的职务,不光对华龙公司,就是对海州药业,也是很有利的,你说是吗?"

郭小鹏在"老狐狸"三个字上画圈,说道:"明白。"

戴天的音调略显轻松了些:"如果郭董事长没有异议的话,我希望在第三笔资金到位之前,完成此事。"

郭小鹏用力握了握话筒说:"我看用不了那么长时间。"

戴天有了收线的意思,说道:"把资金放到郭博士这样精明强干的后生手里,真是钱得其所。好,你还有什么事吗?"

郭小鹏把听筒移开一段距离,做很愉快状,用十分亲切的语气说道:"老前辈多保重。"

放下电话后,他在思索的过程中,将"老狐狸"三字完全涂黑。

汪静飞轻步走进海州药业集团公司计算机中心。干净、整洁的机房寂静无声,透过玻璃隔板,可以看见运行中的大型计算机。

她走到主任室门前,轻轻叩了两下,里边没有丝毫反应。她加大了敲击的力度,仍是无声无息。这时,有一位小姐正从她身边经过,她询问道:"陈然主任在里面吗?"

小姐停住脚步:"原来是汪总呀。在,他在里面。"

汪静飞问:"他为什么不开门?"

小姐笑了笑,继而露出为难的神情。

汪静飞也觉得问话有些没道理,于是改问:"有什么办法打开这个'文件'吗?"她指指门。

小姐答道:"需要电话预约。"

汪静飞从手提包里拿出手机说:"你们内部的人找他也要这样吗?"

小姐又是一笑。

汪静飞拨通电话后,对小姐友好地挥挥手,小姐如蒙大赦般赶紧快步走开。手机里传出陈然的声音:"哪位?"

"我是汪静飞。"

"喔?"

"我就在你门外。"

"你有事?"

汪静飞提高了声音说:"能让我进去说吗?"音调里已明显透出了严厉。

手机里顿时传出了忙音,过了片刻,陈然打开了门。

汪静飞走进去后,环顾了一下主任室,这是一间全封闭的房子,分里外两间,用双层玻璃隔开。

陈然也不让座,也不寒暄,旁若无人地端坐电脑前。

汪静飞问道:"对于一个系统,这个系统也许是国家,也许是一个计算机网络,也许是一个人,什么是最重要的?"

陈然的思路很敏捷,他几乎未加思考就立刻回答:"我从不研究虚的问题。"

汪静飞不动声色地道："是安全。"

陈然抬起脸，看着汪静飞。这是他第一次认真地注视她。

"你的安全出了问题。"汪静飞加重语气，"我说的是现在！"

陈然略显不安，断然否定道："不可能！"

"哈尔滨你去过吧？"汪静飞开始不看他了，脸向窗外。

陈然摇头，开始慢，后来快。

"莲池制药厂总听说过吧？"汪静飞悠然地看着窗外在微风里摇曳的树枝。

陈然一下子就紧张起来，忙说："汪总，咱们到里面说。里面是全屏蔽的，任何电子侦听设备都无能为力。"

汪静飞转过脸来，盯着他说："我看得出，你非常缺乏安全感。"她看看表，"我有个会，等我的电话。"

陈然可怜兮兮地递给汪静飞一张纸片说："这个电话是我全部通信设备的中心，一下子就找到我了……"

0 6

新疆西北劳改农场的砖窑外，忙碌的犯人们如穿梭不停的蚁群。烈日当空，万里无云，荒漠里随风荡起的沙尘如一股股黄烟，扑打得人睁不开眼睛。

林小强和靳铁坐在阴凉处喝茶。林小强赤裸在外的腰背肌肉发达，皮肤细嫩雪白，向人显示着他在这群犯人中的优越地位。靳铁一手持扇给他解热，一手拿毛巾随时为他擦去沁出的汗水。

林小强惬意地眯着眼睛，享受着靳铁周到细致的服务。

靳铁没话找话，问："林总的势力范围，应该不止这一块吧？"

林小强道："五年修炼，当然不止。"

靳铁小心地试探着问："那你为什么不想个办法出去？"

林小强用手一指砖窑说："他们中的每一个都想马上出去，出得去吗？"

靳铁给他扇了几下风说："听说你家老爷子当过市委书记？"

林小强更正道："省委副书记！"

靳铁疑惑地问："那怎么还出不去？"

林小强把盘着的腿换了一下位置说："哼，'当过'这两个字把事都说透了。再说，我的案子一点余地都没有，证据搜集得要多全有多全！"

靳铁忙巴结地递过一根烟去，林小强接过来，转动着烟卷，眯着眼仔细瞧瞧牌子。靳铁给他点上火说："听你刚才的话音，莫非你是被人算计了？"

林小强美美地品着烟说："你小子确实聪明。"

靳铁来了兴趣："是跟你关系挺近的人吧？像你这么伟大英明的人物，没有林彪一类的阴谋家野心家是靠不近你的。"

"你小子不仅聪明，还挺会分析推理，看来我没走眼。这个人是……"他突然收口，淡淡地道，"我的一个亲戚，一个心狠手辣的穷亲戚。"

靳铁擦去林小强身上的汗珠问："为了财产？"

林小强慵懒地伸了伸腰，似乎不想再谈这个话题："财产仅仅是一部分。"

靳铁没有看出林小强对那个已厌恶到不愿提及的人有些许的顾忌，仍追问："其余的是……"

"你知道这些没用！"林小强打断他，喷出一口浓浓的烟，突然问道，"你想出去？"

"当然！"靳铁感慨万端地说，"你知道，我有个女友。原来是如胶似漆，你中有我，我中有你，海誓山盟，天崩地裂不变心。可我进来没几天，她就嫁给了一个外国老头。"

林小强问："有多老？"

"这个老头在'二战'时，当过纳粹。后来逃到澳大利亚，慢慢地成了一个农场主。你老哥算算有多大吧。"靳铁说罢，无限惆怅地叹了口气。

林小强盯住他说："那咱们做个交易？"

靳铁来了精神，忙说："只要能出去，怎么都行，你说吧。"

林小强说："这儿有个管事的头儿，特别喜欢钱，只要他同意，你就能保外就医。我有渠道能打通他。"

靳铁拿出纯粹商人的劲头问："那你要什么？"

林小强说："你出去后，想办法让他同意我出去看病，其余的我自己会办。"

"他值多少钱？"靳铁两眼已放出光来。

林小强伸出手掌翻了翻。

靳铁倒吸一口凉气："一百万？"

林小强说："十万。"

"小菜一碟。"靳铁乐了，他转问林小强，"我如果出去以后，不帮助你呢？"

林小强阴险地笑了笑:"你这样说,我就放心了,说明你聪明之外还有个优点,坦率。"他说着把烟头摁进沙土里,"再说,我总有一天会出去的,你就有幸成为我第二个穷亲戚。到时候,命碰命吧!"

第九章 愿者上钩

海州大厦的红外监测中心很安静,数十台监视器显示着不同的画面,大厦的各个角落尽收眼底。

郭小鹏独自一人坐在一个办公室里,冷眼审视着大堂内外的情景。盛装的汪静飞,步出电梯间,进入大厅。郭小鹏凝神察看,眼睛定定地跟着她。她径直出大门。郭小鹏迅速将画面切换到门外,只见她上了一辆黑色的别克轿车。

01

　　狱警打开监所的铁门，哗哗地摇动手中的钥匙串，大声对坐在铺上的林小强叫道："林大侠，有人探监！"

　　林小强愣了。服刑五年，这还是头一次有人来看他，心里便不由得嘀咕起来："妈的，真是公鸡下蛋怪事了，会有谁能来看我？'鸭子'刚走，他就是变成天鹅也飞不了这么快！到底能是谁呢？"他边诧异地思忖着边缓缓起身，随狱警走出去。

　　到了会见室，林小强才知道是林小亮，心里顿时如打翻了五味瓶，酸甜苦辣咸全都涌了上来。他淡淡地扫了弟弟一眼，一点高兴的样子都没有。

　　林小亮倒是挺激动的，伸出手真诚地喊道："大哥！"

　　林小强没有伸手，问道："你来干什么？"

　　林小亮诧异地回答："看看你啊！"

　　林小强用居高临下的神态看着弟弟问："这么多年了，你才想起我来？"

　　林小亮讪讪地缩回手，对大哥的质问颇有歉疚之感。自己成天风花雪月，几乎把亲哥哥给忘到了九霄云外，想想是有些不该，于是说："爸老早就让我来，只是这……"

　　林小强摆摆手打断，冷冷地说："他老了，倒是透出人味儿来了！"

　　林小亮见他骂爹，不高兴了："你别这么说他，他当年也实在是不得已。"

　　林小强眼一横说："你懂个屁！"

林小亮不吱声了，把钱和香烟等物品递给林小强。物品使得他态度好转，问弟弟："你现在干什么？"

"还在给二哥干。"林小亮随口应道。

"谁是你二哥？"林小强一副漫不经心的样子。

林小亮在两个哥哥之间很感到为难，一个是同父异母，一个是同母异父。他只好改变话题："听说你因为表现好，减刑了？"

林小强无所谓地点点头。

"什么时候能出来？"林小亮很感兴趣地问。

"出监狱的办法共两种。"林小强伸出两个手指，"当局放你出去和自己出去。"他的古怪表情，使得林小亮不敢插话，"姓郭的小子，还是那么春风得意？"

林小亮不敢说出实情："还算混得过去。"

"他买卖做得越大，撒手时就越难！"林小强收拾起东西，"你替我捎个话，说林小强在监狱里祝贺他！"说完转身就走。

林小亮看着林小强的背影发呆。

林小强走了两步后，又停住问："那个姓刘的破货还活着？"

林小亮点点头。

林小强恶狠狠地说："她可千万不能死了！"

市公安局局长室的门已被张啸华从里边反锁，他手持听筒，正在打专线电话："刘眉、林小亮、杨春在新疆会合，采购毒品的原材料。在新疆同行的配合支持下，已基本搞清楚原材料的产地和运输方法。请指示。"

专线电话里是一个说话很慢、很稳重的男声："海州是冰毒加工基地，这确凿无疑，而且很可能是目前国内最大的冰毒基地。冰毒将取代海洛因，成为二十一世纪主流毒品。"

张啸华的神情愈发严峻。

"目前它的进口基本清楚了，出口就转成了关键。"

"对于出口，我们知道得还很少。"

"他们的出口不止一个，而是多个，通向国际、国内。"

张啸华接口说："是的，'海燕'目前已进入探索出口的实质性工作。"

"国际刑警中国中心局会配合你们的工作。待出口搞清后，全力摧毁之！"

张啸华肃然答道："是！"

"务必使'海燕'完好。"

"明白，请首长放心。"

02

海州大厦的红外监测中心很安静，数十台监视器显示着不同的画面，大厦的各个角落尽收眼底。

郭小鹏独自一人坐在一个办公室里，冷眼审视着大堂内外的情景。盛装的汪静飞步出电梯间，进入大厅。郭小鹏凝神察看，眼睛定定地跟着她。她径直出大门，郭小鹏迅速将画面切换到门外，只见她上了一辆黑色的别克轿车。

离大路约五十米之处,在一片小树林里,有一家小饭馆。破旧的门楣上有大大小小不少的灯,昏黄的光一闪一闪,像幽幽眨动的老人的眼睛。

汪静飞在饭馆门前下车时,对毕须把她带到这儿来颇觉得纳闷:这小子怎么像个老鼠,什么洞都钻过似的?毕须似乎看出了她的心思,就说这种地方最安全,以前地下党接头就专挑这种地方,当然还有个考虑,不想让她太破费。

二人进了门,便挑了一个角落的饭桌坐下。这饭馆用的原木桌子,粗瓷大碗,筷子也是参差不齐。毕须笑吟吟地开口道:"既然你请客,我就不客气了。"汪静飞显然不高兴了:"为什么非是我请客?"

毕须没料到她会这么说,愣了愣,脸上的笑容依然挂着:"你一个海州大厦总经理,五次三番地约我这个财务部长,显然有事。"

汪静飞很认真地强调:"我目前已经是海州药业的副董事长了。"

"那是虚的。"毕须根本不拿这当回事,"我告诉你,海州药业老板只有郭小鹏一个,除他外,谁也无权指挥我这个财务部长。"

汪静飞掂字酌句道:"作为香港华龙公司的首席代表,我需要知道一些内部的情况。"

"海州药业没什么不可告人的。"毕须冠冕堂皇的一句话就把汪静飞给顶了回去。

这自然在汪静飞的预料之中,她转了转眼珠说:"谁没点隐私呢?单位和个人是一个道理。"

"获得隐私是需要一定的费用的。"毕须油滑地看着汪静飞。

汪静飞很爽快地说:"这个我们自然会考虑的。"

毕须说话间,一碗老白酒已经下肚,但他连点醉音醉样都没有,问道:"那么你的考虑是多少呢?"

汪静飞脑子急速转动,可一时仍无法确定恰当的答复,只得说:"在我的授权范围之内。"

"您是硕士,又是学工商管理的,最好确定一下范围。"毕须显然对汪静飞作过认真的调查。

汪静飞只得姑妄言之:"三万如何?"

"美金?"毕须睁大了眼睛。

"人民币。"汪静飞口气很坚决。

毕须把酒碗重重地放在桌子上说:"你这是打发要饭的!"

汪静飞冷静地问:"你要多少?"

"十万人民币。"毕须把酒碗又倒满。

汪静飞见他是个喜欢钱的人,认为找到了突破方向:"你的情报要是值这些钱的话,我可以设法筹集。"

"不要现金,存在香港银行就行。"毕须很老到的神态,"钱到账之后,我会得到通知的。"

"我怎么知道你的情报值不值这么多钱?"汪静飞也很有经验的样子,"我要先看看。"

"情报不是徐悲鸿的画,看了之后还在,毫发无损。那东西,你一看,就废了。"毕须不是油滑,而是老奸巨猾了。

"既然如此,我就告辞了!"汪静飞试图以守为攻。毕须喝着酒,一副无所谓的样子。汪静飞拎起包向外走去,毕须在她身后冷冷地说:"你还没付账呢。"

汪静飞转身回来拿出钱包,毕须伸手拦住她:"坐下、坐下!这么漂亮的一个姑娘,脾气还真不小,有事好商量嘛!"

汪静飞心中暗喜,但脸上却看不出任何变化,仍是气嘟嘟的样子,很不情愿似的重又坐下。

毕须用一块已经油渍渍的肮脏手绢擦了擦嘴,把酒臭、肉臭一齐喷到汪静飞脸上说:"我有一个方案,你看行不行……"

0 3

局长室里,张啸华和李新建、强民在看录像。电视屏幕里出现刘眉出机场的镜头,林小亮出机场的镜头,接着是段海进检票口的镜头。看过一遍后,又倒回重放。

张啸华若有所思地说:"这些人就像下雨前的蚂蚁一样,进进出出,忙乎得很啊!"

李新建握起右拳砸了一下左手掌说:"关键是蚁王,抓住蚁王,一切都结了。"

张啸华扫了李、强二人一眼,问道:"你们知道冰毒是什么吗?"

李新建马上答道:"甲基苯丙胺。"

"和冰糖挺像的,据说一吸就会热血沸腾,想要什么就会出现什么,敢干平常不敢干的事情。"强民伸长脖子补充道。

张啸华不点头也不摇头,说道:"冰毒是由麻黄素提炼出来的,我国又是麻黄素的主要产地之一。它的初级成品,制作简单,据专家分析,在二十一世纪,它将成为毒品的主要种类。"

强民又说:"前些天我们抓到几个瘾君子,他们吸的冰毒颜色要深一些。他们管它叫冰糖精,说价钱是普通冰毒的一倍,可效果却是它的三倍。"

李新建忙问:"查没查是从哪儿来的?"

强民回答说:"说是从海中那边来的,可据海中的毒贩招供,说是从咱们这边过去的。"

"他们是又在推脱罪责。"李新建有把握地推断。

"不像。"强民摇摇头,"据毒贩说,一共也没多少货,只买到一回,再买就没了。"

李新建眉峰耸了耸,陷入沉思。

张啸华说:"一个蚂蚁窝被你破获,蚁王被消灭,可只要剩下几个蚂蚁,立刻就会生成新蚁群,选举出新蚁王。"

强民想了想说:"局座又在说寓言。"

张啸华做了个劈斩动作,深谋远虑地说:"所以,咱们不是在捣毁蚂蚁窝,而是在切除癌肿,必须把与之相关的淋巴、浸润统统清除干净!"

04

云海新村是个新建起的商品房小区,除几栋靠路的楼闪着稀落的灯光外,其他的楼房一片漆黑。

黑色别克车停在八号楼前,毕须偕汪静飞登上五楼,在502

房门口站住。毕须掏出钥匙打开门,很礼貌的样子让汪静飞先进。他进去后回身把门关死,开亮了房灯。这是一套很普通的房子,屋子里空空荡荡,但还算干净。

汪静飞环顾四周后问:"你太太呢?"

毕须把厚重的窗帘拉紧说:"在那个家。"

汪静飞脸上的肌肉略微一颤动问:"毕部长有两个家?"

毕须神秘兮兮地说:"狡兔三窟、狡兔三窟,我虽然属鸡,两个窟还是有的。"

"按照约定,我把首期款子带来了。"汪静飞说着,打开包。

毕须按住她的手说:"着什么急?先聊一会儿。"

汪静飞为获得材料,只好强颜欢笑:"毕部长有几个孩子?"

毕须伸出一个指头。

"儿子?"汪静飞做很关心状。

"姑娘。"毕须心不在焉。

"喜欢吧?"汪静飞没话找话。

毕须嬉皮笑脸起来,说道:"有谁会不喜欢小姑娘呢?"

汪静飞只得动皮不动肉,应付性地笑了笑。

"我们这些五十年代出生的人,什么倒霉事都赶上了。"毕须掰着手指头数起来,"长身体的时候,赶上三年自然灾害;长学问的时候,赶上插队;结婚的时候,又赶上计划生育;现在年近半百,又赶上下岗、医疗制度改革。"

汪静飞表示同情地点点头。

毕须继续说道:"我为什么要卖情报给你?还不是为了弄几个钱养老?在这个世界上,没钱你亲骨肉都腻味你。"

汪静飞只好又点点头说:"是应该有所准备。"

毕须觉得中场盘带差不多了,眼珠开始在汪静飞脖子以下打转说:"有钱就要享受。发挥余热,把失去的青春找回来,你说是不是?"

汪静飞感觉到这目光的含义,看了一下手表说:"董事长十点找我有事。"

毕须很善解人意的样子说:"既然你急着走,那咱们先把事办了。"

汪静飞把一个信封拿出来,毕须指指里面的房间说:"我的东西在里面。"

汪静飞说:"好吧,我等着。"

毕须眨眨眼说:"电脑也在里面,你可以看看我一期货的质量。"

汪静飞只得跟着他一起进了里屋。只见房间里有一张很大的床,床头有一个很大的保险柜,保险柜上放着一台手提电脑,电脑旁边有一个老式的铜质台灯。毕须弯腰开保险柜,取出一张磁盘。汪静飞打开电脑,将磁盘插入。因为没地方坐,只好坐到床上。

电脑刚进入程序,毕须就一下从床的另一端将汪静飞从后边搂抱住。汪静飞立刻便明白了是怎么一回事,她双手使劲拉住毕须的胳膊说:"别这样。"因为毕须搂得过紧,她说话都有些困难。

毕须用长满胡子的脸使劲往汪静飞的脸上蹭,喘着粗气说:"见一面,我就喜欢上你了!"

汪静飞双手遮挡着脸说:"有话好好说。"

毕须一副很慷慨的样子说道:"只要你今天从了我,钱我就不要了。"

汪静飞故作认真地问："真的？"

毕须忙点点头："我老毕有的是钱！"

汪静飞欣然应允道："那我就听你的安排。"

听了这话，毕须喜不自胜，就松开手。汪静飞等他绕到她这一侧时，也站了起来。

毕须已欲火中烧，急不可耐地说："怎么，还要我动手？"他伸手解她的衣服，"大楼开工，领导剪彩也是正常的。"

汪静飞不想把事情弄得太僵，怀有一线希望地格开毕须的手说："咱们总要有个了解的过程，我不希望现在就这样。"

此刻的毕须，血全都涌到了脑门上，已经不可理喻，开始用蛮力。没有回旋余地的汪静飞，只好照他的裆部一膝盖，然后从下往上，给了他下巴重重的一个倒勾拳。第一打击，疼得他双手捂住被打击处下蹲，而第二打击则使他仰面朝天翻了过去。

汪静飞没有实施第三打击，摆平毕须毕竟不是此行的目的。她往前走了两步，毕须惊恐得像不认识她似的双手撑地，屁股贴着地面迅速后移。汪静飞看了看缩到墙角的毕须，反身回到电脑前。她敲击了两下键盘，发现都是些很一般的东西。她顿时怒火攻心，顺手抄起铜质台灯，走到他面前说："你在故意骗我！"那架势凶神恶煞般，半抡起的台灯随时都有落下的可能。毕须双手拼命摇动着说："不敢！不敢！"

汪静飞从牙缝里挤出一句话："那你给我的就这破烂货？"

毕须成了"草鸡"，脖子长长地伸着说："真的东西都归刘眉掌握，最核心的郭小鹏自己掌握。"

汪静飞看他那样子，说的不像是假话，气得直哆嗦，煞费苦心周旋的竟是条癞皮狗。她沮丧的同时，在作最后一次尝试，问道："放在什么地方？"

毕须摇摇头。

汪静飞扔下台灯，径自出屋……

05

一汪浅水湾如吊挂在海州市脖颈上的玉佩，晶莹碧绿，柔波荡漾。阴沉沉的天空中飘拂着若有若无的雨丝，微风吹动着岸边的衰草，发出窸窸窣窣细小声响。郭小鹏独自一人穿着风雨衣、头上顶着一个大草帽在钓鱼，远处停着他的奔驰车。

一辆出租车驶了过来，在奔驰车旁停下，段海从车上走下，急匆匆朝着这边走来。

鱼漂动了，郭小鹏猛地一拉，鱼竿梢忽忽悠悠颤动着，但却是空无一物。他脸上的希望之情马上变成失望之色，又用力把鱼钩往远处甩。

段海悄然立在他身后，雨水已淋湿了他的头发。郭小鹏无意中一回头问："你回来啦？"他眼睛里的阴霾霎时全无，喜色渐显。

段海蹲到郭小鹏身旁。

郭小鹏含笑问："你怎么知道我在这儿？"

"听说您自己开车出来了，又是这个方向，所以我估计在这儿。"段海憨憨地回答说。

郭小鹏拍拍他的肩膀说："知我者，段海也。"

段海木讷的样子看看他，低下头看鱼漂。

郭小鹏笑着问他："你听懂了？"

段海很不好意思地点点头，又摇摇头，低声说："意思明白，不全懂。"

郭小鹏扶着他的肩感慨道："我就喜欢你这淳朴劲儿！现在的人，心眼过多。"

段海没有任何反应。

郭小鹏好像在对段海说，又好像在自言自语："别看我身边人才济济、战将如云，可真正靠得住的人，也就那么一两个。"

段海指了指鱼漂。

郭小鹏这才注意到鱼漂正在抖动，他猛地一收竿，一条欢蹦乱跳的鱼被钓了上来。

段海咧着大嘴，傻呵呵地笑。

郭小鹏高兴地说："我在这儿钓鱼有两三年了吧？"

段海点点头。

"我从来没钓过这么大的鱼，更没有钓到过鳜鱼。"郭小鹏边喜不自禁地说边把鱼从鱼钩上摘下，轻轻放进旁边的红塑料桶里。

段海仍未讲话，又笑了笑。

"你怎么这么不爱说话？"郭小鹏撩水洗手，侧脸看了看他。

段海脸红了，小声说："从小就这样。"

"北京的事有点眉目了？"郭小鹏问道。

段海嗯了一声，接着很认真地说道："汪静飞在刑警学院上过学，1991年到1992年，一共上了两年。"

郭小鹏脸色大变，问道："你落实了？"

段海点点头说："她的真名叫鲁晓飞。我找到了她的好几个同学，把汪静飞的相片给他们看，他们一秒钟都没用，就把她给认出来了。"他说着从兜里掏出一张照片递给郭小鹏，"这是他们在葛洲坝实习完了后照的合影。"

郭小鹏接过去仔细看了看。"果然不出我所料！"他说罢猛地扔下鱼竿，桶里的鳜鱼跃出，他一鱼刀就把它插在草地上，"她为什么念了两年又不念了？"

段海答道："她的那些同学，尤其是女同学，都说她在上学的时候就特别喜欢打扮，喜欢高消费，她的班主任老师说她资产阶级思想严重。"

郭小鹏的脸色略有缓和，示意他继续讲下去。段海又道："她在香港有个亲戚，后来就投奔她的亲戚去了。"

"这世界上真是什么事都可能发生。"郭小鹏说这话时，有犹豫的成分。他双眼盯视着水面，看小雨点落下时荡起的层层涟漪……

第十章 栽赃陷害

郭小鹏跳下车，绕过车头，为汪静飞打开车门。她环顾四周后问："董事长带我到这么荒凉的地方，一定有机密事情要商量吧？"他点点头说："也可以这么讲吧，请汪总下车。"她看了看飘荡的雨丝说："在车里讲不也一样吗？外面下着雨，再说……"他打断道："雨中好像更有情调。"

她已经很清楚地意识到，较量开始了！

01

一个服务员模样的人走出电梯间,修理工手里拎着工具箱跟在后边。他们沿着走廊快步走到汪静飞所住的1508商务套房门口,打开房门,进入房间。他们到卫生间和卧室看了看,然后开始工作。

此时的汪静飞正坐在总经理室里操作电脑。她打开七号公用信箱,打开自己的邮件,只见邮件上显示出一大串数字。她再次启动翻译程序,屏幕上显示"风高浪急,船底漏水,暗礁浮出水面。请随机应变。今晚有佯攻"。

她看完后,脸现冷峻之色,迅速消除所有的电子痕迹,然后关机。疾风骤雨终于无可避免地来临了……

电话铃声打断了汪静飞紧张的思考,她不禁颤抖了一下,一把抓起听筒。

"是汪静飞女士吗?"听筒里传出的是严肃的女声。

"是的,您是……"

"我是黄诗白总经理的秘书。"

"您好,有事请讲。"

"黄总指示,请汪静飞女士立刻回港述职。"

"我还有一些事,过两天再回去行吗?"

"我已经宣读了指示的全文。"

"那好,谢谢。"

汪静飞放下电话,稍稍沉思片刻,又拿起大厦内部的电话机,命令办公室道:"给我订今晚八点去香港的机票。"

打完电话，她慢步踱到落地窗前，琢磨着这短短几分钟间发生的一连串看起来相关似乎又没有什么内在联系的事来。一辆辆出租车从她的眼下滑过，在大厦广场的喷泉旁，好像还有一个似乎眼熟的摩托车手正在游来荡去，因为距离太远，她没有仔细探究，视线移向旁边。

楼下那个骑摩托车、戴头盔的人汪静飞的确认识，只见他拉住一个过路的衣衫褴褛的民工，小声问："想挣钱吗？"那民工头一扬说："太想了。"他附耳指指旁边的电话亭说："这是五十块钱，你给110打电话，就说海州大厦总经理宿舍有毒品。"那民工点头后，接钱走进电话亭。

02

阴云密布，淫雨纷飞，苇海翻腾。

奔驰车的雨刮器不停地拂去车窗上的水雾。坐在副驾驶位置的汪静飞，侧目看看坐在旁边正在开车的郭小鹏。郭小鹏脸色阴沉，目光忧郁，沉默不语。

车头劈开乱草，直达芦苇深处停住。

郭小鹏跳下车，绕过车头，为汪静飞打开车门，她环顾四周后问："董事长带我到这么荒凉的地方，一定有机密事情要商量吧？"

郭小鹏点点头说："也可以这么讲吧，请汪总下车。"

汪静飞看了看飘荡的雨丝，犹豫着说："在车里讲不也一样吗？外面下着雨，再说……"

郭小鹏打断道："雨中好像更有情调。"

汪静飞已经很清楚地意识到，较量开始了！

郭小鹏见汪静飞双唇紧闭，阴沉的目光注视着她，沉默片刻后突然问："你害怕了？"

"害怕？我为什么要害怕？"汪静飞反问之后看了看腕上的手表说，"请你抓紧时间，有什么事快讲，我今晚要回香港述职。"说着从车里走下来。

郭小鹏向她逼近一步，阴沉而凶狠地问："你到底是什么人？"

汪静飞一点也不回避他的目光，问道："你希望我是什么人？"

"你要是警察，咱们的缘分就到此为止，回你的香港去好了！"郭小鹏说着，视线移向旁边在冷风中瑟瑟抖动的芦苇。

"就这事？"汪静飞满脸的愕然。

郭小鹏咬着牙点点头。汪静飞什么都没说，扭头就走。他跟着她走了两步，又停住。此刻，他的心情十分矛盾，既想弄清她的真面目，又怕她真的是警察，使自己人财两空。

汪静飞继续往前走，郭小鹏追上去一把将她拽入自己怀中，欲行狂吻。汪静飞用力一个耳光，将一点准备都没有的郭小鹏打倒在地后说："你真让我失望到极点！你既不相信人，也不尊重人！没眼光，没教养，算什么博士，什么企业家！"说罢，她扭身快步走开。

郭小鹏爬起来冲过去，试图将她扑倒。已有防备的汪静飞，一个直冲拳，将他重重击倒。汪静飞看着倒在地上的郭小鹏，愤愤地大声道："你永远也不会看到我了！"

恼羞成怒的郭小鹏，从地上跳起，抹了一下嘴角的鲜血，唰地抽出一把美国搏击匕首,向汪静飞逼近。

面对持刀的郭小鹏,汪静飞知道必须认真对待。她张开双臂,做防守状。但她毕竟手无寸铁,处于劣势,在他的步步紧逼下,只得一步步往后退。退到奔驰车停泊处时,她已经无路可退。郭小鹏面带莫名其妙的笑,将刀尖向她的胸前一寸寸递进。就在这千钧一发之际,李新建平端手枪,从奔驰车后出现,威严地命令道:"我是警察!放下手中武器!"

郭小鹏一凛,缓缓垂下双臂。

"把刀扔到地上!"李新建再次大声警告。

郭小鹏只好乖乖把刀扔掉。

"我现在以故意伤害罪拘捕你!"李新建说着从腰间取下手铐走上前去。

汪静飞拦住他说:"请你不要滥用职权,干涉私人事务!"

李新建一愣,不禁定定地看着汪静飞,见她是认真的样子,旋即恢复了冷漠说:"我是正当公务。"

汪静飞也冷冷地说道:"你向来以正当公务为名,从而达到个人目的!"

听到这话,李新建不禁怒火中烧,一指汪静飞道:"你仇视警察、妨害公务、包庇罪犯,有共同犯罪嫌疑!"

汪静飞镇定自若地反问:"谁是罪犯?谁又在犯罪?请拿出证据来。"

李新建狂怒地将枪口转向她,吼道:"你和他站到一起去!"

汪静飞鄙夷地说:"公报私仇!你也配当警察?"

李新建持枪的手在哆嗦,片刻后,他放下枪冷笑道:"有你们后悔的那一天!"说完,他猛地转身,大步离去。

汪静飞上前为郭小鹏拭去嘴角鲜血,很心疼地问:"疼吗?"郭小鹏呆呆地望着李新建远去的背影,陷入一片茫然之中。

汪静飞轻声问:"你真的想知道一切吗?"

郭小鹏的如麻思绪这才拉回来,对她点点头。

"我确实当过警察。"汪静飞口气很平静。

郭小鹏不禁哆嗦了一下。

"你的情报是准确的,我在刑警学院读过两年书。"

郭小鹏的眼睛越来越大,神情却越来越暗淡。

"我在刑警学院时,和李新建同级同班,并且关系超出一般。"

郭小鹏听了这话,开始发怔。

"后来我脱下警服,选择了我自己认为正确的道路。"

郭小鹏突然爆发,大声说:"你为什么偏偏是警察?警察为什么偏偏是你?"

汪静飞等他发泄完了后说:"警察怎么了?严格地说我还算不上,只是中途辍学的警校学生。再说了,教师可以下海,农民可以办企业,为什么警察就不行?你的司机段海,他以前不是也当过警察吗?"

郭小鹏无言以对。

"早在今天这事情之前,我就察觉出你对我的不信任。"汪静飞说着,用手指掸掸根本就没有灰尘的上衣,"现在都说出来了,我也放下了包袱。"

郭小鹏嘴角动了动,但说不出话来。

汪静飞泪水在眼眶里涌动,哽咽着说:"说不说又有什么用呢？今天我就回香港去了。今生今世，即使再见面，也不会多了！"说罢，她扭身离去。

深受震动的郭小鹏，听任雨水从脸上流淌而下，呆呆地看着汪静飞的身影渐渐融入雨丝之中……

03

数十辆警车警灯闪烁，警笛呼啸长鸣，全副武装的刑警和武警，迅速包围了海州大厦。

强民率领刑警们闯入大堂。大堂经理迎了上来，满脸堆笑地问："各位这是……"

强民出示搜查证说："海州大厦涉嫌毒品大案，我们奉命搜查！"说着推开大堂经理，直往里闯。

强民一行正往里走，刘眉突然出现拦住去路。强民居高临下般地瞥了她一眼问："你要妨碍执法吗？"

刘眉毫无怯意，迎着强民说："这里不是藏污纳垢的地下歌厅、地下桑拿浴，这里是正规的合资企业。没有董事长和总经理的同意，谁也不能进去！"

强民不屑地问："他们在什么地方？"

刘眉回答说："他们都出去了。"

"你的意思是我们不能执行公务了？"

刘眉不回答这个问题。

强民的鼻孔里鄙夷地哼了两哼，一挥手大声道："一组从电梯上,二组走楼梯!"

"我已经命令全部电梯关闭!"刘眉显然已有所准备。

强民吼道:"两人守住电梯口,其余的人跟我走楼梯!"

刘眉拉开标准的泼妇架势,双臂一张,拦住楼梯口喊:"你们从我的尸体上过去吧!"

奔驰车缓缓开进国际机场,在候机大厅门口停住。郭小鹏和汪静飞匆匆从车上下来,进入候机大楼。

汪静飞去办登机手续时,郭小鹏环顾四周。

不大一会儿工夫,汪静飞就办好了所有手续。郭小鹏和她一起走向安检入口,她伸手从他手中接过手提包。他问道:"什么时候回来?"

汪静飞答非所问:"最好的告别方式,就是该走的走、该回的回。"她说完,快步进入安检黄线。

安检人员看了一下汪静飞的证件后说:"请汪女士跟我来一下。"汪静飞怔了怔,莫名其妙地跟着安检人员走进边检站办公室,只见李新建面无表情地站在那儿。她很严肃地质问:"你想干什么?"

李新建不拿正眼看她,语气冰冷地说道:"有命令让你不得离开海州市。"

汪静飞面无惧色地反问:"暂时还是永远?"

李新建根本不回答她的问题,斜眼瞟了瞟她沉声道:"命令还说让你跟我一起去海州大厦。"

汪静飞不太情愿地跟着李新建走出边检站。

刚刚步出候机大厅的郭小鹏，猛然看到李新建把汪静飞带上了三菱吉普，不禁大吃一惊，急忙开车尾随。

三菱越野车疾速开进海州大厦广场，在楼前大堂门口停住，李新建偕汪静飞下车。

郭小鹏也开着奔驰紧随而至，他透过车窗看到李、汪二人走进大堂，连忙从车上跳下，三步并作两步赶过去。

李新建和汪静飞走进大堂，众刑警让开一条通道。一个刑警迎上去汇报道："刘眉说没有董事长和总经理的同意，谁也不准进去。"

李新建看了汪静飞一眼，二人很快便到了楼梯口。汪静飞上前对死命拦阻在楼道口的刘眉说："让他们上去，他们不会有收获的。"

刘眉根本不看她，对李新建、强民说："大厦的法人代表是郭小鹏，别人说了都不算！"

强民火了，怒道："刚才你不是说总经理也可以吗？"

刘眉不讲理地说："刚才是刚才，现在是现在。"

李新建从机场来的路上就发现郭小鹏开着奔驰车一直跟在后面，他料定郭不会离这儿太远，于是向后边的人群看。

郭小鹏果然在人群中，他走上前来大声说："刘总，你让公安局的同志们上去。"

刘眉愣了一下，但仍然无动于衷。

李新建也火了，对强民大声喝令："对这个姓刘的实行拘留！"

强民老鹰抓小鸡般地将刘眉提溜到一边。

李新建高声说："我现在宣布，海州大厦及其总经理涉嫌毒品案，要全面搜查，请各位配合！"

大厦的员工们面面相觑，议论声猛然而止，惊恐地四散开去。

李新建、强民率领刑警登上十五楼，直扑汪静飞所住的高级商务套房。汪静飞面带微笑，十分从容地打开了门。

搜查迅即展开了。

汪静飞换掉西式套装，穿上一件休闲上衣，站在落地窗前，漫不经心地俯视着楼下如云的警车。

一个刑警动作麻利地打开电视机后盖，从里边掏出几个装有白粉的密封袋，走到李新建面前喊了声"李支队"，把这些东西递给他。

李新建撕开一塑料袋的封口，用手指沾出一点，放在鼻子前闻闻，然后又用舌头舔舔，放进了物证口袋中。

因为计划中没有这出戏，汪静飞猝不及防，脸上不觉变色，她低声问李新建："什么东西？"

李新建铁青着脸，没有理睬。

另一个刑警持注射器和皮带从洗手间走出，对李新建道："这是抽水马桶的水箱里查到的。"说完，把东西递到他手里。

已经镇静下来的汪静飞对李新建说："这是有人栽赃陷害。"

李新建不看她，命令刑警道："给我一寸一寸地搜！"

汪静飞脸色苍白地大声说："你要对你的行为负责！"

其实李新建也没料到会是这样的结局，此时是又气又恨，当然也有爱的成分。可是当着众多手下的面，他又无法把这一切表现出来。"你到审讯室里再慢慢地说吧！"他推开汪静飞，要往外走。

一个刑警拿出手铐，欲铐住汪静飞。李新建的嘴唇哆嗦了一下，扭身出门。

一楼大堂里，强民指挥如林的刑警把守在各个通道口，众多大厦员工沉默观望着，只听电话声、对讲机声此起彼伏。

郭小鹏独自坐在咖啡厅的角落里等候结果，显得形单影只。一个服务小姐给他端上一杯滚烫的咖啡，他一反平常的矜持态度，感激地对这个小姐笑了笑。他搅动咖啡，杯碟发出轻微的碰撞声。就在这时，他忽然看到刑警们押着汪静飞下楼。她披着风衣，所以他看不见她有没有戴手铐。

汪静飞在刑警的押解下走出大堂。

郭小鹏从落地窗中看着她被押上警车，警车呼啸而去，他一直没有回过头来……

04

夜色苍茫，一列人货混装的火车在杳无人迹的戈壁荒野上摇摇晃晃地行驶。透过押运车厢与监所铁窗没什么不同的栅栏，可以看到一轮圆圆的月亮在天边跳动。张狱医坐在一张藤躺椅上，通红的脸在昏黄灯光的映照下，就像刚出窖的山芋。林小强坐在他对面的木墩上，裹着一件破大衣。两人中间的小桌上，有两只杯子、一个酒瓶、三个打开的罐头。

已经有点醉意的张狱医指示林小强倒酒。

林小强做出很关心的样子，小心地说："您喝得不少了。"

张狱医是一个三十多岁、文弱知识分子模样的人，可他说话却特别粗俗:"我他妈的让你倒,你就倒!"

林小强乖乖地给他倒了大半碗说:"我是怕您喝坏了身子。"

张狱医哧哼哧哼着鼻子说:"在这鬼地方,好身子有什么用?一个季度才能回家见一回老婆。"

林小强殷勤地把罐头往他跟前推了推说:"您多吃点蔬菜。"

"蔬菜也是他妈的烂泥,没个鲜味儿。"张狱医撇了撇嘴。

"聊胜于无吧。"林小强也深有同感地叹了口气。

张狱医用不太灵活的眼珠瞪着林小强说:"我还是比较赏识你的。"

林小强赶紧说:"当然!当然!"

"我喜欢谁,谁就可以吃病号饭。"张狱医颇自得的神情。

林小强立刻热烈回应说:"还有其他的好处,好多好多的好处!"

"你小子确实善解人意。"张狱医被挠到了痒处,心里挺舒坦,"有机会,我跟头儿说说,给你减刑。"

林小强巴结道:"张狱医一语千金,一语千金,这回到了城里,咱们好好地乐乐。"

张狱医脸上放光,问道:"费用带足了?"

林小强假装不高兴地反问:"你给我这么大的面子,费用成问题还像话?"他看看持枪在一旁睡觉的看守,压低嗓门,"要是我能住院检查一下胃,那就不光是费用的问题了。"

张狱医醉眼蒙眬地看着林小强说:"只要你不成问题,我就不成问题。"

217

刑警支队预审室里，气氛凝重。李新建和强民在审讯台后挺腰端坐，一个女刑警担任记录。

汪静飞身披鹅黄色风衣，坐在对面的凳子上，腕上的手铐已被去掉。她双臂抱在胸前，神情坦然，偶尔看一眼强民，对李新建则视而不见。

"没想到在这种地方和汪总经理见面。"李新建音调缓慢，字字清晰，尾音故意上扬拖得很长。

汪静飞笑了笑，但那笑看不出喜怒哀乐，接着淡淡地说："你大概觉得很得意吧？"

李新建脸上的肌肉跳动，猛地一拍桌子，站了起来说："你知道你犯的是什么罪吗！"

"这是你们的事。"汪静飞接得很快。

"根据刑法第三百四十七条，走私、贩卖、运输、制造毒品，无论数量多少，都应当追究刑事责任。数量……"

汪静飞打断李新建，插话道："鸦片数量一千克以上或海洛因、甲基苯丙胺五十克以上，处十五年以上的有期徒刑、无期徒刑或者死刑。"

李新建被噎得嘴唇哆嗦，一时说不出话来。

强民赶紧填空说："知法犯法，罪加一等！"

汪静飞扬起脸来，提高声音道："我再次声明：第一，我没有贩毒，也没有吸毒；第二，你们有责任查明，是谁在陷害我。"

李新建不回答汪静飞的问题，痛心地说："我真的没想到，你会变成这个样子！"

汪静飞冷眼望去，问道："什么样子？"

李新建痛心疾首地说:"金钱确实使人堕落!"

汪静飞无动于衷,依然是平淡的口气:"有钱的人一定是坏人,这是一种很陈腐的观念。No,准确地讲,应该说是一种很浅薄或是说一种嫉妒的偏见。香港的不少大慈善家,都是亿万富翁。"她扫了一眼气得直喘粗气的李新建,决定再戏弄戏弄这个在心里不知骂了多少遍的"混蛋",于是嘲讽道,"再说,你从来没有过钱,也不知道钱的滋味和力量,根本就没资格谈金钱会使人如何!"

李新建气得已经不是喘粗气了,而是鼻孔朝天直哼哼,被憋急的他不禁脱口而出:"我还没吸过毒呢!但我知道毒品十恶不赦,是人类的癌症!"

汪静飞看着李新建变形的脸,心里一阵痛楚,她这才意识到刚才的话有点过于恶毒了,但她又无法向他辩解或剖白自己的内心,唯一的选择就是尽快结束这场毫无意义的"游戏"。于是她以讥笑的方式把话说死:"如果你不知道毒品是什么滋味,我来告诉你。那是一种使人飘飘欲仙的感觉。比方你想当局长吧,抽完就当上了;你想有花不完的钱的话,抽完就有了。好了,我不想再跟你这种没有知识的人对话,请你把我送交给你们的领导!"

李新建见她承认是个瘾君子,再也忍受不住了,他猛地站起,浑身颤抖、脸色发青,两只眼球像要凸出来一般死死盯住她。汪静飞不禁心里发毛,暗道:坏了,没想到自己的话火上浇油,这个混球别疯了啊!正想着,那边李新建已猛地从审讯台上跳下,直向她扑来。

汪静飞愣住,身子不由自主往后缩。

李新建扑上去,也不说话,唰地把她身上的风衣掀掉。"你……

你要干什么？"汪静飞大吃一惊。他并不理睬，十分麻利地捋起她的袖子。她终于弄清了他的意图，顿时紧张起来，唯恐他再做出不雅的举动，检查她身上其他部位，于是高声疾呼："我抗议！"

恰在这时，张啸华走进来。他一直在监控室掌握着这边的动态，防止李新建感情冲动。当他看到这种局面，也就不得不出面了。

汪静飞像看到救星，马上说："张局长，李新建因我是海州大厦总经理，与我有很深的个人恩怨。我要求他回避。"

李新建大吼："鬼才和你有个人恩怨呢，要有也是警察和罪犯的关系！"

张啸华严肃地看着李新建，命令道："新建同志，你去把刘政委找来。"

李新建跳脚大叫："我就不回避！"

"服从命令！"张啸华板起了脸。

李新建摔门而去。

汪静飞拾起地上的风衣，抖抖灰，披在身上，然后拢了一下头发道："我要求华龙公司的香港律师尽快介入此案。"

张啸华面无表情地说："我可以负责通知。"

05

"段海吗？情况怎么样？"郭小鹏一反持重的常态，声音显得急促。

"关系告诉我,汪总的房间里有毒品。"

郭小鹏大吃一惊,不由得握紧了话筒说:"毒品?不可能!"

"消息很可靠。"

郭小鹏忙问:"冰毒还是海洛因?"

"海洛因。"

郭小鹏加重语气又问:"肯定吗?"

段海的声音很干脆:"肯定!"

郭小鹏略略松了口气,放下电话后沉思着。

电话铃突然又响了起来。他一把抓起,"喂"了一声。话筒里的声音使他不得不竭力稳定自己的情绪:"戴主席,您好!"

"听说我的代理出了事?"话筒里,戴主席平稳的声音里透着严肃。

郭小鹏无法回避这开门见山的问题,只好简单地回答:"是的。"

戴主席严肃的口气里已含着冷峻:"什么事?"

郭小鹏据实回答:"她房间里存有毒品。"

戴主席很肯定地说:"这绝不可能!"

"我也觉得不太可能。"郭小鹏含糊其词地回应。

戴主席斩钉截铁地纠正道:"一点可能也没有!"

郭小鹏擦了擦额上沁出的细碎汗珠,无言以对。

"你必须给我一个有说服力的解释!"戴主席的声音已变得严厉。

郭小鹏赶忙说道:"我们正在积极营救她。"

"不存在营救问题,她是被诬陷的!"戴天显然已是愤愤然。

郭小鹏又说不上话来了。

"是否海州药业的问题牵连到汪静飞女士?"戴天的话不再是简单的质询。

郭小鹏的脑袋嗡地大了,立即否认:"这绝不可能!"

戴主席变成纯粹的公事公办的口吻道:"汪静飞女士被捕一事,严重地影响了华龙公司和海州药业的合作关系。我将派律师团前去贵地,通过法律程序解决一切问题。如有可能,我将亲自前往。"

郭小鹏意识到问题的严重性,着急地说:"不敢劳动戴主席大驾,我们能解决这个问题。"

"我已经不太相信海州药业的实力了,至于其他方面的问题,郭董事长就不用我细说了吧!"戴天的话音刚落,听筒里便传出咔嚓一声脆响,接着是嘟嘟的忙音。

郭小鹏慌了,他连忙拨通金市长家的电话,接电话的是保姆。保姆告诉他说,市长不在家。他对保姆说自己是郭小鹏,麻烦她等市长回来后,务必转告,就说自己有急事找他。直到保姆保证转告之后,他才怅然地放下电话。

郭小鹏软软地仰靠在沙发背上,闭上眼睛陷入沉思。一只手从沙发后面伸过来,按摩他的肩膀。他吃了一惊,回头一看是刘眉,他问道:"是你啊。什么时候来的?我怎么不知道?"

刘眉坐到他身边说:"你的房子太大,多上个人你是不会知道的。"她伸了个懒腰,"我已经睡了一觉了。"

郭小鹏这才忽然回过味儿来,问:"你不是被拘留了吗?怎么出来的?"

"我这个没人想、没人疼的人,只好自己想办法喽。"刘眉拉长的声音里含着怨尤。

郭小鹏心不在焉地问:"什么办法?"

"蛇有蛇路,鼠有鼠路。"刘眉的回答倒也很有概括性。

郭小鹏又问:"你听说汪静飞被捕的事了吗?"

刘眉抖了抖很性感的睡裙说:"我早就看出她不是什么好东西!"

郭小鹏双手枕在脑后,继续着刚才被刘眉打断的思路,如自语般说道:"吸毒?不太可能。"

刘眉白了他一眼说:"这世界上没什么事情是不可能的!你别以为她有个鬼学位,就不会吸毒。"

"你不要把个人恩怨和正事混为一谈。"郭小鹏不高兴了。

"我和她有什么个人恩怨?"刘眉心里虽然如同三伏天吃凉西瓜般又甜又爽,但表面上不动声色。

郭小鹏不再和她纠缠这个无聊的话题,仍想自己的问题。过了一会儿,禁不住又自言自语开了:"不可能,种种迹象和她的所作所为都说明绝不可能!"

"凭什么?"刘眉忍不住又插话问。

郭小鹏只好跟这个唯一的谈话对象探讨,说道:"你知道,她曾经在刑警学院读过两年,应该深知毒品的危害。再说,依我的观察,她是个有自制力的人。"

刘眉大惊失色说:"什么?她当过警察?"

"不是当警察,而是在刑警学院读过书。"郭小鹏纠正。

"这跟当警察有什么两样?"刘眉抓住郭小鹏的手,"赶紧想办法在监狱里除掉她!"

郭小鹏拿开手道："但愿她现在不是警察。"

刘眉酸酸地说："你心里就是放不下她。"

"你小看我了。"郭小鹏颇自负地说，"英雄气短，儿女情长。这两样沾上哪样，也干不成大事。"

刘眉有些无法理解地问："那你担心什么？"

"汪静飞不是孤立的一个人，她还是香港华龙公司的代理。"郭小鹏意味深长地点拨她。

刘眉双肩耸了耸说："代理人又怎么样？"

"怎么样？"郭小鹏加重语气，"那等于一亿或两亿。"

"咱们有十几个亿呢！"刘眉不以为然。

"那是资产的总数，是设备，是库存的产品和原材料，是债务。"郭小鹏顿了顿说，"而这些是带不走的。"

刘眉想了想，似乎觉得有些道理，于是不再插嘴，凝神倾听。

郭小鹏接着说："香港来的钱，我让它转了几个圈，去一个稳妥的地方待着，以备不时之需。可要是她这会儿出了事，剩下的钱到不了位不说，前边划拨来的钱也会被华龙追讨过去。"

刘眉低头琢磨，钱是很重要，可如果姓汪的是警察，就不仅仅是钱的问题了，身家性命都难保了。想到这儿，她脱口说道："但你别忘了她是一个警察、一个吸海洛因的白粉鬼！"

刘眉不经意间所说的海洛因和白粉鬼这两个关键词，惊醒了郭小鹏，咦，她怎么会知道这些？他站起身，用阴毒冒火的眼光盯住刘眉，沉声问："你干的？"

刘眉受不了郭小鹏的逼视，可坐在沙发上又没地方退，她反而不怕了，身子一挺道："是我干的又怎么样？"

郭小鹏的脸渐渐向刘眉的脸前移动,只有一寸距离了,逼问道:"你派谁干的?"

刘眉胸膛一挺说:"我自己!"说着趁机站起来,"你明明知道这个香港的小贱货实际上是个卧底的警察,可你就是舍不得处理了她。你算什么男子汉企业家干大事业的人!"她说得兴起,"我告诉你郭小鹏……"

"郭小鹏"三字话音未落,一记响亮的耳光已经异常清脆地落到了刘眉的脸上。顿时,她雪白的腮上暴起五条红红的指印。

"我警告你,从现在开始,不准再踏进这座房子半步!"郭小鹏手指刘眉大声呵斥,接着沉声警告,"如果你还要加害汪静飞,就不会这么便宜你了!"

刘眉手捂着脸,渐渐回过神来。

郭小鹏向门口一指吼道:"给我滚出去!"

刘眉含着泪水,忍着疼痛怔怔地问:"你说什么?"

郭小鹏背过身去说:"滚!永远不要再来!"

浑身颤抖的刘眉,下意识地重复道:"我滚,我滚,我滚!"然后她夺门而出,冲进无边的黑暗中。

0 6

红旗轿车无声无息地驶入看守所漆黑的大门,在所长室前停住。张啸华带着警卫走进来,所长丁志和指导员站起。丁志说:"听说您要来,我和指导员一直在等。"

张啸华问:"汪静飞怎么样?有没有什么特别的反应?"

丁志答道:"没什么反应,挺老实的。"

"她是海州大厦的总经理,香港华龙公司的代理,你们一定要认真对待,不能出任何意外。"张啸华有些不放心地叮嘱着,"要对她实施特别看护监管,每时每刻都不能松懈,明白吗?"

丁志点点头说:"请局长放心,我们会妥善安排的。"

张啸华嗯了一声后,又问:"有什么人来打听消息吗?"

"没有。"丁志摇了摇头,马上又补充说,"就是李支队来过。"

张啸华抬了抬眼皮问:"他来干什么!"

"他提出给汪静飞安排单身号房,另外在生活上尽量给予照顾。"丁志据实汇报。

"好小子,跑来开后门了。"张啸华心中暗想,嘴上却说,"不要安排单身号房,生活上也不要给予照顾。"他见丁志有些不理解,便解释道,"否则别人会说咱们搞特殊化,影响执法形象。"

"明白了。"丁志立刻表态,"我们按您的指示办。"

"但一定要保证她的人身安全,而且要绝对保证。"张啸华望瞭望窗外的监舍,"和她关在一起的有几个嫌疑人?"

丁志答:"五个。"

"你介绍一下详细情况。"张啸华收回目光。

丁志扳着手指说:"两个卖淫集团首犯,两个人贩子,还有一个诈骗犯。年龄最大的三十二岁,叫罗燕,二进宫了,是她们的号头。"

"对这个罗燕要特别注意。"张啸华说着转身往外走,"你带我去看看。"

丁志拿起帽子和警棍，随张啸华走出门。他们来到女号房瞭望窗旁，向号房里巡视。只见号房里灯光昏暗，阴森幽静。

汪静飞盘腿而坐，倚靠着墙角，脸微微扬起，闭着眼睛。罗燕和另外四个人盘踞在通铺最里端，正窃窃私语。

罗燕摇头晃脑骂道："妈的，竟然不给老娘端洗脚水！在外面是总经理，进来就是老娘的使唤丫头！"她命令那个长得五大三粗的人贩子，"准备好，你立功的时候到了！"说着一挥手，"走，给她上上法律课！"

众嫌犯拿着枕头、毛巾等物，逼近汪静飞。汪静飞沿墙角站起来，做好防守准备。

站在瞭望窗外的丁志吃了一惊，正欲上前阻止，被张啸华拉住，示意他不要出声。

最先上去的是那个身材高大的人贩子。汪静飞往旁边一闪，照扑空的人贩子后脖就是重重的一劈。接着，又将紧跟上来的诈骗犯击出老远。人贩子和诈骗犯趴在地上直哎哟，罗燕分开不敢动的两个卖淫女，冲向汪静飞。汪静飞照着她的小肚子就是一脚，然后在她弯腰之际，手往下按她的头，膝盖上抬。这个一气呵成的动作的结果是罗燕满脸开花。

汪静飞俯视着众人说："皇帝轮流做！"

众人唯唯诺诺，一副恭顺的样子。

张啸华和丁志对望了一眼，都不由自主笑了。只见众人以汪静飞为圆心，坐成一圈。

丁志惊讶地说："没想到这么快就改朝换代了。"

张啸华也由衷地赞叹道："她可是文武全才啊！"

"如果她的罪不重，就给我们留下，帮着管管嫌疑犯。"丁志很恳切地看着张啸华。

张啸华调侃说："那你得去香港融资，管理海州大厦！"

丁志头摇得像拨浪鼓："这我可干不了……"

刘眉驾驶着法拉利跑车在黑暗中疯狂疾驰，直向不远处的海边冲去。车驶入一个废弃的码头平台后仍然不减速，眼看法拉利就要冲进浪涛汹涌的大海里时，她才狠狠踩下刹车板。跑车在原地转了几个圈后，才在尖啸声中停住。

刘眉光着脚走下车，慢慢踱向码头边缘。怒海将浊流溅到她苍白的脸上，与泪水融为一体。狂风把她的薄如蝉翼的睡裙，吹得纷纷扬扬。浑身颤抖的她，觉得万念俱灰，人生已没有任何可留恋处，狐狸精吸去了她至爱男人的魂魄，大难就要临头了还浑然不觉。直到这时她才相信了从电视上看到的一部言情剧的话：再聪明的人一旦陷入情网，就会变成十足的笨蛋。而他爱上的偏偏又是要剥他们的皮、抽他们的筋、把他们的肋骨当狗腿啃的敌人。与其让她绑上刑场，还不如自我了断，结束生命。想到此，她心一横，张开双臂就往海里跳。

在这千钧一发之际，一双多毛且有力的臂膀，从后面一把抱住了她。

刘眉回头一看，原来是杨春。从死亡边缘归来的她，不禁倒在他的怀抱里失声痛哭。

杨春一边用自己宽阔的身躯将刘眉包裹住，一边喃喃地说："眉儿，哭吧。使劲地哭吧，哭哭就好了。"

良久，刘眉才停止哭泣，问杨春："你什么时候回来的？"

杨春轻声道："我今天一回来，就拼命找你。后来在舰桥半岛看到了郭小鹏打你，我正要冲进去，你就跑了出来，我跟着你就到了这个地方。"

刘眉往杨春的怀抱里缩了缩，动情地柔声说："还是你对我好。"

"唉……"杨春叹了口气，"不知你听不听我的话？"

刘眉头埋在他的胸口说："听，我听你的话。"

"你现在在郭小鹏那里，其实已经算不上什么了，或许他根本就没真正地爱过你。"

刘眉蠕动了一下身体，表示同意。

"你是什么家庭出来的人，他又是什么家庭出来的人，不是一路人啊。"

刘眉的身体不禁一阵颤抖。

"所以，你千万不要妄想他会娶你。他就是娶一个班的老婆，也轮不到你，你只能是编外的游击队员。"

几滴温热的泪滚落在杨春的胸脯上，刘眉抽泣着说："这个我信，可我就是喜欢他。"

杨春皱眉想了想，语重心长地说道："你要是真的喜欢他，千万不要在这个时候给他添乱。"

刘眉不再说话了。

"你要是一死，让那个姓汪的管上了事，你们海州药业可真的算是完蛋了。大敌当前，渡过难关再说。"

刘眉仰起脸问："你怎么什么都知道？听到我和郭小鹏的谈

229

话了？"

"不听我也知道。"

刘眉情难自禁地亲了杨春胸脯一口说："我真的没想到，原来你是这样一个人。"

"原来你的眼睛中哪里有我，全是郭……"

刘眉不等他的话出口，就用吻将其"封杀"，二人一阵疯狂的热吻。

平静下来的刘眉从杨春怀里跳下，问他："麻黄素到了没有？"

杨春笑着说："这才是刘总该问的。"

刘眉拉了拉他的胳膊又问："到底到了没有？"

杨春握住她一双柔嫩的小手说："不到我敢来见你？头一批已经到了海州，存放在一个安全的地方，其余的将在一星期内到达。"

刘眉轻轻嘘出一口气："咱们一起好好干它这一回，弄上一笔钱，到国外去过逍遥日子。"

"和谁一起去国外？"杨春故作认真地开玩笑。

刘眉娇嗔地打了杨春一下，但神情立刻暗淡下来说："就怕那个姓汪的一出来，又要兴风作浪。"

"我看她也不太好出来，毒品不是别的。再说，她出来要是还添乱，咱们就给她来个这个……"杨春做了个劈杀的动作。

07

时近中午,此时正是机场出港进港繁忙的时刻。一架波音客机轰然落地,华龙集团董事局主席戴天首先出机舱,后面是秘书及法律顾问等。

郭小鹏为了显示自己的"派头",特意疏通关系,把接客的车开进了停机坪。眼见戴天从舷梯上走下,他率领部属迎上前去,热烈鼓掌欢迎,众多记者在拍摄。戴天步下舷梯后,出于礼节性和郭小鹏碰了碰手,稍事寒暄便径直上了奔驰车。

豪华车队在宽阔的机场路上奔驰。车内,戴天一脸肃穆,寡言少语。郭小鹏颇多歉疚地说:"我们和公安局、市政府反复磋商,但他们就是不肯放人。"

戴天双唇紧闭,一言不发。

郭小鹏越发不安地说:"我们海州药业的全体员工都相信汪总是清白的。"

"你们相信不相信无关紧要。"戴天脸上的肌肉没有丝毫松动,仍然是紧紧绷着,"要紧的是警方相信。"

郭小鹏赶紧说:"对,我们正在努力。"

戴天脸扭向窗外问:"为什么不办理保释?"

郭小鹏不能说戴天对内地法律不熟悉,只得应付道:"正在斡旋。"

戴天虽然年事已高,但反应仍很快。他似乎并不是没听出郭的搪塞之意,转过脸来,瞥了他一眼。

郭小鹏连忙奉承道:"您这次莅临海州,市里有关方面相当重视,我相信问题马上会得到解决。"

戴天冷冷地说道:"小型的不算,仅华龙公司持股在百分之三十五以上的各类经济体,我就有三四十个之多。如果每一个出事后,都要我亲自出面解决,我如何解决得过来?"

郭小鹏无言以对。

"华龙公司董事会一致认为,你们海州药业严重缺乏商业精神,很不好合作。对我公司派出的代理人,极不信任、极不尊重。"

郭小鹏想解释:"这个……"

戴天摆手制止说:"因此,华龙公司董事会以为,资金投放到海州药业,存在极大风险。"

郭小鹏额头沁出汗水,解释说:"海州药业是海州市第一利税大户,我们的信誉一直相当良好。"

戴天根本不听他的解释,继续道:"所以我们初步决定,暂缓资金注入。"

郭小鹏着急了:"我们的新项目刚进行到一半,这样做无异于釜底抽薪。"

戴天又瞥了郭小鹏一眼说:"这对我们也是很大的损失,但是我们仍然认为,如果情况没有好转的话,我们最终将取消与贵公司的一切合作。"

这下真的击中了郭小鹏的要害,他恳求道:"您总要给我们一个改正的机会啊!"

戴天缓缓地说:"机会是要给的,但要看你抓不抓得住了。"

郭小鹏连连点头道："一定抓住，一定抓住。"

说话间，车队已开进海州市唯一的一家五星级饭店——海滨大酒店。

郭小鹏陪着戴天一行进入总统套房，戴天的随员们立刻在客厅里接通电脑，开始和世界各地联系。

戴天在客厅里稍事停留，就径自进入卧室。郭小鹏只好坐在沙发上等。

片刻，秘书出来对郭小鹏说："戴主席请你赶紧与金滨金市长联系，他希望能尽快见到金市长。"

郭小鹏愣了一下，急忙问："他们认识？"

秘书一耸肩，双手一摊说："无可奉告。"接着他又说，"戴主席还希望你能尽快和警方商洽，我们的医生将去监所给汪静飞女士检查身体。"

郭小鹏明知这是一个很过分的要求，也只好硬着头皮答应道："好的。"

08

新疆阿城劳改医院的单人病房里，林小强身穿条纹病员服，正躺在床上看报纸。

深秋上午的阳光，洒满房间，给人以暖洋洋的感觉。在白花花阳光的照射下，可以看出，林小强脸色红润了不少。

靳铁悄悄走了进来。他西服笔挺，领带恰到好处地缀在胸前，脚上的纯羊皮红皮鞋一尘不染，给人一种十分光鲜亮堂的感觉。他轻步走到病床前说："林总好！"

"你好。"林小强的回应不冷不热，眼睛没从报纸上移开。

靳铁拍了拍软床说："这可比那大通铺好多了，乍一睡也许不习惯吧？"

"你这不是废话吗？"林小强翻了翻眼皮说，"你还想回去睡狗窝？"

靳铁笑了："是鸭窝、骡棚、马厩。"

正说着不咸不淡的话，张狱医几步跨了进来。他见靳铁一副大款模样，于是说："你们知道我动用了多少关系，才使得小强住到这儿来？费老鼻子劲儿了！"

林小强朝靳铁一使眼色，心领神会的靳铁立刻从手包里取出一个信封，递到张狱医面前说："我知道您的钱也花老鼻子了。"

张狱医面不改色心不跳，一句客气话也没有，从容又迅捷地把信封揣进了口袋里。

靳铁说："张狱医，我们哥儿俩有点悄悄话说，可以吗？"

张狱医开玩笑问："你们不会商量逃跑吧？"

靳铁摆摆头说："天网恢恢，往哪儿跑？"

张狱医笑呵呵往外走，他现在最迫切的就是点点怀里的钞票。

等他一出门，林小强就问靳铁："身份证、汽车、现钞？"

靳铁一脸郑重："要求？"

"汽车要不怕破，不是偷的就行；钱要十块十块的。"

"时间？"

"后天早晨我要是不去，你就再等我一天。"

"好的。"

林小强抬起下巴对着门扬了扬说："没事了，你走吧。"

"把守这么严，你出得去吗？"靳铁仍有些担心。

林小强不耐烦了："我的事，你不用管。"

"那好，再见！"靳铁向他告别。

林小强没有反应，又看起了报纸。

海州市政府大楼在阳光的映照下巍然矗立，奶油色的铝幕墙金光闪闪，悬在楼前的硕大的国徽显示着这座建筑非同一般，庄重而又威严。

市长金滨正坐在办公室里批阅公文，戴天在郭小鹏的陪同下稳步走进。金滨立刻放下手中的文件，起身热情迎接："欢迎，欢迎。"说着紧紧握住戴天的手。

戴天说："我和金滨兄起码有十年没见了吧？"

金滨笑着说："恐怕不止十年。"

戴天拍了拍金滨的手背说："想不到金滨兄依然是意气风发！"

金滨摸了摸头发感叹："老啦！十年重相顾，两鬓已成霜。嫂夫人可好？"

戴天双手合十说："托您的福，还算过得去。"

金滨击掌道："平安就好，生意不问可知，一定很好。"

戴天得意地笑了笑，对随行人员说："金滨兄在新华社香港分社时,是负责联络经济界的,我那时从他那里获益匪浅呀!"

金滨也赶快回应:"戴主席在基本法起草时,提出了不少宝贵的意见,做了很多有益的工作啊!"

郭小鹏见两人谈得热乎,干着急,却一句也插不上。

金滨终于把谈话拉上正题:"我听秘书说,您此行是为了一桩公务。"

戴天的表情立刻凝重起来,说:"我公司驻贵市海州药业集团的首席代表汪静飞女士,被诬陷与毒品有涉,无辜被拘押,此事在香港商界引起轩然大波。"

金滨笑着问:"有这么严重吗?"

戴天说:"你知道华龙公司的主业是化工,而其核心则是制药。"他瞥了一眼郭小鹏,"我们与贵市的合作项目也是制药。制药业最怕的就是与毒品相关联,即使是传言也很要命哟!"

金滨听后也严肃起来,说道:"我一定尽力。"

戴天接着诉苦说:"汪静飞女士被捕一事,已于昨天见诸报端。今天一开盘,华龙的股票就下跌了三个百分点。如果再继续下去,我只好到你家吃饭了。"

金滨说:"你任何时候来,我都欢迎。"

戴天很认真地阐明观点:"我希望海州的决策层以大局为重,尽快使汪静飞女士摆脱干系、恢复自由,还其清白,以正视听。同时,我要求追查诬陷者的法律责任。"

金滨点点头,马上表明自己的态度:"我这就与有关部门协商汪案,因为这事也直接影响到我市的投资环境和经济发展。希望能尽快做出双方都能接受的处理。"

戴天和郭小鹏都有了一种如释重负的感觉。

第十一章 深仇大恨

一条黑影悄无声息地溜到别墅后门，用一根钢丝，轻而易举地把门打开。接着，黑影几个纵跃，潜入住宅……

黑影抵达客厅，用一军用强光手电照射。走到客厅中间时，黑影似乎失去了方向，握枪观察。郭小鹏在二楼的监视器中，冷冷地注视着黑影的行动。就在黑影准备上楼之际，郭小鹏用遥控器突然打开住宅中所有的灯。

01

云开雾散，阳光格外明亮。戴天、郭小鹏及其部属们站在看守所大铁门外，汪静飞款款从看守所里走出。

郭小鹏抢先一步迎上去，他碍于戴天在场，只是在握手的同时深情地凝望汪静飞。汪静飞挂着淡淡的笑容，看不出激动，也看不出怨尤。她很快从郭小鹏紧握的双手解脱，径直走向戴天。戴天像长辈欢迎出远门归来的游子一样，将她拥入怀中。

刘眉和林小亮则远远地站着，冷眼相向。

郭小鹏拉开奔驰车门邀请道："汪总坐这车？"

戴天不等汪静飞回答，就将她送入金市长派出的加长红旗轿车内。"我们去宾馆稍事休息，然后回香港。"临上车时，他关切地对汪静飞说道。

郭小鹏怅然若失地望着远去的车队，他好像隐约看到汪静飞在回首告别。

夜幕降临，海州机场灯光灿烂。

郭小鹏、汪静飞和戴天等步入候机大厅。汪静飞神态平静地走在后边，郭小鹏在戴天身旁仍在继续着刚才的话题，恳求由汪静飞继续担任华龙公司的代理人。直到戴天答应给予考虑，他才稍稍松了口气。

汪静飞似乎发觉远处的人群中有一双特别的眼睛在注视她。她突然扭头，向着隐蔽在人群后的李新建露出一丝微笑。情不自禁的李新建，高昂起脸，凝视着她。

汪静飞再度微笑，消失在安检口内。

天将破晓，大雾弥漫于阿城这个边陲小镇。在一条僻静的小巷里，偶尔几声狗吠，非但没有打破凌晨的宁静，反而使得小镇愈加显出安谧。林小强身穿全套武警制服，提着手枪，来到一座破旧的平房小院前，翻墙而入。

他贴近正房大门，轻轻敲了两下。靳铁应声打开门，把他让进房里。

林小强进屋后，靳铁仍向外张望着。

"你还在找谁？"林小强瓮声瓮气地问。

靳铁左右晃动着脸问："那个看守呢？"

林小强阴阴地笑了笑："正替我在病床上躺着呢。"

靳铁回手关死大门，问："吃点东西？"

林小强根本不回答，而是伸出手，靳铁先把车钥匙放在他手上。"车在农业局的院子里，北京吉普，油箱是满的。"然后又把一个大信封递给他，"这是一万块钱。"

林小强接过信封，边去拉门边说："咱们两清了。"

靳铁试探着问："你往什么地方去？"

林小强把门打开说："你还是不知道的好。"

靳铁有些不高兴地说："你不相信我？"

"我相信你不会举报出卖我，可一旦进去，公安局有办法让你说出来。"林小强说着探头巡视门外几眼。

"以后再联系。"靳铁不知是真的还是装的，声音竟有些伤感。

"你放心过平安日子吧，我不会再找你。"随着话音，林小强已蹿出门外。

02

郭小鹏身穿白大褂,在费经纬的陪同下视察车间。他伸出戴着橡胶手套的手,从原料入口处拿起一小撮白色的粉末,仔细地观看,费经纬有些担心地瞅瞅他。郭小鹏满意地放下粉末。

费经纬显然想听到表扬:"你看行吗?"

郭小鹏笑着说:"很好。"

"这下子我就放心了。"费经纬脸上露出轻松的神情。

郭小鹏侧身望着他说:"到你办公室坐坐?"

费经纬点头说:"行。我正好有事要汇报。"

他们并肩穿过车间,走进最里端一间小平房内。这是一间典型的知识分子办公室,陈设简单,有大量的书籍和图表。

郭小鹏坐到沙发上后笑着说:"费总的简朴,已到寒酸的地步,这沙发都硌屁股了。"

费经纬把一杯茶放到郭小鹏面前的茶几上说:"反正我在办公室的时间不多。再说,沙发是客人坐的,硌屁股就会少坐一会儿。"

郭小鹏晃了晃茶杯,慢慢地收起笑容,问道:"原材料没有浪费吧?"

费经纬回答说:"我给各车间下达了精确的计划。"

"保密情况如何?"郭小鹏接着随口问。

费经纬马上回答说:"各个车间都只知道局部。"

"还要慎之又慎,防之又防!"郭小鹏加重语气道。

费经纬沉吟了一会儿,显然是经过思想斗争后,才小心地说:"如此之多的管制药品放在车间里,我实在不放心。"

郭小鹏不以为意地说："它们经过国家批准，完全合法，有什么不放心的？"

费经纬建议说："要是它们变成成品，管理起来相对就容易了。"

"你想要配方的程序？"郭小鹏盯着他。

费经纬没有任何表示。

郭小鹏很轻松地接着说："咱们的生产线是全自动的，程序往计算机里一输，就万事大吉。"

费经纬显然认为郭小鹏没回答他的问题，只好自己挑明："可这管制原材料的量似乎比戒毒灵和喘立停等需要的多了点。"

郭小鹏耐心地解释说："搞一张麻黄素的批文，是一个复杂的系统工程。弄少了费用就大于利润了，所以要多弄一点。另外，我听说，国家马上就要限制麻黄素的采集，因为破坏植被太厉害。一限制就增值，这是铁律。"

费经纬已经完全被说服："你确实是少见的商业人才。"

郭小鹏哈哈大笑，端起茶杯喝了一大口说："费总要是拍谁的马屁，谁就快倒霉了！"他的话音刚落，手机响了。他掏出接听，脸上顿显激动之色，连声说着："非常感谢！非常感谢！我将亲自去机场恭迎！"

费经纬禁不住问："董事长又有什么喜事？"

郭小鹏站起身来说："汪静飞明天从香港回来，我们与华龙的合作终于又可以顺利进行了，能渡过这一难关，就一顺百顺了。走，费兄，我请客，咱们小酌两杯。"

林小亮开着丰田车,百无聊赖地打着方向盘。他得知汪静飞又要回海州履任后,刚刚在刘眉那儿长吁短叹地发泄了一阵。二人只能干着急,无可奈何。车载电话突然响了,他想接又不想接,犹豫了一阵后,还是不耐烦地拿起了听筒。当他听到是林小强的声音时,顿时呆住了。林小强问他:"说话方便吗?"

林小亮不敢说名字,也不敢称呼:"方便,我一个人,正在开车。"

林小强问:"信收到了?东西准备得怎么样了?"

林小亮赶紧说:"我时刻准备着。"

林小强说话很干脆:"六点,冷水坑。"

03

海州大厦总经理室被打扫得一尘不染。大厦办公室王主任巴结地对坐在皮转椅上的汪静飞说:"刘总那天还把我们全体中层干部都叫到这儿训话。她说这位置就和这转椅一样,是转来转去的,还真叫她给说着了。"

汪静飞静静地听,没有插话。

王主任接着说:"刘总准备给大厦来个大换血,名单都挑好了。我跟大伙说,大厦是个经济实体,又不是官场,犯不着来一朝天子一朝臣。"

汪静飞说:"过去的事情,咱们不谈了,你还有要汇报的吗?"

王主任连忙说:"没了,没了。"说完,他脸朝着汪静飞,倒退出门。

汪静飞待他出去之后,拿起电话:"陈然主任吗?"

"是我。"陈然的回答很响亮也很恭敬。

"我是汪静飞。"

"我听出来了。"

"这阶段,计算机的口令有没有改变?"

"有些改变。"

"你给我传过来。"

"好的。"

不过片刻工夫,汪静飞的电脑上便出现了若干数字串,间或有英文。她正仔细拼译,电话又响了。她看了看来电显示,略略有些惊讶,连忙拿起话筒,热情地说:"刘总,你好!"

刘眉也尽量使自己的语调温柔:"有些事情,需要跟你解释。"

"我就在办公室,你随时可以来。"汪静飞依然是客气的口气。

刘眉歉意地说:"长话短说,以前我有好多对不起你的地方,希望你能原谅。"

汪静飞立刻警觉起来,语调转变成公事模式:"刘总说的哪里话,都是自己人,说什么对不起对得起的。"

刘眉很诚恳地说:"为了表示我的心意,晚上七点,我去接你,吃一餐便饭。"

汪静飞迟疑了一下:"我晚上还有……"

刘眉似乎明白说话要抢先的原理,赶忙说道:"汪总千万别推辞。"

汪静飞只好被动地勉强答应:"好吧。"

刘眉用恳求的语气说:"这是咱两人私人聚会,汪总最好别对人说起,以免引起不必要的误会。"

汪静飞略事沉吟。"好吧。"她放下电话后,认真想了想,用电脑发出一个电子邮件。

芦苇深处的冷水坑,晚晖已渐渐隐去,天色暗下来,归巢的小鸟拍打着翅膀,发出哗啦哗啦的响声。

林小亮往苇荡深处走,很有些胆怯,不由得又想起险遭强民生擒的那一幕。他不敢喊叫,只得伸长脖子,四处观望。最后,他找一死角站定。

林小强幽灵一般出现在林小亮旁边,他大吃一惊后说:"大哥,你莫非是从地下钻出来的?"

林小强不回答他的话,挺直猫着的腰,手一伸说:"钱!"

林小亮赶紧从皮包里拿出一个大公文纸袋,拍了拍说:"一共五万。"

"算你还有点良心。"林小强说罢,接过纸袋转身欲走。

"大哥,说两句话?"林小亮真心实意地说。

林小强不肯回头:"有什么好说的?"

"我其实一直都很想你。"林小亮有些黯然神伤。

林小强仍然不回头,冷冷地说:"现在说这些有什么用?"

"你没去看老爷子?"

林小强突然转身,目光炯炯地说:"我绝不会再给他一个大义灭亲的机会!"

林小亮想替父亲解释:"他当时也是没办法,你看……"

林小强粗声打断说:"如果他当时不揭发我,顶多是少当几年人大主任!"

林小亮不敢再多嘴了。

林小强阴森森地问:"刘眉还和姓郭的在一起姘着呢?"

林小亮答道:"时好时坏,也不一定总在一起。"

林小强咬牙切齿地说:"你告诉这对狗男女,他们想吃点什么就赶紧吃,想玩什么就赶紧玩。日子不多了!"

林小亮壮起了胆子,为郭小鹏申辩说:"大哥,你有好些事情并不清楚,误解了……"

"放屁!"林小强厉声打断他,"你大哥面壁五年,什么事情都想清楚了!"

林小亮苦着脸不说话了,站在那儿发呆。

林小强命令说:"我走十分钟后你再走!"

林小亮机械地点点头。

0 4

金路易咖啡馆里,灯光迷离,音乐悠扬。汪静飞和刘眉相对而坐,都慢慢地搅拌着浓浓的黑咖啡。

刘眉抬起脸柔声细语地说:"我刚才已经坦白了自己的罪过,真的要请汪总原谅我情令智昏的行为。"

"你的心情我理解,但你错怪我了。"汪静飞品了一口咖啡,"我和郭小鹏先生,没有任何情感上的纠葛。"

"汪总这就不爽快了。"刘眉显然不相信汪静飞的表白。

汪静飞无奈地撇撇嘴,双手一摊。

刘眉意识到自己的话说得太直露,于是尽量把话说得婉转些:"我知道好多是郭小鹏单方面的行为,但以后还请汪总拒绝他的表示。"

汪静飞耸耸肩,没有回答。

"汪总你是世界级的人物,和我这个小小的海州老百姓不一样。"刘眉忍不住又老调重弹起来。

汪静飞有些不耐烦了:"我再说一遍,刘总你放心,我不会夺人所爱!"

刘眉一厢情愿地说:"今后你多帮助小鹏跑跑外,多引进些资金,广开些渠道。我呢,则多帮助他管些内。"

汪静飞越来越不耐烦,心里又好气又好笑,但只能尽力克制着。恰在这时,她的手机响了,便拿起接听。"董事长啊,我正在和一个朋友喝咖啡。什么?是男是女?"她瞥了一眼刘眉,刘眉露出恳求的眼神。她笑着说:"男的。"刘眉感激地直点头。

在舰桥半岛的别墅里,郭小鹏倚在沙发上,一边咕哝着"男的"一边放下电话,顺手拿起了旁边的报纸。

一条黑影悄无声息地溜到别墅后门,用一根钢丝轻而易举地把门打开。接着,黑影几个纵跃,潜入住宅。

正在读报的郭小鹏,接收到红外线警报轻微的报警声。他伸手拿起一把飞刀,然后用手机耳语般地说:"我是 of,请急呼 88889、88887,速来我住宅。"说罢,他用红外遥控器关闭房灯电源,赤脚上楼。

黑影抵达客厅,用一军用强光手电照射。走到客厅中间时,黑影似乎失去了方向,握枪观察。

郭小鹏在二楼的监视器中,冷冷地注视着黑影的行动。就在黑影准备上楼之际,郭小鹏用遥控器突然打开住宅中所有的灯。

黑影像被闪电击中一样,立刻呆住了。

郭小鹏清楚地看到,黑影就是林小强。

05

金路易咖啡馆门外的停车场上,万籁俱寂,一个短打扮的汉子,灵巧地靠近红色法拉利跑车。他打开后车门,一个鱼跳蹿进去。

过了一会儿工夫,汪静飞和刘眉并肩从咖啡馆里走出。刘眉很真诚地对汪静飞说道:"我一定痛改前非,日后与汪总精诚团结。"

汪静飞敷衍道:"我也一定捐弃前嫌。"

两人边走边说,来到法拉利前。刘眉拉开车前门,做了个恭恭敬敬的手势:"请。"

汪静飞只好上车。

刘眉沉稳地把握着方向盘,车拐入正道旁的辅道。接着,驶上一条低等级公路。她平静地说:"从这边走近一些。"

汪静飞已察觉出不对劲来,悄悄从口袋里拿出一笔形激光枪,握在手里。

果然，片刻之后，杨春从后边座位下一跃而起，阴森森地道："二位女士好。"

刘眉惊恐地回头问："你是谁？想干什么？"

杨春恶狠狠地沉声道："不许回头，继续往前开！"

刘眉把握方向盘的手，假装颤抖。汪静飞侧脸准备看看是谁。

杨春呵斥道："你要是再回头，我就让你多个窟窿！"说着扬了扬手中发出蓝幽幽亮光的枪。

汪静飞和刘眉都不敢再回头，也不敢再说话。

杨春命令道："去码头！"

汪静飞嘴角露出一丝淡淡的冷笑。

暴露在强光下的林小强，显然已经失去了理智。他扯下面罩，挥舞着手枪，大声喊叫道："姓郭的野种，有本事就给老子出来！"他的声音在寂静的房间里回荡。

四周没有任何回应。

林小强变成了怒吼："野种！你林爷爷找你报仇来了，快滚出来！"

郭小鹏的声音通过一只低音喇叭传出："林小强，报仇可是一件需要耐心和智慧的事。"这声音像潮涌时传达出来的次声波，极是震撼人心，"智慧和耐心，你都没有。"

林小强朝喇叭的方向开了数枪。

郭小鹏的声音马上就改变了方向："我奉劝你离开海州！"

林小强暴跳如雷，跟着声音也改变方向开枪，然后朝吊灯开枪。

全宅的灯光突然熄灭，一切归于沉寂。

有分量的寂静最为可怕，在它的威慑下，林小强终于支持不住，越窗而去。

法拉利车"嘎"的一声，在废弃码头边缘刹住。杨春挥舞着手枪命令汪静飞和刘眉："下车！"二人下车后，他在后面拿枪逼着她们往前走。

刘眉颤着声说："大哥，这可是伤天害理的事！"

杨春眼一横斥道："再废话，我先崩了你！"

他们走到一根电线杆子旁时，杨春命令："站住！转过来！"

二人转过身，面对杨春。杨春用手电扫射她们的脸："让我看看，哪个更漂亮？"

刘眉吓得魂飞魄散的样子闭上双眼。

杨春把手电光停在汪静飞脸上，涎着脸道："比起来，我还是喜欢你这样的。不像她，见了男人就尿裤子！"

刘眉生气了，心中暗骂："王八蛋！这后半句台词是没有的，竟敢擅自在这个臭女人面前糟蹋老娘，看我回去怎么治你个王八蛋！"

杨春似乎察觉出了刘眉的不悦，心里也想，我这不是想演得更真些嘛。想是这样想，他还是不敢再多说什么了，赶紧把一根绳子扔到汪静飞脚下。"去，把她给老子捆起来！"边吼边抖了抖枪口。

刘眉忙进入演戏的节奏，颤抖着声音哀求："大哥，你要钱、要车我都给你，只要放过我们……"

"闭上你的臭嘴！"杨春凶神恶煞般叫嚷，"车我要，钱我要，人我也要,最后还得要你们的命!"

刘眉吓得不轻,比较配合地靠在电线杆子上。

汪静飞已经认出了杨春,她心里觉得好笑,但面对黑洞洞的枪口,又不能不认真对待。她弯腰拾起绳子,去捆绑刘眉。刘眉神情绝望地任由她摆布。于是她下手的时候,不由得暗暗用劲。刘眉疼得嘴巴咧开,可又不能喊叫,只好苦水往肚里咽。

杨春走近汪静飞,说道:"这下该轮到你了!"

汪静飞低眉垂目,却悄悄抽出了激光枪。

就在这时,一辆三菱吉普车突然从天而降,雪亮的前大灯,罩住了杨春。他顿觉两眼发花,不禁怔住。汪静飞趁着他一怔的工夫,飞起一脚,将他手中的枪踢掉。

杨春见腹背受敌,情知不妙,于是未加思索就纵身跳入大海。

从车上下来的李新建,捡起杨春的手枪,追到岸边。黑黝黝的大海,浪涛翻滚,杨春已没了踪影。

汪静飞也追上来,一副准备跳水擒拿的架势。李新建劝阻道:"他躲得了初一,躲不了十五。"汪静飞这才作罢。

强民问捆得像一只粽子似的刘眉:"刘总,看清楚这个人是谁了吗?"

刘眉哭丧着脸,看了看汪静飞说:"我光顾害怕来着,不知汪总看清楚了没有?"

汪静飞意味深长地道:"刘总都害怕了,我还能不害怕?"李新建正色对二人说:"我衷心地希望两位老总好自为之,在法律允许的范围之内,处理一切事情。"

汪静飞没有搭腔,刘眉直点头。李新建朝强民一挥手,钻进车去。

06

　　林小亮、段海持猎枪、棍棒等物，闯进别墅，郭小鹏从暗处悠然而出。

　　林小亮一挥手，命令跟在身后的众人："给我好好搜！"

　　郭小鹏坐到沙发上，平静地说："不用了，刺客已经跑了。"

　　林小亮不放心地说："万一要在什么地方躲起来怎么办？"

　　郭小鹏冷冷地瞥他一眼说："没有万一。"

　　林小亮多少有些心虚地问："二哥看清楚是谁了吗？"

　　郭小鹏眼皮耷拉着，不回答。

　　林小亮摸出烟斗，点上，紧一口慢一口地抽。

　　郭小鹏突然抬起脸，目光直逼林小亮问："你大哥最近和你有联系吗？"

　　林小亮故作轻松地笑了笑，说："没有。"

　　郭小鹏的眼皮又耷拉下来，漫不经心地说："没有就好。"

　　林小亮看着养神的郭小鹏说："联系是没有，可二哥你还是要小心。"

　　郭小鹏依旧慢条斯理地说："你要是透露一些真实情况，我是相当感谢的，因为林小强毕竟是你的血亲。如果你不告诉我，我基于上述原因，也能够理解。"

　　林小亮的心理防线已完全垮掉，说道："林小强是来了海州，他找我要了点钱。"

郭小鹏在静等着下文。

"我劝他离开海州，他说走着瞧……别的就没说什么了……"林小亮吞吞吐吐，声音越来越低。

郭小鹏问："他没问到我？"

林小亮不敢说话了，只是摇摇头。

郭小鹏环顾四周，对林小亮说："你去刘总那里，她的安全，你要负全责。段海留下，其余的人都可以走了。"

第十二章 勾心斗角

陈然的脸色已经开始发青,额上渗出细密的汗珠。

汪静飞进行最后一击:"你肯定也知道,信息和天气预报、台历一样,是有时限的。如果不用,很快就会一钱不值!"

陈然猛地坐直身子说:"从你接触我的第一天起,我就察觉出你是警察。"汪静飞嘴唇动了动,似要插话,他厉声制止,"你不要否认!我只希望一点,拿到解密码后,你和你所代表的势力,都不要再来找我!"

0 1

"叮咚叮咚……"门铃声突然响了起来。

刘眉惊得一跃而起,对杨春说:"你快躲一下!"

杨春不以为然地问:"是不是那个姓郭的来了?"

刘眉推动着杨春说:"要是他,就不用怕了!"她说着通过猫眼向门外观察,一个警徽充满她的视野。她见杨春已躲好,便打开了门。门刚开,一只强有力的胳膊就伸进来,扭住了她的脖子,将她往屋子里推。

已经快窒息的刘眉虽然看不清来人,但还是凭感觉说:"小强,你犯不着这样。"

林小强也不吭声,在松开手之前,轻轻往前一送,刘眉就一个踉跄,几乎撞在墙壁上。她回过头来,惊恐地看着他,最后目光重点放在他插在兜里的手上。

林小强把手从兜里拿出来,说:"你放心,杀你根本就不用武器。"他凭空做了一个很有力度的扭杀动作,"我手轻轻一转,你的小脖子就断了。"

刘眉多少放松了些。

林小强伸手把电话线揪断,然后又取过刘眉放在床头的手机,仔细读着上面的号码。在寻找机会的刘眉,赶紧讨好地说:"这是摩托罗拉8810,最新的型号。你要是喜欢,就拿走。"

林小强读完号码后冷冷地瞥她一眼说:"我想拿走,还得你同意?"

刘眉哑巴了。

咔吧一声，林小强把手机撅断，阴森森地说："现在这房子和外界一点联系也没有了。你知道这像什么吗？"

刘眉深知林小强的性格，赶紧问："你说像什么？"

林小强慢吞吞地说："像监狱里的'小号'。"

说到监狱，刘眉不敢吭声了。

"你知道什么叫小号吗？"

刘眉惊恐地看着他，快速摇头。

"就是一间你站不直、躺不展、蹲不下又坐不了的小黑房子，专门用来惩治不听话的犯人的。"林小强像一个对着小学生耐心讲课的老师。

刘眉的嘴唇动了动，但没声音出来。

林小强陷入回忆中："有一次，我违反了规定，就在里边整整待了三天……"

刘眉觉出他的恍惚，但她不敢轻举妄动。

林小强突然又变成怒吼："三天！你明白是什么滋味吗？"

刘眉连忙安慰："你受苦了，小强。"

"受苦？你他妈的还知道我受苦？"林小强脸色涨得发紫，"当初，你和郭小鹏是如何设计害我的，我在监狱里已经想清楚了。"

刘眉想解释："其实，你误……"

林小强咬牙切齿道："你要是解释一个字，我立刻让这儿变成坟墓！"

刘眉一哆嗦，赶紧把后边的话吞了回去。

林小强陡地改变了凶狠的表情，说话也平缓了许多："但我考虑到你是女人，原谅了你。"

刘眉知道他是个喜怒无常的人，不敢有任何放松。

"但你要说实话。"林小强盯着她。

"一定！一定！"刘眉忙不迭地点头。

"我知道让你这种人说实话，比登天还难。"林小强突然又变成凶神恶煞模样，"但只要让我觉得假，我立刻杀了你！"

刘眉做出真诚状，说："一定说真的。"

"你们把那么多的麻黄素运到厂子里，都干什么用了？"

"做戒毒灵和平喘麻醉的药物。"

林小强向刘眉逼近，问："是不是还顺便做点'冰'？"

刘眉豁出去了："你要杀就杀吧。我真的不知道了！"

林小强把手枪拿出来说："你以为我不敢？"他的枪刚刚举起，从暗处出来的杨春已将枪口抵在了他的后脑勺上，说："我看你是不敢！"

林小强愣了一下，但只是一瞬间的事。他慢慢地举起手，在举到一定高度后，转身就是一劈。他在监狱锻炼多年，动作的速度、力度都不凡。

杨春更是有所准备，躲过这一击后，与林小强对打起来。杨春显然是有功夫的人，加之在江湖上三天两头从未间断过搏杀，只三两下就将林小强制服。他把林小强的手枪拿到之后，便顺势放开了他。

林小强被揉倒在地后，爬起来还想往上冲。杨春用枪指着他，笑着说："你这就不江湖了。《水浒》里的好汉，打败了后，只要对方是英雄，总是纳头便拜，没有你这样没完没了牛皮糖似的。"

林小强看看力量实在太悬殊，只好坐在椅子上喘气。"你们要拿我怎么样?"他瞪着发红的眼珠问。

杨春把枪放下说:"这就像个谈判的架势了。"

刘眉赶紧给杨春搬过一把椅子,杨春颇为自得地坐下后说:"你不是想让郭小鹏完蛋吗?这也是我们的目的。"他说着指了指刘眉和他自己。

林小强心中一跳,但想了想认为这根本不可能,于是狐疑地看着二人,指着刘眉说:"你还说得过去,可她却是天天和姓郭的睡在一起。"

"这你就外行了不是?她,或者是她指使人杀了我弟弟,我们现在不是合作得很好吗?不错,她是和姓郭的睡过觉,但现在她跟我一起睡了。"杨春用不拿枪的手把刘眉搂过来,"话说天下大势,分久必合,合久必分嘛!"

听到这儿,林小强把紧绷的身体松弛下来。

"怎么样,和我们一起干?"杨春睥睨着林小强。

林小强点点头说:"看来也没有别的办法了。"

02

位于老城区低矮破旧居民区里的大众旅馆比靳铁想象的还要差。他把包往床上一扔说:"怎么不找个大宾馆?"

林小强用开导的口吻道:"大宾馆看上去很安全,可那设备都是电子的。一百天以后,记录也还在。再说,有好多房间都有监视设备。"

靳铁递给林小强一支烟,做出兴趣盎然洗耳恭听的样子。他对在一个铺上睡了几个月的"林总"非常了解,知道下边该进入主题了。

果然,林小强开始向纵深发展。"一个干企业的,最心疼的事就是看着自己的家业完蛋。所以,我要让郭小鹏看着他的药业王国烂掉、埋葬,然后再……"他用手比画了一下捞的动作,"我再仔细一想,在这过程中弄点副产品也不错。"

靳铁已经完全领会,问道:"可这么好的事,你怎么会想起我来?"

林小强若有所思地说:"在这地方,唯一可以勉强信任的就是我弟弟林小亮。可让他帮我几个钱还行,帮我搞垮郭小鹏的企业,他肯定不干,郭小鹏也是他的亲哥哥。"

靳铁点头,表示已经被说服。

林小强继续强化他的信任度,接着说:"干垮了一个大企业,再毁掉几个人,在中国,除去西北的沙窗子、东北的老林子外,任何地方也不能待了。想跑,就得去国外。可我在外面关系不多,仅有的几个,也垮的垮、散的散。然而你有关系,我用的就是你的关系。"

靳铁立刻热烈响应说:"书上说,要想管理好一支队伍,关键是把正确的人放到正确的岗位上。你说吧,怎么干?"

林小强拍拍他的肩膀,终于在最后说出一句表扬的话:"你悟性尚可,跟着我,鸭子一定能成为金凤凰!"

汪静飞和陈然在海州大厦总经理室里相对而坐,陈然心神不定地揣摸着她的意图。

汪静飞当然知道他的心思,看他那提心吊胆的样子,心里不觉好笑,也很舒服。她故作轻松地问道:"有点事想拜托陈主任,可以吗?"

陈然脸上的白净面皮紧绷着,问道:"机密?"

汪静飞点点头。

陈然急忙起身察看房门是否关紧销死,回归座位后说:"你说吧,反正我已经是俘虏了。"

汪静飞不动声色地说:"我想知道郭小鹏的解密码。"

陈然全身一颤:"密码是很个人的东西,我怎么会知道?"

汪静飞笑着说:"你知道,你一定知道。"

陈然抬起头,惊慌不安地问:"你凭什么这么确定?"

汪静飞不解释这个问题:"我相信你已经掌握了郭小鹏的一些机密,你大概也知道他到底在干什么。他的那些事和你干的那些事,都有暴露的一天。"

陈然紧张地看着汪静飞,眼睛睁得很大,一眨不眨。

"你大概也看得出,我有较深的背景。倘若那一天来临,我的话也是有一些分量的。"汪静飞不失时机地稍稍露出了些底,既是诱饵,也是定心丸。

陈然双唇紧闭,神经质地玩弄着手中的微型电子遥控器。"你是计算机专家,肯定知道信息是最有价值的硬通货。为自卫,你肯定要储备一些,好过冬。"汪静飞注视着陈然,加大进攻的力度。

陈然脸色苍白,在椅子上越陷越深。

汪静飞自信找到了陈然的薄弱处,开始穷追猛打:"你有杰出的头脑,你有高级的设备,你还参加了整个集团公司的网络设计。

加上郭小鹏不是计算机方面的专家，许多事情必须假手于你。"

陈然的脸色已经开始发青，额上渗出细密的汗珠。

汪静飞进行最后一击："你肯定也知道，信息和天气预报、台历一样，是有时限的。如果不用，很快就会一钱不值！"

陈然猛地坐直身子，说道："从你接触我的第一天起，我就察觉出你是警察。"汪静飞嘴唇动了动，似要插话，他厉声制止，"你不要否认！我只希望一点，拿到解密码后，你和你所代表的势力，都不要再来找我！"

汪静飞默默点了点头。

"明天二十二点，你将准时收到我的邮件。"陈然说完站起，高高扬起下巴，快步走出门去。

0 3

在海州药业集团公司总部大楼的董事长室里，郭小鹏正和费经纬并排坐在沙发上亲热地交谈。

"上次我跟你讲过，有种新药，准备投入小规模生产。你还记得吗？"郭小鹏侧身问道。

费经纬点头说："记得。"

"一两天内我就准备开始。"

"你给我配方就行。"

"这种药是个擦边球。"

费经纬不想再往下听："我明白。"

郭小鹏嘘了一口气："那就好。"

费经纬站起说:"没别的事,我就告辞了。"

郭小鹏坐着没动,又说:"我还有一件事。"

费经纬只得又坐下。

"公司准备搞股份制改革,这样就可以将产权明晰。"

"这也是个趋向。"

"所有元老级人物,我都不会忘记,而首屈一指的是你。"

"不敢当,不敢当。"

"给你百分之三的股份如何?"

"以海州药业的总值论,这确实是一笔大钱,怕是今生今世也花不完了。"

"以你的贡献论,也不算多。"

当费经纬蹒跚着走出门去时,郭小鹏悬着的心终于复归原位。

刘眉打开屋门,杨春迅速潜入。

"你的胆子是越来越大了。"刘眉瞋了他一眼,"这么早就来。"

杨春嬉皮笑脸地说:"色胆包天嘛!"说着手便往她的胸部摸。

刘眉打掉他的手嗔怪道:"一点正经也没有。"

杨春这才发现公寓里有些异常,他诧异地看着打开的箱子、柜子问:"你这是要到什么地方去?"

刘眉一边用力往箱子里放东西,一边连珠炮似的说:"走到哪儿算哪儿,反正我是不在海州待了,这地儿一点意思也没有。"

杨春翻了翻眼问:"郭小鹏又惹你了?"

刘眉恨恨地说:"他现在和我一点关系也没有了!他的海州药业马上就会被那个姓汪的臭警察婆给灭了!"

"咱们是不是弄假成真了!"杨春挠挠头,疑疑惑惑地说道。

"姓汪的肯定是密探,我一闻就能闻出来!"刘眉斩钉截铁地说。

杨春晃了晃脑袋调侃:"你又不是警犬!"

刘眉瞪了杨春一眼,不再理睬他,继续收拾东西。

杨春抱着膀来回踱了几步说:"姓汪的是小事情,实在不行,干掉就是了。关键是怎么从郭小鹏那儿弄出一笔钱来,没钱跑到什么地方去,也是抓瞎。"

"郭小鹏的钱可不好弄。陈然给他设计了一套软件,收入、支出稍有差错,立刻就能发现。再加上他聪明过人,咱们哪是他的对手。"刘眉说罢,长长叹了口气。

"只要研究,总有缝隙。"杨春不服气。

刘眉刚想再说什么,手机响了。她打开接听,里边传出一个阴沉沉的声音:"明天不要外出,我要见你。"

杨春支棱着耳朵听。

刘眉关上手机后,脸色也变得阴沉起来。

杨春问:"林小强?"

刘眉点头:"他也想从郭小鹏那儿弄钱。"

杨春做了个劈斩动作,说道:"不行就把他干掉算了!"

"在海州,咱们已经杀了太多的人。再说,他肯定不止一个人。"刘眉摇头道。

"要不咱们先应付应付他。"杨春建议。

"你说得容易,怎么应付?"刘眉考虑问题显然比杨春全面些。

"他要的又不是现钱,咱们就给他开一张假的信汇,等他落实了,也好久过去了。"看来杨春也还是有几个歪点子的。

刘眉问:"上哪儿弄票据和印鉴啊?"

杨春拍拍胸口："这个我有办法。"

刘眉仍有些犹豫："能拖多长时间，也是个事。"

杨春琢磨了片刻，忽然灵机一动："他不是吸毒吗？"

"现在好像不吸了。"刘眉道。

杨春很有把握地说："我对这个在行，只要染上毒瘾的人，没一个能彻底戒掉。"

刘眉提醒他说："他可是在监狱里已经断了好几年。"

"古戏文里怎么说来着？"杨春闭上眼睛想了想，然后睁开眼道，"去山中贼易，去心中贼难。从身上戒毒容易，但心上戒毒就难了去了。只要他再弄上一口，我保证他再也丢不下。"

刘眉心有所动，眨眨眼问："有什么途径让他复吸？"

杨春又换成嬉皮笑脸的模样说："当年你是用什么办法，让他染上的？"

刘眉顿时不高兴了："去你的！"

"你放心，打死我也不会让你像以前那样去诱惑他。"杨春忙变得非常疼爱她的样子，然后很认真地说，"其实对有过吸毒史的瘾君子来说很简单，只要让他闻一闻味道，魂就没了。找点高纯度的毒品，放在他的烟里、酒里，一下子他就完蛋了。然后，我再把他弄到云南贵州那边干掉。在那些地方，死上个把白粉鬼，引不起人们的注意。"

04

郭小鹏、费经纬、陈然和林小亮一同走进制药厂中心控制室。

林小亮咋咋呼呼吩咐正在操作的员工:"你们先去休息!休息!"

员工们听话地鱼贯而出。

陈然在大型控制计算机前坐好,等待郭小鹏的指令。郭小鹏递给他一张磁盘,简捷地说道:"你根据它,修改一下工艺流程。"

陈然稳熟地将磁盘插入,飞快地启动,十个手指如同钢琴大师,轻轻点击着键盘。郭小鹏和费经纬走向外屋,林小亮则留在里面监督着。

控制室内,陈然已把程序输入完毕。他关机取出磁盘,林小亮伸出手说:"把磁盘给我。"陈然顺从地把磁盘交给他。

林小亮走向外屋。陈然偷偷瞄了外边一眼,长长地嘘出一口气来。

05

海州药业集团制药厂全面启动,进入了一年来最繁忙的时节。员工们虽然加班加点,累得头晕眼花,但他们心里却非常高兴,因为他们算了一下,按照公司允诺的奖金和加班费,这一个月就可以拿到全年的工资数额。

几乎每一天,郭小鹏都要亲临车间巡视进度。他心里非常清楚,这是项必须速战速决的工作,拖一天甚至一小时,都可能招致灭顶之灾。时间对他来说,已不仅仅是金钱,而是身家性命。眼看着他的追求和宏图大业即将成为现实,他的精神一直处于亢奋之中。

第十三章

深陷情网

最让她百思不得其解的是,这样一个学富五车、腰缠万贯的人,为什么会走上人所不齿的制毒贩毒之路。他本来应该是有着辉煌前程、有着非凡的事业的,为什么非要从灿若云霞的鲜花丛里跳进荆棘丛生的沼泽里呢?必须解开这个谜!哪怕是付出再大的代价,也要解开这个谜!

01

夜晚的商场似乎比白天还要热闹，这大概是因为那些上班族只有这会儿才有充裕的时间来光顾这儿吧。

刘眉身着简朴的服装，肩上挎着很普通的皮包，在三楼家电城流连，显得很平常，和那些工薪阶层的职员没什么区别。

刘眉转悠了半个多小时，东张西望，始终不见林小强的身影，便不觉有些焦躁起来。她犹豫迟疑着，暗忖是否离开。

悄悄观察刘眉半天的靳铁，觉得时机已经成熟，便慢慢靠上前去轻声道："请问，是刘总吗？"

刘眉盯着靳铁问："您是……"

靳铁赶快说："我是林总的朋友，他派我来取货。"

刘眉把脸扭向别处说："对不起，我不认识您，也不认识什么林总。"

靳铁拿出一个纸片说："这是林总的手谕。"

刘眉接过看了看，又还给他说："这是一笔大买卖，我必须见他本人。"

靳铁见到漂亮女人总喜欢套近乎："我是他的特命全权代表，代理他的一切事务。"

刘眉不理睬他。

滨海公园的夜晚安静、祥和，风吹柳摆。

汪静飞和费经纬坐在一条长石凳上。潮水微微拍动湖岸，悬挂在深邃幽蓝天幕上的月亮很大很圆，洒下柔柔的清辉，更增添了几分安宁神思的情调。

费经纬很艰涩地撑开双唇缓缓说道:"从有海州药业的那一天起,我就在这里工作。平心而论,郭小鹏在创业初期,还是奉公守法、兢兢业业的。但从前年起,我就发现有人在厂里加工冰毒。我也作过调查,发现是刘眉在指挥,也就没说。"

"为什么不制止呢?"汪静飞问。

"我是一个工程技术人员,不是警察。再说,我考虑到刘眉和郭小鹏的关系,投鼠忌器啊!"费经纬的脸像苦瓜般皱成一团。

汪静飞用沉默表示理解。

"另外,加工的量并不大,郭小鹏也完全可能不知道。"费经纬加重语气,"可这次不同。"

汪静飞凝聚起精神。

"首先,这次加工的数量,从原材料的量上估计,少说也能生产出一两吨冰毒。其次,他更改工艺流程、使用新配方,这一切都是当着我的面进行的。当然,这样大规模的生产,他也没法回避我,如果这时我还不说,主观和故意的犯罪要素就全具备了。"

汪静飞注视着他点点头说:"你做得很对。"

费经纬避开她的目光,苦涩地说:"你很可能看不起我,但我就是一个软弱的知识分子。我除去化工知识外,对其他的几乎一无所知。如果海州药业垮台了,我将衣食无着。"

汪静飞诚恳地说:"我完全能理解。"

费经纬的语调十分忧伤:"你能部分理解就不错了!我主持海州药业,已经有三年了。这三年,是我精力最充沛的三年,我把一切都贡献给它了。以后,我也不可能再有这样的机会了。"

02

与费经纬分手后的汪静飞,慢慢踱出公园,独自走上了铺满银辉的海滨大道。她试图清理一下在脑海里错综盘绕的思维。

从费经纬所谈的情况看,郭小鹏已经开始制毒。她痛恨的同时,更多的则是深深的惋惜。不能不承认,他是她有生以来遇到的最钟情的男子。他的学识、他的修养、他的豁达都曾给她留下了难以磨灭的印象。这种半是天使半是魔鬼的阴阳脸是她内心深处无法接受的,人的虚伪、狡诈乃至残暴和人的正直、善良以及儒雅是不应该组成一个整体的人的,每每想到这些,她便有一种恶心的感觉。最让她百思不得其解的是,这样一个学富五车、腰缠万贯的人,为什么会走上人所不齿的制毒贩毒之路。他本来应该是有着辉煌前程、有着非凡的事业的,为什么非要从灿若云霞的鲜花丛里跳进荆棘丛生的沼泽里呢?必须解开这个谜!哪怕是付出再大的代价,也要解开这个谜!

汪静飞渐渐走上了一条冷清、漆黑的岔路,陷入沉思中的她,根本没有丝毫察觉。

一辆丰田吉普突然从黑暗里冲出,在汪静飞面前吱的一声停住,打断了她的思绪。还没等她反应过来,几名大汉跳下车,架起她强行塞入汽车,然后高速向海滩方向驶去。

03

这是一个位置偏僻的小歌厅，仅有四个小包厢，一二楼之间的隔板看上去是临时搭的，人踩在上面直颤悠。

林小强、刘眉、杨春还有靳铁，四个人围坐在包厢里的茶几旁。

杨春举杯说："为了我们两方面军胜利会师，干上一杯！"

刘眉、靳铁都热烈响应，把杯中的酒一口喝干，唯独林小强只是沾了沾嘴唇。

刘眉说："我以前做了不少对不起林总的事，也希望林总把它们都忘了。咱们现在共同要对付的，就是郭小鹏一个人。"

"忘，我是忘不掉的。"林小强抹了把嘴，"共同对付郭小鹏还是可以的。"

"分久必合嘛！"靳铁打圆场，说罢与杨春碰了一杯。

刘眉从包中取出银行本票，显出很大度的样子递给林小强。林小强勉强挤出点笑意接过，他对着昏暗的灯光扫了一眼，但看不清楚，于是揣进兜里，站起来说："我去一下洗手间。"说着向靳铁使个眼色。

靳铁心领神会，明白他是让自己这个银行专家去鉴定一下，也紧跟着站起来说："我也正憋得难受。"

两人走后，杨春迅速将白粉倒进二人的杯中。"海洛因中的五号精品，王中之王！"他悄悄地对刘眉说。

刘眉端起他们的酒杯，用劲晃了晃。

吉普车在海边停住。汪静飞被林小亮等人带下汽车。她披散的长发在海风的吹拂下高高扬起,脸上透出坚毅的镇定,双唇紧闭,一言不发。段海两手插在裤兜里,斜靠在奔驰车上冷眼观察。

汪静飞独自向海边走去,皎洁的月光照在她的脸上,裙裾荡起的沙尘纷扬起金色的薄雾。她边走边紧张地思忖着:难道自己暴露了?有可能!高智商的郭小鹏对自己的举动不可能没有察觉。陈然、毕须,包括晚上与费经纬的会面。怎么办?以命相拼?不行!不到最后的关头,无论如何不能孤注一掷……

郭小鹏终于出现了。他瘦高的身影映在波光粼粼的海面上,铁锈色风衣被海风吹拂得翩翩起舞,帅气中透着几分阴森。

汪静飞迎着郭小鹏走去,在距他一米处停住脚步,质问道:"你为什么绑架我?"

郭小鹏以绝对自我的腔调说:"你可能知道,也可能不知道,我已经深深地爱上了你,深深地!"他把脸扭向波涌浪滚的海面,"但你的所作所为实在是太令我失望了!枝节问题,我就不费口舌了。我最不能容忍的是你与警察瓜田李下!"他的语调变冷,"我认为,你即便不是警方的卧底,也肯定不是我的同路人。综上所述——"说到这儿,他的冷血本性已经显露无遗,"你今天必须离开这个世界。如果你在这之前,能告诉我你的真实身份的话,那么你作为我最钟爱的女人,将永远活在我的心里。"

汪静飞并无丝毫畏惧,她将披散在腮边的头发撩向脑后说:"毫无疑问,你是一位风度翩翩、才华横溢的男士。坦白地说,我也确实动心过,但你的内心世界实在是太黑暗、太阴深!这实在是太让人遗憾了。"她向身后的众人一指,"用不着你动手,我马上就会离开海州，并且永远不再回来。至于你要剥夺我的生命，你还没有这个权利。如果使用武力，在我失去生命的同时，你的末日也就来临了。我不知你能否担得起杀人凶手的罪名！"她说罢扭身就走。

郭小鹏紧跨几步追上，死死拽住她。

就在这时，李新建驾驶的三菱吉普，闪烁着警灯，从拐弯处猛地冲出。它疾驰到最接近海水的地方，方才刹住。

三菱吉普尚未停稳，郭小鹏的手下就立刻将车团团围住。李新建手持警官证，从车上跃下，厉声说："警察，执行公务！"

众人纷纷倒退，没有人敢再阻拦。

李新建大步流星地来到汪静飞面前。郭小鹏见此，不得不松开手。李新建不屑地对郭小鹏说："你也不想想，你有与这样优秀的女性合作的资格吗？"说罢拉住汪静飞的手，旁若无人地向三菱吉普走去。

郭小鹏发着怔。李新建经过段海面前时，怒斥道："真是物以类聚，败类！"

段海完全无动于衷。

三菱车在浅水区里打了个弯，水花和流沙迸溅开来，溅满了郭小鹏的头上、脸上和风衣上，轰隆隆扬长而去。

郭小鹏满脸悲哀，任发梢上的泥水顺腮淌下，走向海边浅水区。他脚上的鞋子踩着水花，在月光下久久徘徊，眼睛中不知何时闪烁出晶莹的泪珠。

04

天刚放亮,陈然就坐到了书桌前。虽然一夜未眠,却丝毫没有萎靡之态。他根据一张纸上罗列的明细账,逐项检查:信用卡三张,身份证三个,现金五万。检查完毕后,他从抽屉里取出三张磁盘,放进皮包。然后又从皮包里取出一千多现金,散放在抽屉里。随后,他径直出门,连头都没有回一下。

同陈然一样彻夜未眠的还有一个人,他就是郭小鹏。此时,他也正坐在书桌前,盯着汪静飞的照片发呆。他昨天深夜回来后,又接到了刘眉的检举材料。刘眉说她雇了私家侦探,去北京和汪的老家进行了秘密调查,除印证了她曾在刑警学院上过两年学的事实外,还有了另外一个惊人的发现:汪的父亲是个警察,在侦办一个案子时殉职。

刘眉的检举虽然有感情报复的因素,但也不能完全否定她对海州药业尤其是对他的关心。想到这些,郭小鹏砰的一声把汪静飞的照片翻盖在桌上。就在这时,电话响了。他拿起接听,是林小亮。他汇报说,汪静飞订了上午八点整去香港的机票,现在已经去了机场。他看了看挂钟,时针正指向六点四十五分。他急忙挂断电话,来不及换衣服就跑向门外。

在郭小鹏坐上奔驰车、段海启动之时,汪静飞乘坐的出租车已经到了机场。当她下车进入候机厅自动玻璃门时,眼前似乎闪现出陈然的身影,她拖着航空箱急急地跟上去,想看个究竟,但转了几圈,也没发现他的踪迹。因为时间有限,她只好作罢,去窗口前办理手续。办完之后,她抬腕看表,已经是七点二十分。她不敢耽搁，匆匆走到机场安检口，递上机票和护照。突然，一只手拦截住了机票和护照。汪静飞吃了一惊，回头一看，是郭小鹏。

两人相对无言。片刻后，汪静飞不得不随着他退出安检队伍。

郭小鹏把机票递给段海说："你帮汪总把票退了。"说罢，主动挽起她的胳膊。她试图挣脱。他低声道："这是公众场合，我可不敢跟你吵架，即便你走，也总该让我饯饯行啊！"

汪静飞满脸无奈，只好任由他把自己拖出候机大楼，登上奔驰车，疾驰而去。

奔驰车在机场高速公路上平稳地行驶。因为段海去办理退票手续了，所以郭小鹏亲自开车。他手握方向盘，扭头问坐在后排的汪静飞："汪总为何不辞而别？"

汪静飞看着窗外，淡淡地说："经过昨晚的事情之后，我觉得你不应该提这个问题。"

郭小鹏轻描淡写地说道："感情纠纷是随时可能发生的，有时处理的方式未免激烈了一些，汪总还应该以事业为重。"

其实汪静飞在通过有关渠道将自己回港的信息透露给林小亮之后，她就一直期待着他的阻拦。当她坐上出租车时，心就在焦灼不安地悬着。在最后一刻，那只手终于伸了出来，她此时的心情应该说是轻松和激动的。

郭小鹏见她不说话，不得不作进一步的表示："爱情有时会让人失去理智，请你谅解。"

汪静飞故意不接这个茬，冷静地说："我已请示了戴主席，他同意我辞去在海州药业的职务。华龙集团公司董事局将另派代理接任。"

郭小鹏微笑着侧过脸说:"我刚才也和戴主席通过电话。戴主席收回成命,同意你继续留在海州履职。"

汪静飞再加一把火说:"你对我本人的极度不尊重,姑且不论,对华龙公司你也缺乏基本的信任和诚意。"

郭小鹏诧异地瞪大眼睛问:"这话从何说起?"

汪静飞乘势进入主题:"你们大规模地生产新药,而我作为集团公司的副董事长,还蒙在鼓里,华龙公司就更不知情了。我约见费总,他也是含糊其词,这严重地违背合作协议的精神和主旨。在这种情况下,我们如何能投放二期资金!"

郭小鹏沉吟了一下说:"咱们作一次推心置腹的长谈如何?"

汪静飞引而不发,没有回答。

郭小鹏又说道:"我提议会谈,那么地点就应该由你来定了。"

汪静飞还是不作声。

郭小鹏征询道:"去我的办公室?"

"去你家!"汪静飞突然开口说道。

郭小鹏满脸惊诧之色,嘴巴张着,半天没说出话来。

刘眉和杨春走进黄金海岸八号别墅。

厚厚的窗帘严丝合缝,遮挡住了外面的阳光。处在高度亢奋中的林小强,在阴暗的屋子里来回走着说:"我是海州的最高长官,这里的一切都是我的。我是市里的老大,省里的老大,你们都要听我的,哈哈哈……"他对站在面前的刘眉和杨春视而不见。

刘眉问靳铁:"他怎么变成了这样?"

靳铁萎靡不振地说:"前天晚上开始,他就一直闹。后来杨总怕在旅馆闹出事来，就搬到这儿来了。"

刘眉蹙起眉头问："为什么？"

"不知道。反正过上两三个小时，他就要药。"说到这儿，靳铁一反平素的矜持，低声下气地对杨春、刘眉说，"你们谁有药，给我一点儿。"

杨春把一个小纸包扔在地上，靳铁赶紧像狗见鲜肉一样地扑过去说："没有这东西，就像好多虫子从骨头里往外钻似的。你们说，我这是怎么了？"

刘眉觉得这场面很恶心，便对杨春说："我先走了。"

"我送送你。"杨春半搂住她的肩膀往外走。

他们出门时，林小强在后面高声说："你们走，为什么不请示、不汇报？我告诉你们，我第一个要惩办的人就是郭小鹏，要严惩不贷！"

刘眉不禁毛骨悚然。杨春紧紧搂了一下她的肩膀，出了门。刘眉出门后小声说："你估计得真准。"

0 5

舰桥半岛。郭小鹏别墅的客厅里，洒满了明媚的阳光，阔大的真皮沙发闪耀着金黄色的光泽。茶几上的茶杯里漂着数片碧绿的龙井，袅袅升起的热气缭绕在透明的光晕里。

汪静飞意识到这时候自己必须有些实质性的表示了，于是问道："你好像一直想知道我的真实身份？"

郭小鹏果然来了情绪，认真地点了点头。

"那我就完完全全地告诉你。"汪静飞显露出很坦诚的神情，"我的父亲是一位高级警官。他最后的职务，是公安部局级巡视员。父亲的样子很威武，学识也很渊博，他办过很多很多的案子，其中有几个还上了刑警学院的教材。我从小就立志当警察，父亲对女儿的影响毕竟是最大的。我认为，警察是最高尚的职业，把安全给了别人，把危险留给了自己。可上高中时，信仰开始动摇。要知道，我是学校最优秀的学生之一。经济贸易、金融、外交等许多风光的专业，都向我招手。就在我即将填报志愿时，发生了一件天翻地覆的事。"

郭小鹏揣测着问："老人家出事了？"

汪静飞点头时，已是热泪盈眶。

郭小鹏小心地问道："在哪里出的事？"

"在东南沿海的某个城市。"汪静飞取出手绢，擦擦眼泪，"那是一个走私极其猖獗的城市。他被派去一个月后，走私活动便形不成规模了。当然，这使许多人倾家荡产不说，还进了监狱。于是，他们下了毒手。"说到这儿，她的眼泪又一下子涌了出来。

郭小鹏连忙递过去一包纸巾。

汪静飞几乎已经泣不成声："犯罪分子把他放进一条麻袋里，沉入了海底。遗体好多天后才漂浮上来。他的模样已经不能辨认了，但累累伤痕却清晰可见。"

郭小鹏也不禁跟着神情黯然。

汪静飞擦去眼泪，平定一下情绪，接着说："于是我重新修改了志愿，报考了刑警学院，立志为父报仇。"

"那你后来为什么又弃警从商了呢?而且不愿提及上过刑警学院,说自己上的是北京商学院?"郭小鹏问罢,两眼紧盯着她。

"杀害父亲的凶手,在一年之内,便被捕、宣判,无一漏网。于是,我就失去了方向和动力。再加上我是一个不安分的学生,不太适宜过警察的准军事化生活,退学两年后,便到香港攻读工商学位去了。至于后边这个问题。"汪静飞沉思片刻,做下决心状,"我不想让别人知道我上过刑警学院,一是从事商业活动的人都好像对警察这个字眼有些忌讳;二是我不愿因此勾起痛苦的回忆,这些你应该能够理解。而北京商学院,我在从刑警学院退学后,的确在那儿上了它们的二年制速成班,是夜大的形式。否则,我怎么可能被香港中文大学录取读硕士呢?"

郭小鹏释然,又转移到另一个他非常关心也十分迫切想知道的话题:"你在刑警学院真的和李新建谈过恋爱?"

汪静飞没有像刚才那样顺顺当当回答,而是马上拒绝:"这是一个很私人的话题。"

郭小鹏执意要探个究竟:"但它对我很重要。"

汪静飞很无奈地随口道:"它已经成为历史了。"

郭小鹏仍不依不饶:"对此,我有不同看法。"

"准确地说,它将要完全成为历史。"汪静飞补充。

郭小鹏顿时轻松了许多,往沙发上一靠说:"你知道吗?听见这话,我有一个被判绝症的病人听说以前的诊断是误诊的感觉。它是什么?它是福音啊!"

06

沉沉夜幕罩住了黄金海岸八号别墅。起居室里，只亮着几盏昏黄的壁灯。林小强蜷曲着身体，窝在沙发里昏睡。

靳铁正在房间的角落里低声接听电话，从他的口气里能够听出，对方是他的姐姐。姐姐在电话里问他，林小强怎么样？他告诉她说林已经睡着。姐姐又问他银行本票呢。他说在他手里。姐姐嘱咐他说，快拿上它，到806国道港口站，她两个小时后从离海州最近的吴州过去。

靳铁打完电话，轻轻放下听筒，悄悄地走到林小强跟前。他稍稍用力推推，极度亢奋后的林小强陷入极度疲乏之中，根本就推不醒。

他悄悄地从林小强的衣袋里取出装银行本票的那个信封，然后小心翼翼地将其放进自己的贴身兜里。接着，他开始收拾自己简单的行李。就在他准备向外走的时候，林小强阴沉沉的声音从背后传来："鳌鱼脱却金钩去，摇头摆尾再不回！"

靳铁一下子呆住了，吓得魂飞魄散，半天不敢回头。

"你慢慢地转过身来。"林小强的声音如坟墓里的幽灵。

靳铁听话地转过身。只见躺在沙发上的林小强已坐起倚在沙发背上，正用黑洞洞的枪口对着他。他是一个从来没遇到过这样场面的人，不禁膝盖发软。

林小强突然提高音调，喝道："把银行本票给我扔过来！"

靳铁尽自己的力量，把信封扔过去。

林小强慢慢地站起，拿着一个枕头，走向他问："看我的情况不好，想溜之大吉是不是？"

靳铁老老实实地点头。

林小强把枕头抵在靳铁的腹部，隔着枕头开了一枪。在沉闷的枪声中，靳铁慢慢地倒下。

07

依山傍水兀立在丛林之中的西山别墅，落叶纷飞。夜色濡染的斑驳画面，更透出肃杀的萧瑟寒意。

郭小鹏和汪静飞进去的时候，郭母是穿戴整齐坐在沙发上的。但可以明显看出，她是在强打精神。

郭小鹏亲热地叫了声"妈"后，坐到母亲旁边的沙发上。汪静飞也叫了声"伯母"，准备坐到郭小鹏对面去。

郭母抖着嗓音叫了声"闺女"，然后拍拍自己坐的大沙发招呼说："来，这儿坐。"

汪静飞只好坐了过去。

"瞧这闺女，多俊啊！"郭母伸出手，象征性地抚摸了一下汪静飞的脸和头发。

汪静飞不好意思地笑了笑。

郭母软声细语地问："闺女今年多大啦？"

汪静飞答道："二十八。"

"结婚了没有？"

汪静飞摇头。

"该结婚了。我这个岁数，都生下小鹏了。"

郭小鹏埋怨道："妈！您是越来越离谱了。"

郭母待儿子离开后，用审视的目光看着汪静飞，问："闺女，你喜欢我们小鹏吗？"

汪静飞觉得这个问题很难回答，便笼统地道："很少有人会不喜欢董事长的。"

"我知道，小鹏身上有很多毛病。可要是喜欢一个人，就应该看不见这些毛病。"

汪静飞应付道："伯母说得对。"

"我在这个世界上，唯一放心不下的就是小鹏。他的心太大，胆也太大。可他什么也不跟我说，你是他身边的人，见他有不对的地方，要多劝劝他。"

汪静飞心里隐隐发痛，可又不能不有所表示，只好点了点头。

第十四章 死亡陷阱

郭小鹏见已经快到车库中心了,便说:"你应该好好再享受一下我送给你的毒品,那是我多年心血的结晶,也是你今生最后一次享用了。"

林小强忍受着一阵阵涌上来的奇痒问:"你这话是什么意思?"

郭小鹏突然转身,面目狰狞地对着他说:"因为你马上就要完蛋了!"

林小强咬着牙道:"要完蛋,也是你先完蛋!"说罢,他扣动扳机。

01

　　暮色渐浓，城市的灯光一盏盏亮起。

　　刘眉和杨春开着一辆破北京吉普进入黄金海岸别墅区，在八号楼门前停住。他们开门一进入门厅，就听到林小强在大叫："快给老子拿药来！"

　　刘眉抽动了一下鼻子，问杨春："哪来这么大的血腥味儿？"

　　杨春仍闷着头往里走，说道："我是个瞎鼻子，闻不着。"话音未落，他已看到靳铁倒伏在地上的躯体。

　　刘眉一声惊叫，赶紧躲到杨春的背后。

　　杨春扳过靳铁的头，发现他的眼还睁着，又伸手试试鼻息，说："完蛋了！"

　　林小强这时已摇摇晃晃走了过来，用散乱游离的眼光看着他们，抖着发青的嘴唇说："给我药……"

　　杨春站起来，从兜里掏出一个小纸包递过去。林小强哆嗦着手一把抢过去，立刻背过身去吸食起来。

　　刘眉厌恶地看着林小强说："人要到了这个份上，活着还有什么意思！"

　　已经恢复过来的林小强霍地坐起，问："郭小鹏在什么地方？"

　　刘眉坐到林小强身边，柔声道："郭小鹏就在家。他说要见见你，和你谈谈。"

　　林小强脖子一拧说："我不和他谈。我一见他的面，就立刻崩了他，然后到国外享福去。"

　　杨春心里发笑，又递给他一张银行本票："再给你一千万美金。"

林小强贪婪地把本票收起，嘴角流着涎水说："有了这笔钱，我更是谁也不害怕了。我一枪就崩了郭小鹏！"

杨春俯身在林小强耳边上说了几句，林小强立刻精神抖擞地站起来，率先出门去了。

02

林小强潜到别墅后面，准备用特制的工具消除电子报警装置，但突然发现后门是半开的，不禁愣了一下。他思索片刻，收起长嘴钳等工具，拔出手枪，猫腰进入黑洞洞的别墅。刚一进客厅，所有的灯突然都亮起来。他站在客厅中央，一时不知所措。

郭小鹏的声音通过扩音设备，从各个方向传来："欢迎林小强先生光临。"

小强挥舞着手枪，转着圈喊叫："姓郭的，你要是个男人，就给老子站出来！"

郭小鹏在扩音器中指示："你上二楼，在右侧第三个房间里，就能找到我。"

林小强观察了一下，沿着楼梯一侧，背靠墙壁，慢慢地登上二楼。

他一脚将门踹开，但不进去，平端着枪，扫视房间里。这是郭小鹏的卧室，中间有一张大床，四周空空荡荡。

"郭小鹏，你给老子出来！"林小强发着怒，声音却绵软无力地发着飘。

房间突然变得死一般寂静。接着，客厅的灯、楼梯的灯、过道的灯，鬼使神差地依次熄灭。

林小强浑身一哆嗦，被黑暗逼迫得进入卧室。到了床前，他仍然平端着枪，无目标地喊："郭小鹏，给老子出来！"

没有任何反馈。

房间里又归于死一般的寂静，灯光也随之关闭。

林小强又手忙脚乱起来，在黑暗中大声呼喊："郭小鹏，你这个胆小鬼！"

四周无声无息。

林小强停止了喊叫，不一会儿，卧室的灯亮了。

郭小鹏文质彬彬的声音又出现了："林小强先生，你现在该冷静下来了吧？"

林小强不知道向谁回答，身体原地转了一圈，端枪的手垂了下来。

郭小鹏指示说："你早就该这样了嘛。请到一楼客厅，我和你心平气和地谈谈。"

已被驯化的林小强，听话地走出卧室。灯光顿暗。就在他出卧室门的一刹那，所有的灯突然全都亮了。他本能地端起枪。这端枪的手随着一声划破空气的尖啸，被一根剑道用的藤剑，准确地击中。

林小强一声惨叫，手臂下垂。

郭小鹏不知何时已站到了他面前，阴沉沉地说："欢迎你的到来。"林小强不顾一切地扑上去。郭小鹏一闪，轻松地将其击倒在厚厚的地毯上。他爬起来后又扑过来，郭小鹏利索地再次把他击倒。林小强再度爬起来后，这次不再冲了，垂头丧气地倚靠在墙上喘粗气。

"现在，咱们可以平等地交谈了。"郭小鹏把藤剑倚在墙角，做了个"请"的手势。

0 3

李新建再次用望远镜观察海面后，看看夜光警表：已经是午夜一点。他对怀抱AK47的强民说："看样子，今天晚上是不会有情况了。"

突然，手机响了。是局值班室打来的电话。告诉他有人举报，林小强将在午夜左右，到汇通超市地下车库交接毒品。让他尽快赶到那儿处理，并在最后一再提醒他：逃犯随身携带手枪还有手榴弹，局长指示，一旦他反抗，就地击毙。

郭小鹏跷起二郎腿，点上一根大大的雪茄，往沙发背上一靠，一副居高临下的样子鄙视着林小强。

"怎么样？监狱里的味道不好受吧？"郭小鹏讥讽的口吻。

林小强显得越来越烦躁，诅咒道："总有一天，你也会进去的！多行不义，必自毙！"

郭小鹏哈哈大笑。林小强有些莫名其妙，紧张不安地挪了挪身子，眼睛直勾勾地看着他。郭小鹏猛地收住笑，脸上寒气逼人，质问道："你也配谈义和不义？"

林小强负隅顽抗反唇相讥道："你干的那些事，别人也不是不知道。"

"你说得对，我干的确实是不义的事、该进监狱的事。"郭小鹏悠悠地吐出一口烟,"但我不是你,我有头脑,我是不会进监狱的,永远不会!"

林小强显然是毒瘾发作,已经是坐立不安。他鼓起最后一丝力气说:"老……老天是有眼的!"

郭小鹏把茶几上一个精致的盒子往前推了推,以嘲弄的腔调道:"你是一级品毒专家,不想尝尝我研制出来的毒品?"

林小强出于残存的自尊,没有伸手,但眼睛里却恨不得伸出爪子来。

郭小鹏见时机已经成熟,便诱惑道:"现在有一船毒品,我送给你了。"

04

奔驰车缓缓开进汇通超市地下车库。郭小鹏手握方向盘,眼睛却不时瞧着窗外。他把车停在离入口处很近的地方,然后和林小强一起走下车。

郭小鹏打开手电,对林小强说:"你在前面走。"

林小强咧嘴一笑。"我没那么傻!"他挥动手枪说,"你要是打我黑枪怎么办?"

郭小鹏做无奈状,说道:"那好,我走前面。"

他说罢手持手电往里走,林小强跟在后边,深一脚浅一脚地走进车库。

这是一个有很长通道的地下车库,郭小鹏边走边问:"你弄到了毒品,上什么地方卖去?"

林小强生硬地说:"这是我的事,用不着你管!"

郭小鹏见已经快到车库中心了,便说:"你应该好好再享受一下我送给你的毒品,那是我多年心血的结晶,也是你今生最后一次享用了。"

林小强忍受着一阵阵涌上来的奇痒问:"你这话是什么意思?"

郭小鹏突然转身,面目狰狞地对着他说:"因为你马上就要完蛋了!"

林小强咬着牙说:"要完蛋,也是你先完蛋!"说罢扣动扳机。

"砰"的一声,枪声很响亮地在车库里回荡,但在他面前的郭小鹏安然无恙。

郭小鹏恶狠狠地啐了他一口,然后莞尔一笑,扭身就跑。林小强七窍生烟,在后面边追边开枪。

早已埋伏在这里的李新建生怕郭小鹏被打死,立刻通过步话机命令:"射击!尽量瞄准目标!"

一阵密集的枪声在车库里骤然大响,林小强痉挛着,弹跳着,片刻之后,双腿一蹬不动了。众警察包围过去,李新建接过一个刑警递过来的林小强的手枪。他打开弹仓,取出仅剩一发的子弹,在手里掂了掂,脱口骂道:"妈的,演戏用的开花弹!"

刑警们闻言面面相觑。

李新建左手提着冲锋枪,右手拿着林小强的手枪,走向站在不远处的郭小鹏。到了他面前之后,李新建举起手枪问:"这是你干的?"

郭小鹏脸上无丝毫表情,不置可否。

05

在地下室里,郭小鹏指着一排排仪器和装在瓶子里的结晶体,说:"我所生产的安非他命和类安非他命衍生物,和别的产品不同。它既不像海洛因那样有剧烈的副作用,也不像 LSD 那样浅薄、PCP 那样霸道。它是一种温和的、循序渐进的药品,集合了若干种流行药品的优点。我相信它将成为世界药品之主流。"

汪静飞很认真地观看、倾听。

郭小鹏已经陶醉其中。他拿起一个瓶子,像欣赏一幅名画一样地欣赏着。"为了它,我耗费了多年的心血,就像爱迪生一样,反反复复地做实验。"他转向汪静飞,"你要知道,每当我发明了一种新的药,又不能马上做人体试验时,我是多么痛苦!"

汪静飞忍耐住自己一阵阵袭来的恶心,问道:"你是怎么解决这个问题的?做动物试验?"

郭小鹏摇头:"所有迷幻类药物,都是作用于精神的,试验对象必须是人。"

"什么地方找这么些人去?"

"我通过各种渠道,给吸食者用,然后又艰苦地搜集数据,来改进药的化学结构。"郭小鹏放下瓶子,"锲而不舍,金石可镂!"

"普通干毒品买卖的人,一般都买卖流行药品,你这是何苦呢?"汪静飞似有不解地耸耸肩。

"要想成为世界级的人物,必须有创造。我的药品……"郭小鹏晃动手中刚刚拿起的试管说,"和流行药品最大的区别是,它并不使人完全丧失行为能力。市场是培养出来的,而培养一个用药者,是需要很大成本的。你想想,好不容易培养出一个,可没用几年你的产品，就完蛋了，你的市场还大得了？"

汪静飞尽量迅速地调整了自己的思维态势，力求与他合上拍，说道："看来你的发明，可能成为潮流。"

"不是可能，而是已经成了潮流！"郭小鹏郑重地更正。

汪静飞问："何以见得？"

郭小鹏说："否则G先生不会为了区区几千万美元的利润抽成，冒险来内地的。"

"G先生？"汪静飞先是惊讶，接着是不高兴，"你对我还留着不少秘密哩！能否告诉我他的岁数，也让我享受享受'自己人'的骄傲？"

"你其实真的是误会了我，对你我并没有任何的保留。"郭小鹏很遗憾也很真诚地双手一摊，"说老实话，我也没见过他，只有电子邮件往来。"

汪静飞很关心地提醒道："他不会是下套吧！"

"绝对不会！"郭小鹏很自信地双手合在一起，用劲搓了搓，"我已经对他的资信作过全面调查。"他伸手去关灯，"咱们还是到客厅去聊吧，你美丽的皮肤在这儿久了，会受到侵蚀，这是我最不愿看到的。"

汪静飞感激地嫣然一笑，随着他走出地下室。

客厅里的空气的确清爽多了，早晨的阳光显得特别纯净，透过巨大的落地窗，像一层透明的蝉翼，在墙壁上、沙发上、血红的地毯上，扑闪跳动。

郭小鹏将一杯速溶咖啡递给汪静飞，然后在她对面的沙发上坐下，侃侃而谈："日前你我在这个地方，达成了原则性的谅解。现在，和你谈谈具体细节。这些年来，我一直悄悄地往境外转移资金。

海州药业的资本构成比较复杂,有银行的钱,有集体的钱,也有一些法人单位的钱。内地不比香港,钱出去要经过好多部门的监管。"

"你是怎么逃过监管的?"汪静飞随口问道。

"这些都是技术细节,不重要。"郭小鹏显出小事一桩、不在话下的神态,"关键是,海州药业现在已经是个空架子了。"

"外表上看去,还是蛮红火的嘛。"汪静飞做出诧异的样子。

郭小鹏拍拍膝盖说:"正所谓'百足之虫,死而不僵'。这笔买卖的资金再一走,它连两个月也支撑不了。"

汪静飞不觉心头一沉,意识到问题的严重,但表情上却丝毫未露:"你的意思是你将与货一起出去?"

郭小鹏意味深长地说:"我充分地考虑到了你的利益。到了海外之后,公司一成立,我就给你百分之十的股份。"

汪静飞以认真严肃的口吻说:"这百分之十的股份相当于多少美元?"

"起码有一千万美元。"

汪静飞愕然地睁大眼睛,像是在故意克制自己心情的激动:"确实是一个比较有诱惑力的数字。"

郭小鹏对她的表情观察得非常细,把每一点小小的变化都捕捉在眼里。他此刻已毫无疑问地感觉到,心爱的人已站到了他的船上。于是说道:"你从现在起,就可以全面介入公司的活动了。"

汪静飞心中一阵狂喜,平静地问:"什么活动?"

"今天下午,你和我一起去深圳,参加一个高级会晤。"

"和谁?"

郭小鹏很神秘地往汪静飞面前探了探身子说:"到时候你就知道了。"

第十五章 神秘大佬

郭小鹏正在紧张地思考 G 为什么要回避汪静飞，自己是否要向他充分地解释一下时，猛抬头发现 G 已站在他面前。他惊诧地问："你是……"

G 皮笑肉不笑地说："你这次听不出我这个北京人来了？"他重复唯一一次与郭小鹏通话时的腔调，"全世界对我感兴趣的人很多。"

郭小鹏恍然大悟："你才是 G 先生？"

01

汪静飞从郭小鹏的别墅出来后,匆匆往海州大厦赶。

当她快步进入大厦大厅时,手机响了。她取出手机看了看来电显示,不禁大吃一惊,继而有些微的激动——是李新建。

"见一面好吗?"

"不行,我马上要出差。"

"我就是想和你说两句话。"李新建几乎是在恳求了。

汪静飞心一软问:"你在哪儿?"

李新建兴奋的声音:"你们大厦的小花园。出门右拐,你就看见我了。"

几乎就在汪静飞接听电话的同时,一辆出租车停在广场上,杨春从车上走下。他上身穿着脏兮兮的西服,下边套着一个磨得露出白线的牛仔裤,头上卡着顶鸭舌帽,脸上粘着刺猬般奓开的大胡子。他走进大厦时,汪静飞正急匆匆往外走。也许是他的化装术高明,也许是汪静飞满心思都是约会,从他面前走过时,竟没认出来他。

汪静飞出大厦门,右拐进入花园。杨春瞧得真切,小跑着上了二楼,进入二楼正对着小花园的厕所里。

李新建和汪静飞并排坐在一个长椅上,脚边是几只觅食的鸽子。

李新建轻声说:"我差不多知道一切了。"

汪静飞瞥了他一眼,不置可否。

李新建用力拥抱着她,双眼微潮,喉咙发涩,他能深深体会到在魔巢里周旋是什么滋味,那种痛苦和无奈、孤独和摧残是常人所无法承受的。

此时在二楼厕所的一扇窗户后,杨春正用远距离窃听器听两人的谈话,并不时用长变焦相机拍照。

0 2

刘眉走进别墅时,郭小鹏正在收拾东西。

刘眉问道:"出差?"

郭小鹏不想跟她说话,只是很随便地点了点头。

"睡衣带了没?"刘眉很关心的样子问。

他好像没有听见,仍然收拾着行李。

"我知道我是个不受欢迎的人。"她从包中取出录音带和照片,"你自己看看听听吧!"

他讽刺说:"这回换了个配音高手?"

她心里一阵发疼,恨不得剖开自己的胸口,让他看看,恳切的声音里透着凄凉:"小鹏,我这辈子不会做任何害你的事,那个姓汪的确实不可靠呀!"

郭小鹏直起腰,看了她一眼说:"女人的嫉妒心真是把锋利的刀子,能杀人啊!"

03

深圳机场。郭小鹏和汪静飞在亮如白昼的灯光照耀下,提着简单的行李步出安全通道。郭小鹏边走边对身旁的汪静飞说:"一离开海州,我就浑身轻松。"汪静飞故意问他为什么。郭小鹏笑笑说觉得没了责任,也没了压力。

走出机场出口,城市特有的喧哗和躁动便扑面而来。上了出租车后,汪静飞问他去哪儿吃饭。郭小鹏乐了,对出租车司机吩咐道:"去西郊,野园菜馆。"

一个跟踪在他们后面的中年男子,看着出租车尾灯消失在夜色中,忙对着手提电话说:"他们已来了。但没住市里,往郊区去了。"

04

杨春从床上爬起,穿上衣服,对刘眉说:"我得走了。"

刘眉伸了伸懒腰说:"这些日子一直风平浪静。在这儿待一晚上,我看没什么要紧的。"

杨春边系领带边说:"咱们这些人,都是在刀尖上过日子,一不小心,你我就得下辈子见了。"

他的话音未落,门铃突然响了。刘眉打开监视器,屏幕中赫然出现李新建的图像。她顿时慌了,低声问杨春:"怎么办?"

杨春急转身奔到落地窗前,悄悄拉开窗子,纵身跃了出去。

刘眉打开门，强民率领刑警一拥而上，在刘眉的抗议声中，给她戴上了手铐。

清晨，郭小鹏早早地就喊醒了汪静飞。草草吃罢早餐，就按照约定时间，赶到了伊丽莎白酒店。

他们在约定的房间里等，不知不觉一个多小时过去了。只有一个随从模样的人陪着他们。郭小鹏终于不耐烦了，对随从说："如果再过十分钟 G 先生不出面，我就认为你们缺乏谈判的诚意。"

随从连忙站起身，匆匆走了出去。

汪静飞有些不放心地说："G 先生会不会在耍弄咱们？"

郭小鹏想了想说："应该不会。这桩买卖从开始谈意向到现在，历时一年有余。要是耍弄，成本也太高了些。"

随从很快回来了，他不带任何表情地说："接到 G 先生的通知，谈判改地点了。"

郭小鹏诧异地盯着他问："改在什么地方？"

随从仍然是干巴巴的样子："请你们跟我走。"

郭小鹏的脾气上来了："如果不说出具体地点，我就不去！"

随从说道："会谈地点在广州。"

他们一行三人走出酒店。出了门后，郭小鹏欲开自己租来的车。随从客气地说："请坐我们的车。"

车子很快就驶出了深圳市区，郭小鹏看着窗外飞速掠过的风景，察觉有些不对劲，抬头看了看前方的路标，疑疑惑惑地说："这是去珠海方向吧？"

随从握着方向盘，没有回头，只是轻声道："是去珠海。"

05

海边的小渔村显得安详宁静。G 背着手和师爷在海边散步。他一身中式打扮，穿绸对襟褂子、圆口布鞋，感慨道："这风光多自然！"

师爷点点头说："就是简陋了点。"

"这里连抽水马桶都有，还能叫简陋？记得我在东北建设兵团的时候，厕所是露天的。一点不夸张地说，撒出的尿还没有到地上，就已经成冰了。"

师爷赶紧点头。

"1969 年，我到了金三角，参加了游击队，每天都是风餐露宿。野营已自无篷帐，大树遮身待天明。一个礼拜能有一个好觉睡，就谢天谢地了。"

师爷连忙迎合说："您能完成大业，和您的经历绝对有关系。"

G 用嘲弄的眼光看着师爷问："我的事业大吗？"

师爷点点头："和坤沙的差不多。"

G 不屑地说："中国有句老话，取法于中，仅得其下。工作上要向高标准看齐，生活上则要向低标准看齐。"

师爷发怔，显然不是很懂。G 拍拍他的肩膀说："这些你一时是搞不懂的，不过不要紧，慢慢就懂了。实践出真知嘛！"

远处公路上，一辆黑色轿车疾驰而来。

师爷说："咱们的客人来了。"

"回去迎接！" G 抬起腿，用手指掸了掸布圆口鞋。

这是一个干净宽阔的农村院落。在一间客厅中，摆放着一张仿古的八仙桌。桌的一侧，郭小鹏坐在正座，汪静飞副之。另一侧则是师爷为正，一随员副之。郭小鹏打开手提电脑，拉足谈判的架势。师爷则是小口抿茶。

沉默了片刻之后，师爷开口，俨然老气横秋的口吻："请问郭先生是何方人氏？"

郭小鹏显然是不耐烦这种寒暄，敷衍之意溢于言表："海州，G先生是什么地方人？"

冒充G先生的师爷缓缓地说："父亲是中国人，母亲是缅甸人。在边境线附近长大。今天在这边，明天在那边。所以说不准是什么地方人。"

郭小鹏忍不住敲击了一下键盘说："咱们言归正传吧！"

"你们中国不是有句老话，叫作心急吃不了热豆腐吗？先聊一聊。"师爷说着转向汪静飞，"请问汪总是何方人氏？"

汪静飞微微一笑："我在上海出生，父亲是山东人，母亲是浙江人，后来在北京、香港读书，所以也说不确切。"

郭小鹏实在是不耐烦了，自动开门见山问："你们一共要多少药？在什么地方交货？用什么方式付款？"

师爷显然在回避这些问题："咱们先用个便饭，边吃边谈如何？"

郭小鹏已经看出对方的用意，当即提出警告："我不敢说是日理万机，但海州药业也需要人管理。你们单方面更换会谈地点，已经耽误了我一天的时间。如果要继续拖延，我只好认为你们缺乏谈判的诚意了。"

师爷显然没料到郭小鹏会如此盛气凌人,一时语塞。

在隔壁房间里,G仰靠在一张躺椅上,闭着眼睛沉思。对面茶几上的一台监视器画面上正放着郭、汪的影像。

师爷放轻脚步,走到G面前。

G微微睁开眼睛问:"感觉怎么样!"

师爷狡猾地应答道:"您看呢?"

G重又闭上眼睛说:"这个姓汪的好像急于知道一些什么,谈吐也超过一个副手应有的范围和分量。"

师爷不说话,只是静静地听着。

"情报说,郭小鹏是一个很爱面子的人,汪静飞和他有非同寻常的关系,而汪又有从警经历……"G挥挥手,"先把汪静飞弄走,相机处置。"

06

市公安局局长室里,李新建在向张啸华汇报审讯刘眉的情况:"刘眉对暗杀杨秋、吕安、卢辉供认不讳,也承认从铁孜处购买过麻黄素,但对有关郭小鹏的问题,却一个字也不交代。"

张啸华问:"一个幕后人物都没说?"

"她被问急了,就说是汪静飞。"李新建苦笑。

张啸华指示道:"对刘眉的审讯不能放松。同时,尽可能地搜集她的犯罪证据,彻底断绝她侥幸的希望,然后争取有所突破!"

07

夜深沉。下午郭小鹏和师爷就前期问题初步进行了磋商，约定夜里继续谈实质问题。他和汪静飞坐在客厅里静静等待。

不一会儿，师爷走了进来，他对汪静飞说："不好意思，我想和郭董事长单独谈几句话。"

汪静飞立刻起身，郭小鹏当即表示反对："她和我是一个人。"

师爷面露轻松的笑容："中国有句俗话，客随主便。郭董事长总听说过吧！"

郭小鹏恼怒地说："你到底是哪国人？从哪儿来的这么多中国俗话？"

汪静飞和颜悦色劝住郭小鹏，说了声"没关系"后，就走了出去。

师爷也跟了出去，他冲院门对汪静飞做了个"请"的手势。二人向院门走去。

他们刚一走出小院，拐进大院，突然从门后跳出两个彪形大汉，将汪静飞拿住。一个大汉把事先准备好的浸满迷药的毛巾塞进她嘴里。

师爷向一间小房子一指，两个大汉立刻将已经失去知觉的汪静飞夹进小屋子。一切都十分快速而无声无息。

师爷反身回到郭小鹏所在的院子，对站立在月光下的 G 说："处理完毕。"

G 点点头，慢慢移动脚步，走进屋去。

郭小鹏正在紧张地思考 G 为什么要回避汪静飞，自己是否要向他充分地解释一下时,猛抬头发现 G 已站在他面前。他惊诧地问:"你是……"

G 皮笑肉不笑地说:"你这次听不出我这个北京人来了?"他重复唯一一次与郭小鹏通话时的腔调,"全世界对我感兴趣的人很多。"

郭小鹏恍然大悟:"你才是 G 先生?"

G 微笑点头。

第十六章 化险为夷

郭母不知是受了刺激还是儿子归来情绪激动,她突然心慌意乱起来,手也开始哆嗦。郭小鹏显然也感觉到了,急忙起身把一个精致的小盒递给母亲。郭母吞下一个白色药丸之后,很快就恢复了平静。郭小鹏此刻如万箭穿心,默默地念叨着:"妈,妈呀!这个社会对您太不公平!堕落的人类对您太不公平!我要毁了它,彻底毁了它……"

01

浓浓的夜色浸泡着寂静的渔村，悬吊在空中的几颗星星疲惫地躲在薄薄的云层里时隐时现，忽大忽小的海风吹拂着院子里的一棵大榕树。

郭小鹏看了一下手表问："汪总呢，叫她一起聊？"

"她是警方的卧底。更准确地说，她可能是警方的卧底，所以我已经把她给处理了。"G很平静地回答道。

郭小鹏如雷击顶，顿时惊呆了。他的脑子里一片空白，下意识地反问："处理？什么意思？"

G缓缓站起后说："这好像是世界通用的词汇。"

郭小鹏血往上冲，霍地站起，一步一步地逼向G，两眼冒火。

G并不后退，挺了挺胸说："我警告你，如果再往前走的话，会发生很不愉快的事！"说罢，他眼睛环顾四周。

郭小鹏顺着他的目光看去，至少有三支冲锋枪对着他。他停住脚步，愤怒地质问G："你千里迢迢把我请来，就是为了干这个？"

"当然不是。"G重新坐下来说，"当时我们并不知道汪静飞是警察。"

郭小鹏竭力压住心中的火气，沉声说道："过去你还是红卫兵呢，后来不也成了毒品头子？她以前上过警察院校，我也知道，但这并不说明什么！"

G点上烟斗，抽着说："你说得也许对，也许不对，问题是我冒不起这个险。"

郭小鹏此时心乱如麻，不得不抛出撒手锏："你到底还想不想和我做交易了？"

G认真地回答："当然。"

"价格我可以每公斤再降低五千美元，你把人还我！"

G不以为然地说："生意是生意，警察是警察。其实这也关系到你的安全，千万不能混为一谈。"

"我从来不会把别的和生意混在一起。"郭小鹏口气坚决地说，"但汪静飞是例外！"

G劝说道："要想成为大人物，是不能'情'字当先的。"

郭小鹏冷冷地说："反正你不把汪静飞交还给我，你的生意就做不成了！"

G耸耸肩，做无所谓状说："生意通常不是双赢，就是双输，咱们的交易更是如此。在我赚不到钱的同时，你也赚不到钱。"

郭小鹏无计可施了，一时拿不出任何行之有效的办法。情急之下，他只有问："你到底把她怎么了？"

G将烟斗从嘴里抽出，晃了晃说："我从来不过问具体细节，决策者必须超脱。我考虑到汪静飞和你的关系，叮嘱他们，让她走得痛快些。"

02

在 G 走进囚禁汪静飞的小屋之前,已经有人给她去掉了手铐和嘴里的毛巾。她揉搓着麻木的手腕,猜测着他们要对自己怎么样:枪决?活埋?抑或是沉入大海?

就在这时,G 走了进来,笑眯眯地站在她面前说:"委屈汪女士了。"

汪静飞心中暗暗松了口气,整理一下衣襟后说:"没关系。"

G 的目光突变,逼向她:"你当过警察?"

汪静飞怕 G 在盘问的过程中,自己有什么疏漏,用很生气的语气说:"当过怎么样?没当过又怎么样?警察仅仅是一种职业!"

G 继续审视汪静飞说:"金三角以外的集团,不少是让卧底的警察毁掉的。"

汪静飞微微一笑:"这个说江山是让女人毁掉的,那个说是让奸臣毁掉的,其实都是让自己毁掉的。要是没本事识别,就不要当这个家。"G 收回审视的目光,扭身出屋。

他一出去,师爷就走了进来,说:"汪女士可以回房休息了,洗澡水已经准备好。"

03

贾斯冬在林小亮的引领下，进入客厅。

正在读书的郭小鹏立刻起立迎接、让座，然后关心地问："我听说贾夫人贵体欠佳？"

贾斯冬沉重地说："病理检查结果出来了，必须要换肾。"

郭小鹏略有些惊讶地"噢"了一声。

贾斯冬声音里透着一丝希望地抖着说："换肾需要一大笔钱，林总说您可以借给我。"

郭小鹏点点头。

贾斯冬很感激地说："我没有任何东西可以抵押给您。但我可以负责任地说，不管遇到什么情况，今后我一定每个月还给您一千块钱。"

郭小鹏微微一笑："像您这级别的干部，月收入也就千把块吧？"

贾斯冬有些难为情地摇摇头说："还不到。我女儿准备出去打工，我儿子也快要毕业了。"

郭小鹏道："除掉日用，一个月还我一千，你要二十年才能还清。"

"对。"贾斯冬肯定地回答。

郭小鹏提高声调："说句实在话，我把钱借给你，就没打算让你还。"

贾斯冬惊愕，睁大眼睛看着他，不敢相信自己的耳朵。

"这个账很明白，你怎么能还得起呢？至少目前是这样。严格地说，这是你一辈子收入的总和。"郭小鹏和颜悦色地说着一个很冷酷的话题。

贾斯冬感动得不知如何是好，有些手足无措地说："董事长，我该怎么报答您呀？你们要是看守所有事，尽管吩咐。只要在我的能力范围之内，我一定办！"

04

杨春开着破北京吉普在市郊转悠，从一个饭店转到又一个饭店。

突然，他眼前一亮，在前方不远处的小饭馆门前停着一辆崭新的桑塔纳警车。他一轰油门，高速开进小饭店门前的停车位，故意剐了警车一下。随后，他跳下车，大摇大摆地进入饭店，高声喊道："外面的警车是哪个孙子的？"

坐在餐桌旁吃饭的两名年轻警察，看了他一眼，咕哝了一句："神经病！"又继续吃饭。

杨春晃晃悠悠地走到饭桌边，质问两位警察："是你们的车吧？"

"是又怎么样？"

杨春两手一叉腰蛮横地说："让老子把灯给撞碎了！"

警察什么时候受过这么大的气，霍地站起来怒道："你再说一遍！"

杨春一把抓住其中一个警察的脖领子，"老子不光要说，还要给你们两个带把的肉饼子尝尝！"说着扬起了巴掌。

三人各展功夫，围着饭桌打作一团。杨春双拳难敌四手，渐渐处于劣势。他情急之中，顺手抄起邻桌的酒瓶，在混战中把身体稍弱的那个警察的脑袋开了一个血口子。就在这时，门外响起了"呜哇呜哇"的警笛声。原来饭店老板打了110，一群警察冲了进来。为首的一个大块头警察举枪喝道："不许动！"

两个警察停止了打斗。杨春乘机抡起板凳，把已无防备的一个警察打倒在地。大个子警察吼道："没有王法了！给我铐起来！"

杨春被铐后，仍然不服地直蹬腿。

夜幕降临时分，郭小鹏开着奔驰车到了西山别墅。

他进了别墅，就像一只疲惫不堪的小猫，依偎在母亲身边。

郭母心中清楚，儿子这些天肯定有什么重要的事情，不然不会不来看她。她充满慈爱和怜惜地轻轻抚摩儿子的肩膀。待儿子全身放松之后，才轻声问道："我听说林小强死在海州市了？"

郭小鹏惊了一下，抬起脸问："您怎么会知道？"

"是他爸爸在电话里说的。"

郭母不知是受了刺激还是儿子归来情绪激动，她突然心慌意乱起来，手也开始哆嗦。

郭小鹏显然也感觉到了，急忙起身，把一个精致的小盒递给母亲。郭母吞下一个白色药丸之后，很快就恢复了平静。郭小鹏此刻如万箭穿心，默默地念叨着："妈！妈呀！这个社会对您太不公平！堕落的人类对您太不公平！我要毁了它！彻底毁了它……"

第十七章 匪夷所思

刘眉终于缓慢地转过身来。她脚镣拖地,手铐锁住双腕。面色在一缕阳光的照射下,显得浮肿、铁青,头发枯黄,让人不忍目睹。她步履蹒跚地在小小的囚室中移动。

杨春顿时肝肠寸断,脸上的肌肉痛苦地抽搐着,泪水哗哗地直往外涌。他张开了颤抖的嘴巴,想号上几嗓子,让刘眉听见,让她知道有人在疼她、爱她、想着她;让她挺住别倒下去,耐心地等待着他来救她……

01

杨春所在的号房是在二楼阴面，号房里一共有五个人。杨春的大名自然是威震海州，黑道上更是无人不晓。从他的铺位、做派都可以看出，他在这个号房里有着至高无上的地位。

在杨春没进来之前，林小亮秉承郭小鹏的旨意，交代他进来之后，耐心等待，千万不可轻举妄动，到时候自然会有人安排。可他等了几天，仍未见有什么动静，心里便发急了。刘眉已到了命悬一线的关头，这样无所事事地等下去，黄花菜都凉了。等她上了刑场，再动也就晚了。心急如焚的他，没工夫磨下去，便不顾林小亮的提示，自己开始了行动。

外号"黑猫"的嫌疑人这时走进了号房，他是去领亲属送的生活用品和吃的东西。进来后，他就恭恭敬敬地把一盒食品递给杨春。杨春看也不看，问道："我让你打听刘眉在哪个号房，有结果了吗？"

黑猫眼皮一耷拉，嗫嚅说："没……没有。"

杨春勃然大怒："你他妈的不是说你有关系吗？"

黑猫的声音更低了："我的关系说，有关刘眉的一切，都被刑警支队的人垄断着，他们根本接触不上。"

杨春把怒火都积聚在眼睛中，逼视着黑猫说："要是谁都能知道，老子用你干什么？"

这时旁边三个看热闹的嫌疑人都虎视眈眈地围了过来。黑猫的腿不由自主地软了下来，最终跪在地上。

杨春摆手阻止了几个乘人之危、狐假虎威的号友，使劲晃悠铁栅门,大声喊叫:"我是美国人!我是美国人!"

02

吃过午饭的看守所,在热闹了一阵后又复归于宁静。

贾斯冬走到杨春所在的号房前,命令看守员开门。

看守员问他:"提审?"

贾斯冬没理睬他,命令杨春道:"带着你的东西,跟我来。"

杨春似乎从贾斯冬的眼神里察觉到了什么,乖乖地拎个小包,走了出来。

贾斯冬对锁门的看守员说:"上边有话,这小子身份特殊。从外国滚回来的驴粪蛋子外面都有层光,把他单独关起来也好,咱们省心。"

杨春紧紧跟在贾斯冬身后,穿越院子,进入另一警戒区,沿走廊上楼。贾斯冬在三楼一号房前停步,命令当班的警察:"把门打开。"

杨春进去后,铁门哐当一声关上了。这是一间单人号房,他如同刚关进笼子的豹子一样,来回走动、张望。最后,他终于发现了囚禁刘眉的死囚室。此囚室在一楼,与他所在的号房铁门正好相对,空中距离不足九米。他不禁脱口说道:"神了!"

阳光从铁栅门上斜斜地照进来。杨春隐隐约约看到了刘眉的背影,于是拼命地将脸贴在铁栅之间的空格里,凝视着。

刘眉终于缓慢地转过身来。她脚镣拖地,手铐锁住双腕。面色在一缕阳光的照射下,显得浮肿、铁青,头发枯黄,让人不忍目睹。

她步履蹒跚地在小小的囚室中移动。

杨春顿时肝肠寸断,脸上的肌肉痛苦地抽搐着,泪水哗哗地直往外涌。他张开了颤抖的嘴巴,想号上几嗓子,让刘眉听见,让她知道有人在疼她爱她想着她,让她挺住别倒下去,耐心地等待着他来救她……可是杨春终究没敢喊出声来。

海州药业集团总部大楼静静矗立在冬日的阳光下。郭小鹏坐在董事长室里处理着连日来堆积如山的公文。刘眉在的时候他没感觉到,这一被关进去,他才体会到她的重要,对她平常的辛苦和操劳有了深切的认知。

韩李法夹着公文包走了进来。他走到写字台前,躬身将一个纸文件夹递给郭小鹏:"今天上午庭审基本结束了,这是全部卷宗。"

郭小鹏边打开文件夹边问:"作为一个专业人士,你估计她会被判什么刑?"

"死刑。"韩李法毫不迟疑地回答。

郭小鹏又问:"有没有缓期的可能?"

"她有三条人命,自己又供认不讳,外加上金市长'从重从快'的批示,估计可能性不大。"韩李法据实禀报。

"能不能找些上诉的素材?"郭小鹏顿了顿,又补充说,"我的意思是能推迟判决的素材。"

韩李法心有灵犀,马上领会了郭小鹏的意思,说道:"这我可以想想办法,但只能打打擦边球。"

0 3

看守所单身号房里,杨春从一个纸盒子里取出十几支一次性注射器和与之配套的带有温度计的纸杯,然后拎起塑料暖壶,将开水倒进杯中,轻轻摇晃,两眼一眨不眨地看着温度计。

他不能不佩服郭小鹏的绝妙计策,难怪威震海州的杨氏兄弟会败在他的手里。

他完成了操作程序,提上裤子,开始观察死囚室。只见刘眉睁着茫然无神的眼睛,正呆呆地盯着网状顶棚发愣。

机会来了。杨春迅速用棉纱将注射器包裹好,从上衣兜里取出一张纸条,包在棉纱外,瞄准刘眉的号房扔出去。纸团在死囚室的网状隔层上滚动了几下,掉了下去。刘眉显然有些吃惊,但她马上就弯腰拾起,展开纸团阅看,脸上渐渐露出激动的神情。她抬起脸朝上边看了看,便以极快的速度褪下裤子,露出雪一般白的臀部。

0 4

看守所的夜晚是最难熬的。对号子里的嫌犯来说,白天总还能看到蓝天白云或是绿树小鸟,听到外面世界的喧闹。可一到了晚上,就跟丢进下水道的老鼠没什么区别,压抑寂静得感觉不到任何生命的迹象。

但这里夜晚的灯光特别亮,是一种惨白的亮。这时,一名看守警察在前,贾斯冬在后,巡查到死囚室上面。

刘眉正眼巴巴地看着头顶的隔网,见巡逻的警察过来了,连忙低下头,做假寐状。

前边的警察过去了,贾斯冬慢腾腾地在后边走。突然,一白色团状物凌空飞下,在死囚室网状顶上滚动。贾斯冬显然已经看到了,快步上前。

杨春在投击东西之前,并没料到警察会突然出现。这时他和刘眉都不由得紧张万分,胆战心惊地注视着贾斯冬。

贾斯冬用脚踢了一下团状物,被卡住的东西掉到刘眉的身边。杨春和刘眉都不由得长长地出了口气。

贾斯冬狠狠朝楼上扫了一眼。他边不知嘴中咕哝着什么,边赶上前面的警察。

05

看守所的死囚室里,刘眉扶着墙一阵干呕。她竭力平定喘息后,面露喜色。从昨天开始,她就有了强烈的反应,呕吐不止,一阵阵恶心。显而易见,她的目的终于实现了。

这时,一位女中年看守员打开门,将午餐送进。

刘眉直起腰,满脸堆笑地对她说:"请你通知你们领导,我要见我的律师。"

女看守有些奇怪地问道:"庭已经开过了,你的判决这几天就要下来了,还见什么律师?"

刘眉很认真地说:"我有非常重要的情况交代。"

女看守勉强地答道:"好吧。"

下午三点半,刘眉戴着脚镣手铐走进了律师会见室。韩李法连忙站起来,请她坐。

刘眉粲然一笑,轻轻坐在了椅子上。

韩李法小心地问:"刘总找我,有什么事吩咐?"

刘眉见韩李法恭恭敬敬的样子,心中颇有些自得。再加上终于可以逃脱挨枪子的下场了,多少天来,第一次有了舒畅的感觉。她严肃地对韩李法说:"请你立即通知法院,我已经怀孕。"

韩李法如同在坟墓看到僵尸睁开了眼,立刻变得目瞪口呆:"这不可能。刘总不是在跟我开玩笑吧?"

刘眉一反平素的文雅,恶毒地说:"韩李法,你给海州药业当律师,也不是一年两年了。应该知道我的性格,我什么时候开过玩笑?"

韩李法耐心地劝导她:"怀孕的妇女是不能被判死刑的,但这是没法装的,一做鉴定,就真相大白了。"

"我要的就是给我做医学鉴定。"说完,她站起来,"请你马上通知有关部门!"

李新建和强民得到消息后,第一时间向张啸华汇报,他惊讶地瞪着眼睛说:"这怎么可能?"

强民冷笑说:"我看这是她在做最后的垂死挣扎!"

李新建却是忧心忡忡的样子:"据看守所的同志说,刘眉的头脑冷静,言语清晰,不像是在无理取闹。"

张啸华皱着眉,在办公室里转着圈子。他走到办公桌边,重重地敲了敲说:"这件事必须重视起来!"

李新建以征询的口气请示道:"是不是先让她去公安医院做个鉴定?"

"可以,也只能这样。"张啸华停住脚步说,"等鉴定结果出来了再决定下一步的动作。你们抓紧时间去办吧!"

在公安医院,鉴定很快就结束了。李新建和强民走进妇产科主任医师的办公室,主任医师把刘眉的体检报告递给李新建,轻声说道:"她的确怀孕了,已经妊娠近一个月了。"

强民的眼睛瞪得有鸡蛋大,说道:"不会弄错吧!"

主任医师以不容置疑的口吻说:"绝对不会,错了我负法律责任。"

第十八章 雷霆出击

郭小鹏拉起汪静飞急声道:"快跑!"

汪静飞从口袋里掏出手枪,对准郭小鹏,平心静气地说:"郭董事长,请不要动!"

这次,郭小鹏真是呆若木鸡了,连说话都连贯不起来:"你……你……果然现在还是……是警察!"

汪静飞正色道:"中国人民警察,一级警督鲁晓飞!"

01

　　暮色苍茫。看守所又亮起了炫目的炽白灯光。审讯室里,正在进行着一场特殊的审讯。说它特殊,是不仅有检察官参加,而且还有律师在场。张啸华坐在审讯台的中央,一侧是检察官,另一侧是韩李法律师。一位女警官担任记录。气氛很严肃,还略透着一些紧张。

　　张啸华转动着手中的铅笔,盯着刘眉说:"你的要求都满足了,说吧。"

　　刘眉扭了扭腰,故作神秘兮兮的样子说:"我说的这个人,你们肯定不相信。"

　　张啸华皱眉,似有不祥的预感,猜测这个并不一般的女人,很有可能会说出耸人听闻的东西。他沉静地注视着她说:"你还没有说,怎么就知道我们不相信?"

　　刘眉撇撇嘴说:"官官相护呗!"

　　张啸华的目光顿时严厉起来,严肃地说:"我要提醒你,你要对所说的每一句话负责。如果诬陷好人,就是罪上加罪!"

　　刘眉面向检察官,可怜巴巴地说:"你看,我这儿刚张嘴,张局长就吓唬我。"然后她又转向张啸华,"罪上加罪怎么啦?顶多是个死!"

　　检察官板着脸说:"我代表法律向你保证,只要说的是实情,你就可以得到保护。"

　　刘眉对着检察官嫣然一笑,柔声细语地问道:"真的吗?你可不能哄我这个弱女子呀!"

检察官虽然对她这种带有风尘味儿的表演很反感,但还是郑重地点了点头。

刘眉把头一扬,斩钉截铁地说:"是李新建!就是那个对女人死缠烂打的刑警支队副支队长!"

检察官和韩李法都不由得一怔。

刘眉继续发挥,绘声绘色地说:"他说要检查检查我身上有没有注射毒品的痕迹,我是个手无缚鸡之力的女儿家,敢不让他检查吗?我脱了上衣他又要我脱下衣,脱外衣后又脱内衣,然后他就像狼一样……咳!这种丑事我这样身份的女人真是说不出口。你们都是结过婚的人,男女之间的那点事想必是很清楚,我就不细讲了。"

张啸华微微冷笑,命令看守民警把她带了下去,然后与检察官一道去了看守所会议室。

坐下之后,检察官对张啸华说:"根据法律规定,刚才刘眉的律师已经向我提出,让李新建同志回避。"

张啸华说:"这肯定是诬陷,我非常了解李新建副支队长。"

检察官点点头说:"我从感情、直觉、逻辑分析上,都认为不可能是李副支队长。可您知道,法律不相信感情之类的东西,它相信证据。您能拿出证据,推翻刘眉的证言吗?"

02

林小亮开着奔驰车,日夜兼程,于黎明时分便抵达中国最大的商业都市上海。进入市区后,林小亮问仰靠在后排座位假寐的郭小鹏去哪里。

郭小鹏没有睁眼,吩咐道:"浦东,国际机场。"

车到浦东国际机场,林小亮把车开到停车场放好,陪着郭小鹏进了机场大厅。扩音器正在广播:去香港的旅客请注意,您乘坐的航班,马上就要起飞了。郭小鹏快步进入安检口,递上机票和护照。安检员对照之后,微笑着对他说:"请您来一下。"

郭小鹏下意识地往两边看了看,没有警察的身影。他向站在远处的林小亮示意,让他去车上等着。

林小亮此时已是满脸惊惶,小跑着离开了候机大厅。

郭小鹏神态从容地走进了边检站,但身上的内衣已经被冷汗浸透。一位仪表堂堂的警官客气地对他说道:"对不起,郭先生,目前您不能离开中国本土。"

郭小鹏沉声问:"为什么?"

警官脸上没有任何表情:"我们只接到执行的命令。"

"那我可以走了吗?"郭小鹏试探。

警官点点头,向门口做了个"请"的手势。

郭小鹏一离开大厅,就如同逃脱枪口的兔子般疾步来到了停车场。林小亮正大睁着惊恐的双眼向外张望,郭小鹏"哧溜"钻进奔驰车,急促地命令林小亮:"快,去锦江饭店!"

锦江饭店的豪华套间里,郭小鹏踩着厚厚的羊毛地毯,背着手在巨大的落地窗前来回踱步。林小亮两只眼睛大睁着,一眨不眨地随着哥哥的脚步移动。

电话铃声骤然响起。

郭小鹏和林小亮都惊得一哆嗦，郭小鹏示意弟弟接听。林小亮一把抓起，对着听筒不停地"嗯"着，然后捂住听筒，对哥哥低声说："是韩李法！"

郭小鹏几步跨过去，接过听筒。

"有关人士透露，不允许您去香港，纯粹是经济原因。"韩李法的声音十分清晰。

郭小鹏惊诧地问："经济原因？"

"最近，银行方面为了保证所谓的'金融安全'，内定了一份名单。您正好不幸地列在名单之中。"

郭小鹏长出了一口气，显然放心多了，问道："什么人有资格上这黑名单？"

韩李法不很肯定地回答："大概是在银行贷款额度超过一两个亿的人吧？"

03

看守所。夜。

李新建、强民在三楼一号囚室前的走廊上来回走着，皮鞋声在寂静的夜色里显得格外响亮。

强民看得出是走得精疲力竭了，他斜靠在栏杆上说："你要是肚子里没货，就是把皮鞋遛穿，也想不出什么来，又不是演电影！"

李新建仍沉浸在自己的思路上，根本就没听强民在说什么。他在强民面前站住问："人要怀孕，必须有性行为，对不对？"

强民补充道："人工授精就不是这样。"

李新建被触动。"人工授精用的是试管。试管？试管？"他突然重重地拍了强民的肩膀一下说，"杨春只要解决试管运送问题，刘眉就怀上孕了！"

李新建有些激动地目测杨春的一号房和死囚室之间的距离。强民也不知所以然地跟着目测，渐渐地，他脑袋瓜开了一道缝。李新建肯定地说道："完全能够办到！"已经明白过来的强民也不由得点了点头。

"走，咱们查查，看看是谁把杨春弄到这间号房来的。"随着话音，李新建已经迈下楼梯。

04

李新建、强民在征得张啸华同意后，对贾斯冬采取了断然措施。本来就心虚的贾斯冬两个回合下来，就乖乖地供认了一切。

为了不影响大局，李新建向张啸华建议，先把贾斯冬放在外面，不忙对他采取法律行动，以避免打草惊蛇，让他戴罪立功。张啸华立刻就同意了，并宣布了恢复李新建职务的决定。

郭小鹏的上海之行，受了一场惊吓。虽然是有惊无险，但引起了他的警觉。他不能不认真考虑最后有可能发生的悲剧，事先寻找好退路。

他这天没有告诉任何人，一个人飞到了厦门，住进了金辉饭店。从房间的窗户他可以清楚地看到陈然居住的槟榔乐里住宅楼。

郭小鹏在房间里足不出户，手持望远镜，一直在观察。终于在次日上午捕捉到了陈然的身影。陈然长发蓬乱，身着皱巴巴的运动服，在阳台上做着操。他不由得暗暗赞叹陈然的隐蔽能力，选这个地方做隐身之处，真是再合适不过了。

郭小鹏并没有惊动陈然，于当天下午就乘机飞回了海州。

05

郭小鹏在朦胧的夜色中，又来到了西山别墅。他心里很不是滋味，凄惶之感油然而生：这也许是他最后一次来这儿了。

郭小鹏十分精心地为母亲修脚指甲。此次，他修剪得格外认真仔细。

郭母显然已经意识到了什么，儿子的每一个细微的举动，她都能敏感地捕捉到。她闭着眼睛问："鹏儿，又要出远门了？"

郭小鹏略怔了怔，竭力掩饰着心中的不安、惜别等诸般复杂的情绪，清晰地回答："我准备到美国去参加一个会议，时间可能稍微长一些。"

"多长？"郭母依然闭着眼。

郭小鹏想了想，不很肯定地说："半年左右吧。"

"真的？"郭母的疑惑明显地从声音里透出来。

郭小鹏在母亲面前从来不敢说谎，也不愿意说谎。每每遇到他很难回答的问题时,采取的办法就是顾左右而言他:"钱我都以您的名义存在银行里了,每月一号,银行的人会给您送来的。"

郭母明白无须再问这个问题了,于是转向别的事情:"这么说,小亮也和你一起去了?"

郭小鹏据实回答说:"是的。"

郭母长叹一声:"你们都走啦!"

郭小鹏眼中的泪水顺腮涟涟而下。

郭母柔声说:"只要你们好,不要惦记我。我已经是风烛残年之人,多活一天、少活一天都无所谓。"她没睁开眼睛,却伸出微颤的手,为儿子揩去脸上的泪水。

郭小鹏喉头发紧,心如刀绞,轻声说:"妈,您可千万不要这样说。"

06

房间里已经收拾干净,电脑等物品,已经套上罩子;床铺、沙发等,也已经盖上白布。

郭小鹏走进商务套房,四周看了看。

汪静飞正在往行李箱里装衣服,见他来了,忙直起腰说:"大战前夜,董事长还到我这儿来,一定有什么重要事情吧!"

"是的。"郭小鹏走到她面前,从口袋里拿出一个商务通,郑重地交给她,然后轻声说道,"这上面有咱们的银行账户号,有瑞士的、有列支敦士登的、有委内瑞拉的。香港我只放了十多万美金,那儿不保险。这些都是数字账户，密码对了就能支取。另外，还有 G 先生在香港、泰国的电话号码以及他的电台频率等联络方法。"

汪静飞愣了一下，不解地问："你把这个给我干什么？"

郭小鹏说："要是我不给你，万一发生不测，咱们的钱，不就全便宜银行了！"

汪静飞自然对这个商务通梦寐以求，但她不能不防备郭小鹏玩花招试探她，在这决战收网的前夕，是决不能有丝毫大意的。她当即回绝说："你这么讲，我就更不能要了。"

郭小鹏显得很诚恳："一这是我的心意；二这东西一式两份，我还有一个。"他说着又取出一个，在她面前展示。

汪静飞还是不拿，很坚定的样子说："你不会出事的！"

郭小鹏无奈说："那好吧，咱们还是按照原计划行动。如果一切顺利，咱们就回来处理好海州的事务再走。如果有变化，咱们就一走了之。"

夜幕悄悄降临了。

在海州药业制药厂院子里，两辆厢式货车停在地下仓库所在的楼前，段海带着几个人在装货。

装货结束后，两辆厢式货车疾速开出大院。

刑警支队院子里，停着一排警车，驾车的民警全都端坐在驾驶室内。车后隐约可见戴钢盔、持冲锋枪的武警。

墙壁上的挂钟指针指向十一点。

机要员快步走进报告："海燕通知，海龟已经出洞！"

张啸华说："明白了，有情况随时报告。"

两辆厢式货车驶出制药厂大门,坐在第一辆车驾驶室里的是林小亮的两个手下。郭小鹏、汪静飞、林小亮坐在第二辆车的驾驶室里,段海开车。

车上大道后,骤然加速。灯柱在微微跳跃晃动,郭小鹏等人全都神情紧张。

此时,机要员跑步进入会议室,声音急促地报告:"李支队来电,他们已进入预定位置。海岸巡逻队报告,有不明身份的船出现在七号海域附近。"

张啸华停住脚步,钟表的"嘀嗒"声清晰可闻。会议室里的几位高级警官,全都表情严峻。

两辆货车驶上海滨大道,郭小鹏命令段海:"关大灯,减速,拉开距离。"

车明显地慢了下来。前面的那辆货车,渐渐远去,不一会儿便消失在夜色里。

郭小鹏突然吩咐段海:"去狼牙嘴!"

段海一愣,疑惑地看着郭小鹏。郭小鹏一反平素的温文尔雅,粗暴地吼道:"你聋啦?去康桥半岛的狼牙嘴!"

段海不敢怠慢,急打方向盘,车拐上旁边的岔道,驶上路面不平的沙石路。

汪静飞侧过脸问郭小鹏:"去狼牙嘴干什么?"

郭小鹏阴沉沉地说:"明修栈道,暗度陈仓。"

汪静飞不由得心中一寒,暗暗叫苦。她没料到郭小鹏会狡猾到如此程度,现在已经无法向指挥部发送信息了。双拳难敌四手,她孤身一人，危机骤然降临，心里禁不住一阵阵发紧。

郭小鹏这时再次掏出商务通，塞到汪静飞的口袋里，用不容分辩的口吻说："趁现在把这个拿上，咱们谁都可能出现万一！"

她没办法推辞了，只好做出感动的表情，向他笑了笑。与此同时，她借摸商务通的假象，悄悄地摁动手机的发送键。

刑警支队会议室，空气此刻如同凝固一般，时针已经指向十一点五十分。

张啸华手臂猛然一劈，大声命令："开始行动！"

随着他的话音，警车一辆紧跟一辆，鱼贯而出。只见警灯闪烁，风驰电掣。车厢里的武警战士哗哗地拉开枪栓。

惊涛拍岸，卷起千堆雪。郭小鹏等乘坐的货车到达狼牙嘴时，陡峭的岩石后面出现了一艘快船。两名大汉站在船头，不停地向海滩张望。

厢式货车在码头最远处停住。郭小鹏和汪静飞等跳下车。海面快船上的一个大汉回头进了船舱。不大一会儿，船就靠了岸。师爷和两名大汉从船上走出，向郭小鹏等大步走来。

然而在芦潮港那边，已进入子弹上膛状态。李新建和强民等埋伏在隐蔽处，前方终于亮起了车灯。强民精神一振，低声道："来了！"

厢式货车嘎吱一声停在一艘船前的平台上。

李新建打开步话机，一字一句沉声说："各小组注意。目标已出现。开始行动！"

车灯顿时齐亮，警灯闪烁，将港口照耀得如同白昼。刑警和武警团团将厢式货车围住。

李新建喝令道:"下车!"

看郭小鹏在枪口前的狼狈样,是李新建渴盼已久的。

林小亮的两名手下浑身哆嗦着,乖乖地束手就擒,被戴上了手铐。

强民急不可耐地上车搜寻,过了一会儿从车上跳下来,对李新建摇摇头。

李新建一把揪住开车的家伙,厉声问:"郭小鹏呢?"

那灰头土脸的汉子战战兢兢地回答道:"刚才还在后面,不知道什么时候没了。"

李新建急忙打开步话机,向指挥部呼叫:"老鹰,老鹰!情况有变,情况有变!"

07

康桥半岛,狼牙嘴码头。

郭小鹏和师爷面对面地站着,他问道:"G先生呢?"

师爷平静地回答说:"G先生从上次之后,发誓不再踏上中国领土,他正在公海上等候。"

郭小鹏顿时脸罩寒霜,阴沉沉地说:"这恐怕不对吧。"

师爷头微微扬起说:"G先生将在公海与郭先生一同验货,然后用电子方式,将款划拨到郭先生指定的账户上。如果郭先生还觉得有什么不妥,我可以留在这里。"郭小鹏微微一笑说:"这倒不必,我这货里有货。可以在三秒钟内，让一切灰飞烟灭，归于虚无。"

师爷不能不从心底佩服郭小鹏的老到，也笑了笑道："郭先生多虑了。"

"多算胜，少算败。"郭小鹏一挥手，"把车开上船去！"

汪静飞虽然此时心急如焚，但还要装出若无其事的样子。

快船上又走下数人，搭装跳板。

汪静飞意识到不能再拖延了，悄悄地将手伸进口袋。

就在这时，已经占据有利地形的段海，突然对着汽车轮胎扫了一梭子，然后猛地将冲锋枪端平，对准郭小鹏和师爷等，大声喝令道："都不准动，举起手来！"

汪静飞做梦也没想到，段海竟是自己的同行。她更不可能想到，张啸华派出的这只勇猛的"海豹"，主要任务就是保护她的安全。

郭小鹏冷笑道："想不到我会在小河沟里翻了船！"

"少嚷嚷！"段海用枪口指指货车旁边捆绑货物用的尼龙绳，对郭小鹏、汪静飞命令说，"把他们给我捆上！"

郭小鹏不敢违抗，汪静飞也跟着捡起尼龙绳，把师爷捆上。

段海掏出手机摁号码。

就在这极短的一瞬间，郭小鹏用脚挑起一块石头，击向段海，他一偏身躲过石块。郭小鹏趁机将早已握在手里的黄沙撒向段海的面门。

段海猝不及防，立刻被黄沙眯住眼睛。

郭小鹏拉起汪静飞急声说："快跑！"

汪静飞从口袋里掏出手枪，对准郭小鹏，平心静气地说："郭董事长,不要动!"

这次,郭小鹏真是呆若木鸡了,连说话都连贯不起来:"你……你……果然现在还是……是警察!"

汪静飞正色道:"中国人民警察,一级警督鲁晓飞!"

事已至此,郭小鹏反倒冷静下来,他眯着眼鄙视地看着段海说:"对于你,我可以理解,一个小警察,为了吃饱穿暖,不惜用生命为代价,打入所谓的毒品集团内部。"他转向汪静飞,猛地把眼睛睁到最大限度,"可你我就不懂了,一个堂堂的硕士,有着优厚的待遇。"他顿了顿更正道,"或者说,有获得优厚待遇的机会,为什么非要投身到这么危险的行当呢?"

鲁晓飞神态从容地说:"毒品是万恶之源,这是人所共知的浅显道理。我请问郭博士,你为什么非要投入这万劫不复的行当中呢?"

郭小鹏毫无惊惧之色,并且丝毫看不出绝望之态。他冷静地沉声说:"我自然有我的道理。"

段海早已不耐烦郭小鹏的啰嗦,把一副手铐扔在一个大汉脚下,命令道:"把郭小鹏给我铐上!"

大汉在枪口前乖乖地拾起铐子,上前欲铐郭小鹏。

"慢着!"郭小鹏不知什么时候掏出一个微型遥控器,他晃动着说,"谁再往前走一步,我就让这儿变成火海!"

鲁晓飞和段海顿时愣住。

"你们的记忆力不会差到如此程度吧。我刚才就向G的手下声明过,我货中有货。"郭小鹏挥舞着遥控器,"我在车上装有三十公斤当量的炸药,而鲁晓飞女士的身上,我装有一公斤爆炸当量的炸药。鲁女士,你应该知道是什么!"

鲁晓飞失声道:"商务通!"伸手欲从口袋里取出。

郭小鹏面目狰狞地吼道:"不许动!"然后他慢慢向海边移动,以无限悲伤的语调吟诵,"十里平湖霜满天,寸寸青丝愁华年。对月形单望相护,只羡鸳鸯不羡仙。鲁晓飞,栽在你手里,我认了,咱们来生再见。"

就在双方对峙时,林小亮悄悄地挪到一个有利的位置上。一个大汉也悄悄解开了师爷身上的绳索。

警车已经在很远的地方出现,警笛的频率也由慢到快,越来越清晰。这时,郭小鹏兜里的手机响了。他一手举着遥控器,一手接听电话:"G先生,您好。正在装货。对,一切正常。"

师爷疑惑地看着他。

郭小鹏一边慢慢地向快艇退去,一边说:"我也不让你们白跑,G先生我送给你们当礼物了。"

鲁晓飞疾速转身,任何信息都没发出,抬手对着郭小鹏就是一枪,但没有打中。几乎与此同时,林小亮的枪也响了。

段海对着林小亮就是一梭子,双方展开了激烈的对射。俯身在车头射击的林小亮对郭小鹏说:"二哥,你快走,我来掩护!"

郭小鹏拍拍林小亮的肩膀,来不及表达兄弟之情,就在并不密集的火力中和师爷及轮机手登上快艇。在快艇慢慢启动时,郭小鹏选好一个位置,拿枪瞄准正端着冲锋枪压得林小亮抬不起头的段海扣动了扳机。段海一个趔趄,慢慢地倒下。

鲁晓飞顿时眼睛发红,对准林小亮连连扣动扳机,林小亮周身爆满枪眼,栽倒在沙滩上。

快艇疾驶而去。李新建等也已赶到。他端起冲锋枪,对着远去的快艇扫射,子弹愤怒地呼啸着掠过海面。

第十九章 金蝉脱壳

话音未落,陈然已经趴到了桌子上。

郭小鹏的脸立刻变得冷酷,他看了一下手表自语道:"化学是最精确的科学。说十分钟,就十分钟。"他把杯中的酒喝干,颇有些豪情四溢的架势,"有谁能想出这样的绝妙主意来?"

最后,他穿过安放陈然尸体的卧室,到阳台把汽油桶拎入,泼洒在地上和陈然的身上。

临出门前,他把一支蜡烛点燃。烛光映照着的脸,显得狰狞恐怖。

01

月光浸润着一望无际的大海，海面上波光闪闪。G用高倍红外望远镜瞭望着海面，他虽然内心焦灼万分，但从他的脸上看不出任何表情。他伫立在货轮的瞭望塔上，边观察着海面边对身边的随从说："我觉得已经超过正常的时间了。"

随从看看军用夜光表后说："是的，已经超过半个小时了。"

G放下望远镜，命令道："全速撤退！"

随从犹豫着说："G先生，这可是几亿美元的货啊？"

G脸上是文雅的表情，声音却十分凶狠："我最讨厌明知故问的人！"

随从嗫声退下。

货轮开始转航，船头犁开大浪，速度渐渐加快。G从瞭望塔上走下，来到甲板上，凝望着波涛不惊的大海。

随从从驾驶舱里钻出，站到G身后，很是遗憾地说道："没想到，几亿美元就这么白白消失了。"

G动都没有动一下，仍然凝望着大海感叹道："世间多少英雄戏，每到收场总伤神！"

随从没听清楚，问道："您说什么？"

G皮笑肉不笑地说："我说你我还能活着看即将升起的朝阳，就该感谢神明了。"

在G说这话时，海平线上已现一抹曙光。狼牙嘴海滩上，张啸华也正在凝视着海面。

强民懊悔地蹲在警车旁。李新建一手提枪，一手扶着一棵小树,也在瞭望大海。

鲁晓飞在摆弄商务通。毫无疑问,她被郭小鹏欺骗了,商务通里根本就没有什么炸弹。

李新建回过身来,对张啸华道:"行动失败,我承担全部责任。"

"不,行动还是成功的。"张啸华指指厢式货车,"这里面装着千百万人的生命啊!"他加重语气,"两吨冰毒,这是中华人民共和国成立以来,破获的最大冰毒案。"

鲁晓飞把商务通递给李新建,说:"这上面果然有郭小鹏的数字账户的资料,还有有关G的资料。"

李新建强打起精神看了鲁晓飞一眼,将商务通递给张啸华。

鲁晓飞被李新建看得脸上微微发烫,不好意思地垂下眼睑,说:"都是我的错,放跑了郭小鹏。"

"瞎说!"李新建疼爱地瞪了她一眼,"咱们的对手太狡猾了,是我安排上有失误,跟你没有关系。"

张啸华点击商务通,浏览了几页后说:"给我接北京。"

厦门。郭小鹏一身极随便的衣装,戴着一副黑色大眼镜,提着一个普通的包,混迹于人群中,走出轮渡检票口。

他跨上一辆出租车,吩咐司机说:"去槟榔乐里。"

出租车悄然行驶。

听到一阵敲门声,陈然开门后,嘴巴张到了极限,满脸惊愕地看着郭小鹏。他良久才结结巴巴地说:"董……董事长?你……你好。"

郭小鹏大大咧咧地说："能让我进去吗？"

陈然忙不迭地连声道："能，能。"

郭小鹏进了屋，四处扫了一眼，一如平常地坐在居中的沙发上。陈然忐忑不安地看着郭小鹏，心里怦怦乱跳。

郭小鹏眼光灵活地观察着屋内的一切，从外表一点也看不出逃亡者的模样。最后，他的目光落在陈然的脸上，问："海州的事情听说了？"

陈然点点头。

"从什么地方听说的？"郭小鹏依旧是居高临下的口气。

陈然回答说："有人把这消息放到了网上。"

郭小鹏点头说："秀才不出门，便知天下事。"说罢，他又开始扫视。

陈然又不安起来。

"你为什么不问我，来这儿干什么？"郭小鹏眼睛看着别处。

陈然显然是个抵抗力极弱的人，赶紧词不达意地说："我永远是董事长的部下。"

郭小鹏收回目光，上下打量着他说："'文革'时期，空军司令吴法宪口口声声是林副统帅的兵，可林彪一旦出事，他头一个揭发。"

陈然无言以对，低头沉思。

"你以前干的事，我全知道。"郭小鹏突然板起了脸，但片刻之后又松缓下来，"但我既往不咎。"

陈然稍微释然地抬起头。

"我管理企业多年，自信很能掌握人的心理。我还知道你现在

337

在想什么。"

陈然已经完全被郭小鹏的气势压倒，下意识地重复："我想什么？"

"你在想，姓郭的不也是个逃犯吗？制造贩卖甲基苯丙胺五十克以上，就要至少判无期徒刑，更别说他一弄就是两吨。"郭小鹏挥手制止陈然试图作出的辩解，"他凭什么吓唬我？"

陈然鼻尖上渗汗说："董事长，我真的没这么想！"

郭小鹏不以为然地说："你这么想也是正常的。我要是你，也会这么想。盗窃企业机密，顶多是个两三年的事，和大毒枭搞在一起就麻烦了。"

陈然被说中心思，嘴唇直哆嗦。

郭小鹏舒展开身体，说道："我明人不做暗事。我告诉你，我不光是一个人，我还有一些分布在全国各地的弟兄。另外，你母亲、兄弟姐妹的地址我都掌握。一旦我受到打击……"他突然打住，放慢语速说，"我想我说得够清楚了吧？"

陈然完全明白了自己的处境后，反倒镇静下来，问道："董事长要在这里住多长时间？"

郭小鹏笑了，说："这才像个做交易的样子。我只在这里二十天，一旦我把海州的老母亲出境等事宜安排好了之后，你即使留我，我也不会再住。"

陈然听到这话，不觉松了口气。

郭小鹏又补充说："临走时，我将留给你十万块钱。"

陈然赶紧说："董事长在流亡之中，我不能要。"

郭小鹏强调说："是十万美金。"

陈然不再反对。

郭小鹏眼中掠过一丝笑意，心中暗想，自己的恩威并施到底还是起了作用。

02

海州市烈士陵园里，细雨迷蒙。国旗在寒风中猎猎作响，人民警察之歌响彻云霄。两排警察身着崭新的警服，与路边的冬青树并列在碎石路两侧，从陵园的大门口一直延伸到高高的陵墓前。警察们全都神情肃穆地立正敬礼。

李新建手捧段海覆盖着党旗的骨灰盒，缓步走在队列中间。鲁晓飞怀抱着段海年轻英俊的警装照，跟在李新建的身后。

鸣枪。

强民率领着刑警们放飞手中的和平鸽。

仪式结束后，身穿一级警督服装的鲁晓飞将一束鲜花放在段海的灵位前。此时，她再也抑制不住眼中的热泪，哽咽出声……

追悼会结束后，张啸华立刻主持召开会议，研究下步案件侦破工作。公安部的刘石局长和赵令军处长也参加了这次会议。

李新建首先通报了最新情况："据海岸边防局报告，在离海岸线界五十公里处，发现郭小鹏的快艇。船上只有三具无名尸体，郭小鹏没有下落。"

"这三名死者的身份查清楚了吗？"张啸华问。

李新建答道："是师爷和他的两名手下。"

强民插话说:"风急浪高夜黑,游不了多远。郭小鹏很可能淹死了。"

鲁晓飞摇摇头,用肯定的口吻说:"他不会被淹死。"

刘石将一份传真件递给张啸华,扫了一眼与会人员说:"缴获的商务通上所有的账户,都是实实在在的账户。除去南美两个账户外,其他都已通过国际刑警组织封存。"他说罢看了一眼赵令军。

赵令军接着介绍了境外侦查的情况。

刘石指示说:"抓紧与各国交涉,争取这笔人民的财产早日回归。"

赵令军答道:"是。"

刘石又对赵令军说:"你把G的情况再向各位通报一下吧。"

赵令军点点头,介绍说:"G早已纳入我们的视线。之所以没动他,是想通过这宗冰毒案,查清他在世界各地的贩毒网络。现在这项工作已大致结束,有关国家警方已经开始了行动。G的几处巢穴,均已布控。可以说,他已成为我们网中的鱼。"

鲁晓飞、李新建和强民包括张啸华在内,都露出了激动的神情。

刘石用充满感情的声调说:"所以说,海州市公安局是为我们的缉毒大业作出了很大贡献的。"他把目光落在鲁晓飞身上,"尤其是鲁晓飞同志,身入虎穴,冒着生命危险,圆满地完成了这次十分艰巨的任务。还有壮烈牺牲的段海同志,他们是人民警察的骄傲!"

掌声骤起。鲁晓飞双眼潮湿,站起深深地鞠躬。

刘石继续说道:"郭小鹏尚未归案,我和啸华局长交换了意见。

鲁晓飞同志继续留在海州,协助侦破工作。"

张啸华最后说:"全力查寻郭小鹏的下落,活要见人,死要见尸,决不能容许他逍遥法外。这是我们海州市公安局必须完成的任务!"

众人肃然。

香港海关。穿便服,略略化装的G,坦然地走过安检口,他的影像被摄像机摄入镜头。

警署。一位年轻警察将G的电子扫描图像递给一位高级警官:"这是电脑根据内地刑警传过来的G的照片,从入境旅客中辨认出来的。"

高级警官仔细对比G的电子扫描像和内地公安部门发送来的"印象照片",说道:"内地公安中,的确有些能人,能把印象描画得如此逼真,也确实不容易。"

警察附和道:"是不容易。据说画这张像的人,是全世界唯一见过G的女警察。"

高级警官扬起头问:"真的?"

年轻警官露出钦佩的神情,点点头。

"把G的电子影像发到中央政府公安部,让他们确认一下。"高级警官把图像交给年轻警察。

年轻警察接过打印的图片正要走出去,高级警官又将其叫住,吩咐道:"多发几张类似的电子影像,让当事人挑选。"他略略思索了一下,又补充说,"可以告诉他们的长官真情,以免混淆。"

年轻警官表示明白了上司的意图,然后转身走出。

03

刑警支队办公室里,李新建、鲁晓飞和强民等在研究侦查方案。张啸华走了进来,示意他们不用站起来,他在椅子上坐下,面带喜色地说:"海州毒品案已经取得了重大成果,流向境外的大约四亿五千万人民币,已经追回大约四亿。"他兴奋地敲了一下桌子,"四个亿啊,同志们!这都是海州人民的血汗钱呀!"众人神情庄重。

张啸华继续说:"与此同时,海州药业集团的生产完全恢复正常,费经纬已出任总经理。这也是海州政治、经济方面的大事,市领导特地让我代表他们,向各位致谢。"

李新建和鲁晓飞等人严肃的面容中都透出些许的激奋之色。

"主犯郭小鹏目前还查无踪迹,将其绳之以法,是我们下一步工作的重中之重。"张啸华顿了顿,提高声音,"现在我命令,李新建同志……"

李新建闻令忙起立。

"鲁晓飞同志……"

鲁晓飞笔直站起身。

"你们两位为'郭小鹏专案组'的正副组长。"

两人齐声答道:"是!"

张啸华摆摆手,示意他们坐下。他从公文包里抽出一沓照片,放在鲁晓飞面前说:"刘石局长让你辨认一下,这其中有没有老G。你辨认好后,将结果直接报告公安部。我市委还有个会,你们谈吧。"说罢,他起身走出办公室。

李新建和强民等都凑到鲁晓飞身旁看照片。鲁晓飞仔细看后，指着其中一张说："这张里有老G。"

李新建兴奋起来问："没有疑问？"

鲁晓飞以肯定的口气说："毫无疑问！"

李新建拿起照片反复审视比较说："这些照片，在我看来都差不多嘛。"

"在医学上，你这叫'面部识别能力缺乏症'。"鲁晓飞笑着揶揄他。

"缺乏就缺乏呗！"李新建有些不好意思，心里却是甜蜜蜜的滋味。多少天来，鲁晓飞一直都郁郁寡欢，也许是为了郭小鹏逃脱的事，也许是因为段海的牺牲。他也不敢惹她，今天终于见她有了笑脸。所以，尽管受了她的奚落，他仍有一种陶醉感。

鲁晓飞得寸进尺，又加了一句："这其实是健忘症的别名。"

李新建怕在强民等老爷们儿面前丢了面子，赶紧岔开，问："你是怎么辨认出来的？"

鲁晓飞见强民等在偷偷地笑，马上意识到攻击李新建，也是往自己身上套绞索，就顺着他的话题指点道："G的鼻子偏长偏窄，属于比较寒冷的地方的人。"她指另外两张照片，"而这两个人的鼻子偏短、偏宽，是热带人。另外，G的眼皮底下有一块赘肉，这两个人没有。"

李新建极其佩服地看着她说："你知道吗？抓住G，可是对人类的一大贡献。"

鲁晓飞带着淡淡的哀愁说："可是段海同志牺牲了，郭小鹏依然在逃。"

李新建无语，低下了头。屋内的气氛一下子又沉闷起来……

没有任何东西能改变陈然上网的习惯，尽管有重大的心理压力，他还是不能自拔地沉浸在网络中。

郭小鹏坐在沙发上，眼睛若睁若闭。鲁晓飞和母亲的身影不停地在他眼前交替出现，心头像有无数只虫子在噬咬。他竭力地驱赶着这些令他痛苦不堪的思绪，稳下神来，聚集起全部的注意力，盯着陈然的侧影。

良久，郭小鹏突然叫："冯阳。"

陈然扭过头来问："董事长，什么事？"

郭小鹏笑道："一个人要是真的把自己由陈然变成冯阳，确实是个脱胎换骨的过程。"

陈然耸耸肩说："名字不过是符号，符号要是换了，原来的人也就不存在了。"

郭小鹏点点头说："是这个道理。"

陈然正准备继续上网，郭小鹏又说："明天咱们换个地方？"

陈然惊愕地睁大眼睛问："为什么？"

郭小鹏伸了个懒腰说："这个地方住得太久了。"

04

李新建在办公室里来回转悠，纳闷地说："这么长时间，一点消息也没有，郭小鹏是不是跑国外去了？"

鲁晓飞从地图前转过身说:"我分析不太可能。"

李新建问:"能否讲讲原因?"

"他是个孝子,林小亮一死,他势必要想个办法,把他母亲给弄出去。另外,他得知国外的账户被封,一定知道国际刑警组织也在通缉他,所以要在国内躲一段。"鲁晓飞的推断丝丝入扣。

强民嘴一撇说:"这个心狠手辣的家伙还是个孝子?"

李新建思索了片刻之后说:"一个人在是好丈夫、好情人的同时,可能是个罪犯,比如深圳的王建业,人的性格是复杂的。再说,晓飞的资料和分析,应该是权威的。"说这最后一句时,他不无醋意。

强民又问:"那凭什么判断他在国内呢?"

鲁晓飞说:"一个中国人,在异国他乡是极容易被辨认出来的。"

李新建为她寻找依据:"当年东北的罪犯王氏兄弟,逃到了江西的大山里,一下子就被认出来了。你想想,在南方的大山里,突然来了两个说东北话的大汉,能不扎眼?"

鲁晓飞感情复杂地看了李新建一眼,提议说:"咱们是不是通过公安网,再发一次通缉令?"

"我看可以。"李新建马上表示赞同。

强民也说:"提醒各地,注意小旅馆、桑拿浴之类的地方。"

鲁晓飞并不以为然地说:"据我对郭小鹏的了解,他肯定会找一个固定的地方躲避,不会去这类低级场所。"

李新建用感情复杂的目光看了看鲁晓飞。

鼓浪屿，在万顷碧波的簇拥下，如同一艘岿然不动的战舰。

在鼓浪西里住宅楼上，有一套三室一厅的套房。焕然一新的家具，摆设和舰桥半岛的别墅差不多。

郭小鹏指指桌子上的电脑，对陈然说："IBM最新产品。"

陈然像被负压吸过去一样，跑到电脑前，激动得脸上放光，说道："董事长确实出手不凡，这机器要七八万吧？"

"咱们同是天涯亡命人，还管它什么钱不钱的！我负担一切开支，条件只有一个。"他说着指指电话机，"在这个月，这部电话你只能上网，不要往任何地方打。"

陈然心领神会，点头答道："明白。"

郭小鹏拿起沙发上的皮包，夹在胳肢窝里说道："你尝试尝试新电脑吧，我出去转转。对于咱们来说，熟悉环境是最重要的。"说罢，他走出门去。

郭小鹏在狭窄的街道上转悠，终于找到了一个邮筒。他走到邮筒前，从皮包里取出一封信，又看了一遍，只见上面写着"海州市西山别墅七号裴敬芝转十六号郭老太太"，后面没有落款。他将信投入邮筒，接着走到一个公用磁卡电话前，拨打林小亮的手机，但对方已关机。当然，他并不知道弟弟为了掩护他，已经在狼牙嘴的枪战中被鲁晓飞击毙。但他知道林小亮一定是凶多吉少。于是，郭小鹏只好拨打母亲的电话。郭母苍老的声音很快从话筒里传出："喂……"

郭小鹏哽咽着，没敢出声。郭母凭借直觉问："是鹏儿？"他怕自己忍耐不住会哭，赶紧放下电话。

郭小鹏脚步匆匆地回到住处，陈然仍全神贯注地沉迷在网上。

他走到自己卧室的凉台上,精确地配制以汽油为主的燃料,直到他认为满意了,这才走进陈然的房间,对正在电脑上玩得津津有味的陈然说:"明天替我送些东西到广州如何?"

陈然有些不情愿,但又不敢说不去,勉强地答应道:"好吧。"

郭小鹏拍拍他的肩膀说:"只要对方来电说东西已送到,那你回来的时候,就只能见到这个了。"他说着,把一个活期存折放在陈然面前。陈然情不自禁地打开折子,上面的1000000字样赫然入目。

郭小鹏说:"你的辛苦费也在里面了。"

陈然高兴地说:"我现在就去订飞机票。"

郭小鹏站在阳台上,看着楼下陈然匆匆而去的背影,自言自语道:"真是钱之所至,金石为开!"

他回到房间,打开一本英文版的《化学大词典》,然后又打开抽屉,取出若干个小瓶,开始配置一种蓝色粉末状的药品。

05

香港新界郊区的一个不大的村落里,有一普通已极的农舍。G正坐在一把藤椅上看一本围棋书。

警队呈扇形悄悄包围上来。

屋子里很安静。一个老式座钟正"嘀嗒嘀嗒"地走着,声音浑厚却清晰可闻。G对自己的危险处境没有丝毫察觉,依旧静静地看他的书。

突然，门被猛地推开，四五个剽悍的警员冲了进来，大声喊叫："你被捕了！"

G慢慢地放下手中的棋书，向四周看了看，乌黑的枪口，从各个窗户伸入。他长叹一声，束手就擒。

警察们押着G走出院子。G看了看四周散开的警队，估计动用了一个排的警力。

与此同时，有关国家也展开了大搜捕行动，一批毒贩纷纷落网。一个世界性的毒品网络受到了毁灭性打击。

次日，香港各大媒体便在头版头条刊播了"世界著名毒枭G，日前在港落入法网"的消息。

陈然和郭小鹏在一张颇为讲究的餐桌旁就座，餐桌上摆放着一些精致的菜肴和一瓶人头马XO。

陈然恭维说："想不到董事长还会做一手好菜，佩服，佩服！"

郭小鹏感慨道："在美国时，勤工俭学，天天在中餐馆干活，闻着闻着就学会了，不堪回首啊！"

陈然似乎也有同感，感叹说："咱们都一样，学生时代是最艰苦的。"有一百万揣在兜里，他特别想跟郭小鹏亲热亲热。

郭小鹏开酒瓶给陈然倒酒。陈然连忙推辞说："董事长，我不会喝酒，这你是知道的。"

郭小鹏不听他解释，径直倒满，吩咐道："你去厨房冰箱里拿点冰块来。"

陈然起身离开。

郭小鹏以极快的速度把自己配制的蓝色药品倒入陈然的酒杯。

陈然捧着冰块盒子回到餐桌旁，递给郭小鹏。郭小鹏把冰块放到二人面前的杯子里，然后举起杯说："干杯！"

陈然再次婉拒说："董事长，我真的不会喝。"

郭小鹏把空杯亮给陈然看，有些凄凉地说："这很可能是你我之间，今生今世的最后一杯酒了！"

陈然没法不喝了，只好端起杯，很艰难地将酒喝完。

郭小鹏又开始抒情："北宋黄庭坚有诗'杨柳春风一杯酒，江湖夜雨十年灯'，正合此景此情。"

陈然虽然不很懂，但还是凑趣说："董事长真好学问也！"

郭小鹏又给陈然倒酒，卖弄道："前些日子，有一位大作家说在梦中得佳句为'江湖夜雨十年灯'。然后就写了一篇文章，很给人们嘲笑了一番。"

陈然已显出恍惚的神情，仍坚持着说："中国的诗词实在是太多了。网上说，光流传下来的唐诗，就有三十多万首，记错也难免。"

郭小鹏看着陈然渐渐变化的脸色，高兴地说："他应该这样认为，无论是白天思考，还是晚上做梦，自己都想不出这样的绝妙好词句来！"

陈然的语速明显慢下来："这……样想，他……就不会出丑了……"

郭小鹏再次举起杯说："我从此浪迹江湖……"

话音未落，陈然已经趴到了桌子上。

郭小鹏的脸立刻变得冷酷，他看了一下手表自语道："化学是最精确的科学，说十分钟，就十分钟。"他把杯中的酒喝干，颇有些豪情四溢的架势，"有谁能想出这样绝妙的主意来？"

郭小鹏迅速地把昏死过去的陈然拖到自己的房间，然后把自己的身份证、给陈然的那个存折统统放在浴室的浴盆里，放水浸泡。

他快步回到客厅，把自己以前经常用的一个拴有羊脂玉的钥匙扔在沙发上。最后，他穿过安放陈然尸体的卧室，到阳台把汽油桶拎入，泼洒在地上和陈然的身上。

临出门前，他把一支蜡烛点燃。烛光映照着的脸，显得狰狞恐怖。

这是他平生第一次亲手杀人。如果不是被逼上绝路，急于寻求脱身之计，他仍然不会去这样干。因为他一直坚持认为，他聪明的大脑足以战胜一切。

郭小鹏把房门锁死之后，便以最快的速度搭乘出租车赶向机场。当他手持冯阳的身份证，顺利地通过安检口，进入卫星厅时，他看了一下手表。经过默算，他知道如果没有什么意外，现在救火消防车可能正在全力扑灭火灾。

他在候机室坐了没有多大一会儿，卫星厅的电视便开始播报他很关心的内容：今日我市鼓浪西里居民楼发生大火，目前正在抢救中，具体伤亡情况不详……

郭小鹏脸上一点表情都没有。

两个小时之后，他走出了昆明机场……

0 6

相比海州大厦的高级商务套房，鲁晓飞现在的宿舍要简单得多。因为郭小鹏尚未归案，张啸华考虑到她的安全问题，也为了工作上的方便，把她安排在市公安局大院里的单身宿舍。

鲁晓飞正在网络上漫步，从打开的计算机上，可以看到有关G的报道影像。

电话铃响，她拿起听筒接听。是李新建的声音，邀她出去吃饭。

鲁晓飞婉言谢绝，说道："新建，我实在没空。"

李新建恳求说："就谈一会儿。"

鲁晓飞语调温和但态度坚决地说："改天好吗？"

"那好吧。"李新建声音显得很无奈。

鲁晓飞放下电话，又开始操作电脑，但精神却再也集中不起来。这天晚上，她失眠了。

次日清晨，鲁晓飞简单地洗漱了一下，没有去食堂吃早餐，只草草喝了杯热牛奶，就早早地来到刑警支队办公室。

李新建走进办公室时，鲁晓飞看得出，他显然也没有睡好，眼睛里布满红丝。两个人默默坐了一会儿，李新建终于忍耐不住先开了口："晓飞，咱们是不是敞开心扉……"

鲁晓飞知道他要说什么，于是连忙打断说："厦门的信和电话落实了没有？"

李新建见她不愿谈，也不好勉强，强打起精神说："厦门市公安局以电话和寄信的邮局为圆心，画了一个半径为一公里的圆，以郭小鹏为主要嫌疑人，进行了细致的搜索。"他把若干张表格放到了鲁晓飞面前，"可疑的人都在这上面了。"鲁晓飞翻开表格，一张张认真地浏览。

电话这时响了。李新建接听，忽然握紧了听筒，急促地大声道："什么？你再重复一遍！"

话筒里清晰地传出："郭小鹏已自杀身亡。"

鲁晓飞显然也听到了，霍地站了起来。李新建"嗯"了几声后，缓缓放下电话。他和鲁晓飞脸上的表情几乎是一样的，说不上喜，也说不上忧，占主要成分的是遗憾。

李新建一屁股坐下，甩甩头说："有点突然不是？"

鲁晓飞没回答他的问题，慢慢地说："咱们等厦门把资料传过来再说。"

盘山公路像一朵银色的飘带，环绕着崇山峻岭。一只又一只鸟儿在密密的丛林里欢蹦乱跳，叽叽喳喳叫个不停。

郭小鹏倚在大客车临窗的座位上，眺望着难得见到的山野景色。

终于摆脱了噩梦般的追逐。他想，此时的各大媒体上，也许已经刊播了"毒枭郭小鹏在厦门自焚身亡"的消息。他在想象着鲁晓飞在闻听此讯后会有什么反应：吃惊？迷惘？遗憾之余会不会有些许的怀想？

想着想着，他不由得哑然失笑了。人生无常也无奈，也许是上帝的刻意安排，让他在生命的流程中爱上了克星。这段刻骨铭心的痛苦将永远深深地烙在他心中。留得青山在，不怕没柴烧。一句老生常谈的话此刻却令他产生了强烈的共鸣，成了他顽强拼搏下去的精神支柱。只要能度过这段最危险的时刻，保全自己，就有东山再起的希望。他依然充满自信。

大客车晃动了一下，停在路边，郭小鹏已经到站。他背起包，走下车去。新的目的地正在等待着他……

市公安局会议室里，会议桌周围端坐着一群警官。张啸华先作开场白："开会之前，我首先宣布上级的一个决定，因海州特大毒品案的破获，特授予鲁晓飞同志二级英模称号。"

众人鼓掌，大家钦佩的目光一齐投向鲁晓飞。她起立敬礼，但脸上并没有太多的激动之色。

张啸华接着宣布："给海州市公安局刑警支队记集体一等功。"

众人又鼓掌。李新建起立敬礼，喜悦之情，溢于言表："谢谢！谢谢大家！"

会场稍稍平定之后，张啸华变得严肃起来："现在请李新建同志介绍一下案子的结尾，也就是厦门方面的情况。"

李新建打开面前的笔记本，说道："厦门方面报告，鼓浪西里的死者身体特征基本符合郭小鹏的身体资料。可以初步断定，郭小鹏已经死亡。至于死亡原因，还有待进一步落实，情况大体就是这样。"

张啸华松了松领带说："用围棋术语说，这就叫完胜，胜得一点不含糊。诸位还有什么要说的吗？"

鲁晓飞抬起脸来，若有所思地说："据我对郭小鹏的了解，他不是一个轻易会自杀的人。他有着很强的体魄和很高的智商，另外还有顽强的意志。"

李新建眉峰跳了跳，心里一股酸涩直往上翻。他显然不愿意听任何对郭小鹏的称赞，尤其是出自鲁晓飞之口。于是，他反驳说：

"他也是人，也有绝望的时候。"

鲁晓飞不理睬他，继续说："从厦门警方传过来的相片看，死者的主要器官，都已经被烧成无法辨认的状态，这很可能是故意造成的，这是疑点一；疑点二是郭小鹏给家里打电话、寄信，都有故意的成分在内；疑点三是郭小鹏的母亲还在，作为孝子，他是不会轻易自杀寻死的。"

李新建对鲁晓飞的分析颇不以为然，他的思路又不由自主地转到了那个他一直耿耿于怀的岔道上去。他想反驳她，但又拿不出有力的反对证据。

鲁晓飞根本就没在意李新建的不满情绪，郑重地对张啸华道："所以我建议，派人去厦门，再次核查。"

张啸华也感到鲁晓飞说得很有些道理，不管郭小鹏是死是活，最终甄别落实才是最稳妥的。他略略想了一下说："晓飞和新建一起去一趟厦门吧，一定要凿实了。"

李新建赌气地说："我手上还有新案子，走不开！"

"那就强民和晓飞一起去。"张啸华说罢便宣布散会。

07

鲁晓飞和强民当天中午就乘飞机赶到了厦门，直接去了厦门市公安局刑警支队。支队负责人安排负责郭小鹏被焚一案的大队长陈天林接待他们。

他们走进刑警大队办公室，陈天林和侦查员小李起身迎接。

强民向陈天林介绍说:"这位是海州毒品案专案组副组长鲁晓飞同志。"

陈天林握住鲁晓飞的手说:"我看着你很面熟。好像在什么地方见过。"

鲁晓飞笑道:"大概是我这张脸太普通了吧。"

几个人都笑了。他们分别坐下,小李忙着泡茶。

陈天林马上便进入正题,介绍说:"主要情况,我们已经传真给你们了,就不多说了。听说你们要来,我们再次对鼓浪西里进行了勘查,从抽水马桶里又搜出一个塑料袋。"

小李从勘查包里取出一个塑料袋放到办公桌上。陈天林把包里的东西一件一件地取出来,计有首饰、存单、一把手枪和一张精致的照片。

鲁晓飞仔细观察首饰和手枪,最后得出结论:"这些确实是郭小鹏的东西。"

陈天林指指存单说:"这里共有一百八十万,加上从衣服里搜出来的一百万和一些零现钞,大约有三百万。这个郭小鹏可真够有钱的。"

强民说:"可惜他花不上喽!"

就在鲁晓飞欲拿相片之际,陈天林突然说:"怪不得我觉着你眼熟呢,这照片上不就是你吗?"

鲁晓飞拿起照片一看,果然是自己,不禁脸上微微泛红。

陈天林出于职业本能,认真打量鲁晓飞:"他怎么会有你的相片?"

"这个……"鲁晓飞一时不知该如何解释。

强民赶紧介绍说:"鲁晓飞同志曾经打入毒品团伙内部,就像铁扇公主肚子里的孙猴子,为破获这起大案立了头功!"

陈天林恍然大悟,慢慢地说:"看不出来,看不出来……佩服,佩服!"

鲁晓飞忙岔开话题说:"陈大队长,我们有一个想法,希望你们配合证实一下。"

陈天林立刻很爽快地说:"天下公安是一家。别客气,尽管说。"

鲁晓飞沉吟着说:"我们认为死者不一定是郭小鹏。"

陈天林显得有些意外,但没说什么。

"我们想再一次确认一下尸源。"鲁晓飞接着说道。

陈天林点点头说:"你们的资料多,就由你们来重新确认吧。"他转向小李,"小李,你从头到尾都参加这案子了,你来协助两位。"

小李答道:"是。"

鲁晓飞对陈天林的支持表示了诚挚的感谢。

小李用钥匙开防盗门时,房东闻声赶来,问他什么时候才能结束。小李回答房东说,该结的时候自然会结案。房东不高兴地说:"你们老拖着,我这个靠出租房子生活的人,家里的耗子都没米吃了。"

小李不耐烦地说:"那就让耗子吃鲍鱼。"说着请鲁晓飞和强民进屋。房东也想跟进,小李拦住他说:"这是案发现场,闲人免进。"说罢把门关上。

进屋后，鲁晓飞扫视了一下四周。小李跟在她身后说："这个老房东，半个楼都是他的，还天天跑到公安局闹，让赶紧清理，真是人越有钱越抠门！"鲁晓飞笑了笑，仔细勘查起来。她首先在灰烬中发现一副眼镜架。她擦了擦，被烧得乌黑的镜框露出了白色。她放在手里掂了掂，觉得很轻。立刻就想起了第一次去陈然办公室的情形，她曾没话找话地说他的眼镜不错。陈然告诉她是钛合金的，是高科技的结晶。

鲁晓飞把眼镜架放进勘查箱内，继续细细地搜寻。在倒下的台灯的保护下，一本仅仅烧掉封面的英文版《化学大词典》引起了她的注意，她将其放入勘查箱。接着，她走进另外一个房间，一台残缺不全的高级电脑呈现在她面前，她异常细致地检查型号。然后又搜出几本计算机方面的书。她拿起一本英文书，看了一眼，递给强民。强民翻了翻，看不懂，问她："这是什么破烂书？"

鲁晓飞轻声道："是《访问控制以及风险管理》。"她说着摘下手套，"走吧，我几乎已经知道死者是谁了。"

强民愕然："谁？"

"陈然。"鲁晓飞显得很平静。

"海州药业管计算机的那小子？"强民不禁脱口而出。

鲁晓飞点点头。

"你又不是神探波洛，一分析就能分析出来！"强民不相信。

鲁晓飞指指强民手里的书说："郭小鹏的计算机水平，还达不到读这种专业书的水平，而那本英文《化学大词典》又不是陈然能读得了的。所以说，这房子里曾经住过两个人，其中的一个把另一个给杀了。"

强民接着鲁晓飞的思路推论说:"陈然没有杀郭小鹏的必要。就是有这个必要,他也不敢。就算他敢,也一定会把钱拿走,犯不着给咱们布置迷魂阵。"

鲁晓飞思索着说:"郭小鹏之所以选中陈然,就是因为他跟他长得很相像。"

强民的脑海里顿时闪现出两人的形象,他很认真地比较了一番,不由得说:"确实挺像,起码烧完了挺像。"

鲁晓飞转脸对不知他们所云的小李说:"一会儿我从网上把陈然的照片下载下来,你通知各个派出所查一下,他原来住在什么地方。"

"行。"小李马上答应。

强民又有些不解了:"知道是他,还查什么?"

鲁晓飞道:"我要查他用什么名字租的房。"

强民还是跟不上她的思路,脸上现出迷茫的神情。

鲁晓飞耐心地提示他:"郭小鹏很可能用的是陈然的身份证件坐飞机走的。他是个胆大妄为的人,喜欢挑战。"

0 8

厦门市公安局招待所 406 房间。鲁晓飞俯身在写字台上,盯着一张纸条出神,嘴中喃喃自语:"Nlll916251855。这是什么意思?"

强民斜倚在沙发上昏昏欲睡。

这时，小李兴冲冲地闯了进来，嘴里嚷嚷着："找到了！找到了！"

强民惊得扑腾从沙发上坐起，揉着眼问："找到什么了？"

小李神情激动地说："找到冯阳了！"

强民大惑不解："冯阳？"

"就是你们说的那个陈然。"小李气喘吁吁地说道。

强民转向鲁晓飞说："按照你的逻辑，他应该死了才对？"

鲁晓飞镇定从容地说："让小李讲完。"

小李平定喘息后说："我是说，槟榔乐里物业管理公司的人认出了陈然，说他是一个多月前去他们那儿租的房。"

鲁晓飞高兴地一拍手说："这下子就全对上了！走，咱们先去机场！"

第二十章 死有余辜

鲁晓飞知道朝阳快要升起了,绚丽的阳光将会照耀到每一处阴暗的角落。沐浴在光明之中是人类的希望,几点偶尔出现的阴影丝毫损伤不了人们对光明的追求,更遮掩不了真善美这人性圣纯至上的万丈光芒,世界将会因此而越来越美好。她站起身,对郭小鹏说道:"如果我有建议权的话,一定向上帝提出,不要让你这种什么都不遵守、什么都不敬畏、完全丧失人性的人,再来到这个星球上!"

0 1

　　这是一个位于西南边陲的美丽的村庄。三三两两散落在山坡上的农舍，显得淳朴、宁静和淡泊。时浓时淡的雾岚和着袅袅升起的炊烟在丛林的树梢上团绕、弥漫、飘来荡去。

　　郭小鹏身着夹克衫，背着一个大旅行包，正匆匆行走在大块石头铺就的山间曲径上。

　　他走到最东端朝阳的山坡上，推开了一家农舍的竹栅栏，轻轻地叩门。一个女人的声音从屋子里传出："门开着呢！"

　　郭小鹏推门走进，问一个正在编竹篓的妇女："您还认识我吗？"

　　那妇女年约五十岁，她抬起黧黑的布满皱纹的脸，仔细地打量着郭小鹏。看了好大一会儿，她轻轻摇头。

　　郭小鹏把鸭舌帽拿掉说："您再好好看看。"

　　农妇还是摇头。

　　郭小鹏笑着把茶色眼镜摘下："这下子，您总该认识了吧？"

　　农妇大惊，喊道："是大恩人啊！"说着就要给郭小鹏跪下。

　　郭小鹏赶紧上前搀扶住她说："您千万别这样。"

　　农妇显得十分激动，问道："你的马仔呢，还不赶快叫进来！"然后把竹椅搬到他面前，用袖子擦了擦。

　　郭小鹏坐到竹椅上，很随便地说："没有马仔了。"

　　农妇给他倒茶："你这样身份的人，没有马仔怎么出门？"

　　"我这身份？"郭小鹏多少带些凄凉，"我现在什么身份都没有了。"

农妇大概已经猜到什么，但热情不减地说："我不管别的，只要你来了就好。"郭小鹏神情轻松下来，嘴角牵出一丝笑意。

0 2

郭小鹏在山村待了二十多天了。每日饭后，他都要攀上山峰，眺望灰蒙蒙的北方，思母之情与日俱增。山野的清新纯净和无忧无虑无数次勾起他的无限神思。倘若条件许可，他真想在此建造一处住宅，把母亲接过来，安度这世外桃源的日子。可他心里明白，只要还在中国的土地上，就绝无平安可言，早晚都会露出踪迹。他深知国内警方无孔不入的广大神通，虽然他已改名换姓，"郭小鹏"已在厦门自焚，但并不能保证他可以高枕无忧到永远。摆在他面前的最佳选择，就是尽快设法接出母亲到境外去。这不仅是最彻底地斩除了后顾之忧，而且能使他东山再起，完成未竟的事业。

这天早饭后，郭小鹏把厚厚一沓钱装在信封里，递给农妇说："你到对面缅甸给我买两个手机回来。我出门不方便。"

农妇二话没说，拿过信封，就戴上了头巾。

郭小鹏问："已经在你这儿住了二十多天了，你怎么从来不问问我犯了什么事？"

农妇以山民特有的狡黠反问："你犯了事？"

郭小鹏只好一笑。

农妇说："我才不管王法不王法呢！你救了我儿子一条命，大不了拿我这命去换。老命换小命，值！"

郭小鹏无限感慨地说:"在我有钱有势的时候,身边不知道有多少人。到头来,能依靠的也就你一个。"

农妇故作不高兴的样子瞋了他一眼说:"有一个你还嫌少!"

郭小鹏谦恭地连声说:"不少,不少,绝对不少!"

农妇是走惯山路的人,来去神速。虽然下午飘起了绵绵雨丝,她仍然在薄暮时分就买回了手机。她把手机连同剩余的钱交给了郭小鹏。

郭小鹏让农妇把钱收下,农妇一脸严肃地坚决拒绝,说钱在情义面前一文不值。郭小鹏被深深感动了,不由自主便想到鲁晓飞。如果她有农妇对待自己的十分之一,他也不会落到今日这般田地。于是,失落和怨恨便油然而生了。

农妇见锅灶冷清,知道郭小鹏没吃午饭,赶忙烧火做饭。郭小鹏穿上雨衣,走出门去。他来到一棵大树下,打开手机试了试,虽然信号较弱,但还能凑合着用。于是很快摁下了海州的区号。电话接通,对方"喂"了一声。从这声"喂"里,可以听出他一定是个多年身居高位的人,若非如此,常人是锻炼不出如此不耐烦、如此权威声音的。他就是原任金滨的秘书、现任市政府副秘书长兼办公厅主任的胡安。郭小鹏与上层官员的接触,大多是靠着他疏通的。他究竟从郭手里接过多少钱,可能连他自己都数不清了。当然,还有郭通过他送给某些高层官员的贿金,数额就更可观了。

郭小鹏对着手机沉声道:"胡秘书长,你听得出我是谁吗?"

对方沉默、判断着。

郭小鹏没有心情也没有时间跟他兜圈子,直截了当地说:"我是郭小鹏。"

363

对方没有任何反应，是更长时间的沉默。

郭小鹏猜得出他在干什么，马上提示道："你不要查来电显示，我这是境外的电话，你查不出来。"

胡安终于开口了："你不是自焚了吗？怎么又……"

郭小鹏打断说："你当然希望我这样，可是阎王见我大业未成，不忍收留我。"

胡安心惊肉跳，双手发抖。他的问话急促而简短："你有什么事？"

郭小鹏想缓解对方的紧张心理，继续调侃道："难道没事就不能打电话？我很想念你呢！"

胡安似乎渐渐从惊恐之中恢复过来，用很严肃的口吻施压："我想你应该明白你此刻的处境。"

郭小鹏对他这种带威胁意味的腔调十分厌恶，冷冷地说道："明白，非常明白。另外我还明白，我要是进去了，某些同志，尤其是领导同志也好受不了。"

胡安笑了一声，但听得出很勉强："你是毒品大案的首犯，公安部通缉的要人，别人说到底不过是经济问题罢了。"

郭小鹏也笑了，但那笑非常恶毒："高官要人因为经济问题走上断头台的可不是一个两个，就不用我一一点名了吧？我可不愿用我的命去换别人的命。不信我只要一个电话，你就走不出办公室！"

胡安的话音已经降低，显得勉强："我从来不会在压力下屈服。"

郭小鹏已不耐烦与他周旋，直接击向其要害："我当然明白像你这样聪明的人,一旦听说我出事,肯定把存款等都转移了。但我告诉你一个常识,任何大宗存款的转移,都是有记录的,尤其是在境外的存款。"

胡安沉默不语。

郭小鹏见一击奏效,也就不再穷追猛打,声音缓和下来:"我这个人说话算数,你只要把我这最后一件事办了,我再也不会打扰你。"

胡安马上问:"你要多少钱?"

郭小鹏一笑:"瘦死的骆驼比马大,钱不是问题。你帮我把我母亲弄出来。"

胡安犹犹豫豫说:"你知道,我的身份在海州是很招摇的,只要一动,马上就会满城风雨。"

郭小鹏给他抛出定心丸:"我不会要求你亲自去办这件事。我只要求你提供有关我母亲和弟弟的情况,如果安全,我会亲自到海州去,把我母亲接走。届时,希望你能提供后勤保障。"

"好吧。"胡安在收线前又补上一句,"你弟弟林小亮为了掩护你,已被警察当场击毙。"

郭小鹏慢慢关上手机,猛地扑在树干上,流泪哀号:"小亮!小亮……"

03

郭母半躺在沙发上,眼睛无神地看着电视机闪动的画面。看得出，她衰老了很多。

门悄无声息地开了，一个瘦削的身影闪了进来。郭母以为是郭小鹏，忙直起身子。"鹏儿回来了？"她欣喜若狂地喊道。

胡安轻手轻脚走到沙发前说："我是郭小鹏的朋友。"

郭母脸上顿现黯然之色，情绪一落千丈。

胡安低声说："小鹏让我来看看您的身体怎么样。"

郭母没有任何反应。

胡安又问："最近有没有人来这儿找郭小鹏？"

郭母仍然不回答，脸上没有任何表情。

胡安的声音严厉起来："你要是什么都不说，你就永远见不到你的儿子了！"

郭母浑身一抖，喃喃地说："我好，我都好。让他别惦记我，远走高飞吧。"

胡安转身走出门去，把房门紧紧带上。他上了红旗车，边发动边掏出手机摁号码。

红旗轿车顺着坡路缓缓下滑。胡安一手握着方向盘，一手举着手机。

郭小鹏的声音传出："情况如何？"

胡安用沉稳的音调说："你母亲的情况还好。关于你的情况也不错，警方已作出了自杀的结论。对你母亲住处的监控已经取消了。"

郭小鹏的声音平静下来："我到的时候，会通知你的。你给我准备好一辆武警牌照的三菱越野车。"

胡安爽快地答道："好的。"

此刻，在西山别墅对面的一栋楼房里，强民精神不很集中地看着红外监视设备的荧光屏。

鲁晓飞蹑手蹑脚走进来，突然，她眼睛凝住了。"快注意看！"她啪地摁下了暂停键。

强民很认真地审视着画面，惊呼："这不是市政府的胡秘书长吗？他到这儿来干什么？"

鲁晓飞心中一凉，问道："市政府秘书长？"

04

郭小鹏决定采取最后的行动了。他告别山村，告别一直尽心照顾他的农妇，踏上了返回海州的路途。为了慎重起见，他既没乘飞机，也没坐直快或特快列车，而是在夜深人静之时，潜入火车货运站，悄悄地拧开开往海州方向的货车车厢的铅封，钻了进去。

在火车抵达吴州之后，他又悄悄地下车，在一家市郊的小旅馆里休息了一天，黄昏时分乘上了去海州的过路长途汽车。

车到海州，已是深夜时分。郭小鹏下车后，就急不可耐地直奔西山别墅。

在西山别墅对面的楼房里，强民正聚精会神地观察着。突然，广角红外监视器中，出现一个人影。强民调动起全身的神经，两眼一眨不眨地盯着画面。这个人走进别墅旁的树林里，也从包里取出一架望远镜在观察。

强民定睛细看，果然是郭小鹏。他的心一下子蹦到了嗓子眼，拿起电话就通知鲁晓飞。鲁晓飞在电话里命令他把图像传过去。

刑警支队会议室里，张啸华、李新建等全都目不转睛地注视着纯平的监视器画面。鲁晓飞把荧屏的图像放大，辨认片刻后说："是郭小鹏！"

张啸华沉声道："立刻行动！"

李新建和鲁晓飞疾步跑出，与早已待命的刑警们纷纷跳上警车，全速开出。

手持冲锋枪的刑警，从四面八方，悄悄地包围住郭母别墅。

强民边啃着方便面，边气喘吁吁地跑到李新建和鲁晓飞面前，说道："他刚刚进去，你们就来了。"

李新建拉动一下微型冲锋枪的栓，对强民说："你掩护我，我往里冲！"

鲁晓飞的面孔在灯光的映照下，闪动出圣洁的光泽，她制止说："谁都不许动，给他十分钟时间。"

李新建颇感诧异，问："为什么？"

鲁晓飞嘴唇动了动，没出声。

强民解释道："医生说，他母亲也就这几天了。"

李新建满脸愠色，但没说话，只是烦躁地拉枪栓。

郭小鹏长长的身影，显现在别墅大门的石阶上。他脚步沉重地慢慢走出来，长发在夜风里飘动。

刑警们包围上去。

郭小鹏无动于衷地看着他们，缓慢地走到鲁晓飞面前，伸出双手。

海州市中级人民法院法庭。

被告席上的郭小鹏脸色苍白，但身体依然笔挺，没有丝毫表情。

审判长站立宣布："根据《中华人民共和国刑法》第三百四十七条第二款、第二百三十二条之规定：被告郭小鹏犯有走私、贩卖、运输、制造毒品罪，判处死刑，剥夺政治权利终身，并处没收财产。犯有故意杀人罪，判处死刑，剥夺政治权利终身。数罪并罚，决定执行死刑，剥夺政治权利终身。如不服本判决，可在收到判决书的第二日起，十五日内，通过本院或直接向省高级人民法院提出抗诉或上诉。抗诉或书面上诉，应提交书面抗诉状、上诉状两份：正本一份，副本一份。"

郭小鹏站在被告席上，目光茫然，似乎并没在意判决词的内容。

法警上前给他戴上手铐。

囚车拉着郭小鹏回到了看守所，关进死囚号房，并给他砸上了脚镣。他头发不乱，衣服整洁，端坐在铁床上，呆呆地凝视着地上移动的日影。

次日，按照法律规定，郭小鹏会见了律师。当他走进律师会见室时，韩李法已经坐在那儿等候多时了。

郭小鹏第一句话就问："我妈怎么样？"

韩李法故作沉痛地说："老太太在你被捕的第二天清早就走了。"

泪水在郭小鹏的眼里转动。他咬了咬牙，硬是把泪逼了回去，问道："走得痛苦吗？"

"挺安详的。"韩李法象征性地吸了吸鼻子。

"骨灰安放了吗？"郭小鹏在椅子上坐下。

韩李法也坐下说："按照你的嘱咐，和你父亲的骨灰放在一起了。"

郭小鹏如释重负地松了一口气。

"你为什么不上诉？"韩李法掏出香烟递过去。

"谢谢，我戒烟了。"郭小鹏接上他的问话，"你作为一个专业人员，怎么会提出这么愚蠢的问题？"

韩李法说："起码能有个缓冲。"说罢，点上烟。以前他从不敢在郭小鹏面前抽烟。当然他也知道，他戒烟是为了鲁晓飞。可他现在还恪守着这愚不可及的信条，韩李法心里觉得挺不是滋味。

郭小鹏此时已失去了察言观色研究人的心理的兴趣。他皱了皱眉说："缓冲？刑车往刑场上开，路上遇没遇到红灯，是否塞车或抛锚，一点实际意义都没有！"说罢，他站起身。

韩李法扶扶眼镜问："你不问问刘眉的情况？"

"这难道还要问吗？"郭小鹏冷漠地反问。

韩李法说："她已把孩子打掉，要求陪你上刑场。"

"她能保住命是对我最大的安慰。"郭小鹏显然很不愿意讨论这个问题，"我的直系亲属、嫡系，这次都被一网打尽，包括那位胡副秘书长。以后还会有人牵连进去。"他努力摊开双手，致使镣铐作响，"我一点支配财物的能力都没有了，你的律师费用我也没法支付了。"

韩李法赶紧说："小事一桩！小事一桩！"

郭小鹏扭头出门。

05

一张《死刑裁定书》摆放在郭小鹏面前,上面盖着省高级人民法院的红色大图章。

强民指指签名处,把一支钢笔递给郭小鹏。郭小鹏写了两下,钢笔不出水。他笑了笑说:"这笔不如我的卡地亚好用。"

强民极其仇视地看了他一眼,取过钢笔,甩了甩,重新递给他。郭小鹏晃了晃身子说:"我爸说,尴尬的事有三样,摇手表、推汽车、甩钢笔。"说完,他流利地签下自己的名字。

强民拿起裁定书就走。郭小鹏喊住他,强民扭过头来。

郭小鹏一改刚才的傲慢,以恳求的口气说:"我想见见汪静飞。"

"做梦!"强民转身又要走。

"我有重要情况!"郭小鹏连忙喊道。

强民只好又站住,目光凌厉地扫了他一眼,沉声道:"我警告你,法律不是你手里玩弄的泥巴!"

郭小鹏满面诚实地说:"人之将死其言也善,鸟之将亡其鸣也哀。我的确有重要情况反映,但条件是必须汪静飞来我才讲。"

强民审视着他问:"真的?"

"我都是快死的人了,有必要跟你们做游戏吗?请您相信我。"郭小鹏一本正经地说。

"好吧,我会向上级领导反映你的请求。"强民说完,快步走出。

海州临滨公园,落日即将沉入光滑如镜的水面。四周一片静寂，游人渐渐稀少。李新建在划船，双臂有力地摆动。鲁晓飞若有所思地默默坐在船头。

李新建的脸上写满爱意，他深情地注视着鲁晓飞问："什么时候离开海州？"

鲁晓飞避开他炽热的目光，声音不高地说："命令我即日返回，就这一两天吧。"

"那咱们……"李新建斟字酌句，一时想不起该如何表达自己的意思，顺口道，"什么时候才能再见面？"

鲁晓飞能够明白他想说什么，但心如平静的湖面，笼统地回答道："我想，总会有见面机会的。"

李新建意犹未尽，正想明确地表达自己的意思，汪静飞的手机响了。她简短地说完"好的"之后，就合上手机对李新建说："我要回去，有任务。"

李新建用充满狐疑的眼光看着她，忍了忍没有发问。

0 6

审讯室里，灯光特别亮。

郭小鹏端坐在一张椅子上，鲁晓飞坐在他对面的另外一张椅子上。

鲁晓飞看着戴脚镣手铐的郭小鹏，心头像压着一块巨石，但脸上却没有丝毫表情，双目注视着他。

郭小鹏似笑非笑地说："我断定你会来的。"

鲁晓飞以温和的口吻道："你想要说什么就说吧。"

郭小鹏把手中的纸放到桌子上说："咱们先把公事了了，好能让你安心地听我倾诉。"他用下巴点点桌子上的纸，"这上面有我在国外银行的数字账号，里边有五千万块钱。与其像'二战'时犹太人的存款那样便宜瑞士银行了，还不如送给你。"

鲁晓飞问："你不是说，所有的账号，都记录在商务通里了吗？"

"小时候，我要是犯错了，林子烈并不打我，他只是罚我不许吃饭。有一次，我犯了大事，一个礼拜没吃饭。"郭小鹏说到这儿笑了笑，"可我一点不饿。原因就是我在平时攒下一些吃的，藏在一个只有我才知道地方，时刻准备度荒用。"他的眼里闪出亮光，"再说，我从来不相信任何人，对你是个例外。给你的商务通里没放炸弹就是个例子，但我还没有例外到丧失理智的地步，多少留了一手。"

鲁晓飞把那张纸拿到自己一边，但并没有马上看。

"另外，纸上还有你们感兴趣的除胡安以外的几个大人物的名字和他们受贿的证据。"

鲁晓飞仍然没有动那张纸。

郭小鹏似乎很满意："你将来一定会成为顶尖级的人物的，你实在太沉得住气了！"

鲁晓飞依旧是正襟危坐，没有任何反应。

郭小鹏很轻松的样子，说："现在，我可以痛痛快快地给你讲讲我的心路历程了。你不是一直想知道这些吗？我反复想了想，应该告诉你，尽管是你把我送上了断头台。人生自古谁无死？况且我对这个世界的确很厌倦。我必须尽快到另一个世界去陪伴我亲爱的母亲，我在这个世界上唯一的亲人！"

鲁晓飞表情复杂地看着他。

郭小鹏试图像平常一样，跷起二郎腿，但镣铐阻止了他。他说道："人看人，好像都是一样的，一群两足无毛动物而已。但如果仔细观察，你便可以发现，这是一个结构复杂的世界。有最高层，生活在其中的人，有着充分的精神和物质供应；然后，随着层数的降低，供应开始减少；到了最底层，所获得的能量，勉强能维持生存，而其精神供应，则几乎等于零。我本人，就生活在其中。"

鲁晓飞用怀疑的眼神看着他。

郭小鹏显然也感觉到了鲁晓飞的疑问，接着说："以常人浅薄的眼光，肯定认为我在胡说。的确，我的生父，是一位著名的作家，从他那里我继承了优良的思维基因；我的母亲是一位也算知名的演员，从她那里我继承了还算周正的容貌；我的继父是高级干部，从他那里我获得了一些旁人不可能获得的机会。这样的结构，其实已经规定了我一生的道路。"

鲁晓飞不能不说话了："我见过许多类似家庭出身的人，并没有走你的路。"

郭小鹏语调平和地制止她的插话："请你注意这样一个事实，你还有很多机会阐述你的观点，而我满打满算，顶多也就十个小时了！"他这么一说，鲁晓飞自然不好再说什么。

郭小鹏接着刚才的那股劲儿说："人往前看，似乎充满了偶然，但到了总结的时候，回头一看，一切其实都是规定好的。你认识我的时间不长，没有机会看到我真正吃饭。平时在宴会上，我都是斯斯文文，小口小口地吃。可一旦放开，我可以在涮三斤半肉之后，再来半只烤鸭和一个大冰淇淋，然后三天不吃饭也不要紧。我怀揣十美元到美国时，不凭借这个连活也很难活下来。"

鲁晓飞似乎对这些并不感兴趣。

郭小鹏察觉到了，随即切入主题："你们习惯于把人群分成罪犯和非罪犯，也就是通常意义上的好人、坏人，并由此衍生出高尚、卑鄙等一系列玩意儿。但我告诉你，一切不过是机会而已。穷乡僻壤的犯罪率低，根本不能说明那儿的人高尚，那是因为他们没有机会选择。没有选择，就不会痛苦。我父亲当右派，被流放到海州，他一点都不痛苦，因为他只能来。我继父被打倒，他也不痛苦，因为他只能被打倒。我母亲改嫁到林家，别的不说，光是林小强对她'无微不至'的骚扰，就不是一般人所能忍受的，可她仍然不痛苦，因为有我和弟弟，她甚至连死都不能选择。"

鲁晓飞心中一颤，眼里露出疑惑的神情。

郭小鹏敏锐地捕捉到这个"疑问"，解释道："你可能会认为在林家这种高干家庭，怎么会有乱伦的脏事？可它就是存在。林小强是个性欲非常强烈的人，这肯定也来自基因，和林子烈早年对我母亲的骚扰如出一辙。林小强骚扰度最强的那个阶段，正好是林子烈被打倒的时候。有一天晚上，他溜进我母亲的房间，不顾母亲的哀求，强行非礼。就在这个时候，只有五六岁的我，拿着一根我勉强能拿动的棒子，一棒子打在他的后脑上，把他打昏了。"

鲁晓飞见他嘴唇颤抖，便把水杯推了过去。

郭小鹏的声音低缓下来："你们这些生活在阳光下的人，是体会不到我的内心的。我承认，有很多人的家庭经济条件还不如我，吃上顿没下顿的。但父母的呵护起码还是有的，自尊还是有的。世界上，什么事最大，吃饭的事最大。咱们从吃饭说起，我明白我在林家的身份，好的东西别说吃，就是想也没敢想过。他们吃白菜心，我吃白菜帮子；他们吃瘦肉，我吃肥肉和皮，这都没的说，这都天经地义。可有一次在吃鱼的时候……"他抬起眼皮，陷入回忆，"我从小就喜欢吃鱼头，这东西在林家是没人吃的。我不在，就喂了猫。可那一次，林小强不知道为什么，偏要吃鱼头。我不干，就和他争了起来。结果，鱼头他吃了，我还被打了一顿。你知道是谁打的我吗？我的亲妈！亲妈啊，亲妈！"

喊完这两句后，郭小鹏又变成刚才的语调说："我从小还喜欢看书，这当然也来自基因，可书是到不了我手里的。记得起先是林小强拿着看，我在他后面看。后来他发现我能很快理解之后，先是嘲讽我，真是'老鼠生儿会打洞'。接着就立刻恶狠狠地说'我决心彻底清除你身上这股臭老九味'。从此以后，我在这家里，一本书都看不见了。没办法，我只好到书店去看书。某本书一天看不完，怕别人买走，就悄悄地藏在书柜后面。学习在我就像呼吸一样自然。在小学，我从来都是第一名。毕业时，我考了海州市第一。林子烈也高兴了，因为我毕竟从理论上说，是他的儿子。他问我想要什么。大的、贵的我是不会说的，即使说，也是白说。想了半天，我要了一双回力鞋。"

说到这里，郭小鹏抬头看天花板："那是一双多有弹性的鞋啊！到现在，我鳄鱼皮、小牛皮、小羊皮，什么样的鞋没穿过？可我还是忘不了那双回力鞋。"他的语调陡然一转，变得阴沉，"可是第二天，那双鞋就不见了。我找啊找，最后终于在林宅的后面林子里找到了它的'遗体'！可以看得出，它死得很惨。有人带着极度的仇恨，一点一点把它给毁了。总而言之，凡是我需要的一切，都要费尽心机去争夺，不争就什么都没有！什么都没有，你懂吗？"

鲁晓飞说："艰难困苦，玉汝于成。少年的困苦，变成动力的例子实在是太多了。"

郭小鹏点点头说："这你说得对。我经过思索，明白了我的处境之所以如此悲惨，原因只有一个，没有权！从懂得这个道理的那一天起，我的一切，都围绕着获得权力这个中心进行。大学毕业之后，我决定到美国去留学，因为这是终南捷径。在这个问题上，林子烈通过他的影响，帮助了我。也正因为这个原因，我才让他的儿子林小强，一直活完了上一个世纪。"他的嘴角露出不屑的笑，"谁知道这小子，在监狱里面壁五年，自以为像基督山伯爵一样，悟出点道行，跑出来找我算账，典型的以卵击石！"

鲁晓飞说："你通过努力，学成归来，不也很快获得了你想要的东西吗？为什么还要铤而走险？"

郭小鹏笑了笑："学习使人获得一切，绝对是误导。我从一无所有到海州药业的总裁，每一个台阶都是血淋淋的。我事业的第一块基石是在美国奠定的。万事开头难，为了它，我采取了古代的、现代的、中国的、美国特有的，人性的、反人性的各种手段，可以说是无所不用其极。"

鲁晓飞问："肯定不少是非法的。"

郭小鹏颇为自信地说："大人物和小人物的区别，就是前者是制定规则，而后者是得遵守规则的。"

鲁晓飞用怜悯的眼光，看着这个监牢里的"大人物"。

郭小鹏浑然不觉，继续说："这些手段很管用，使得我有机会广泛地采集到他人的智力资源和货币资源。我带着它们回到海州，自然不一样。如果只是一顶博士帽，我顶多也就是个费经纬那样的总工程师。这个总，那个总，我告诉你，在海州药业除了我，别人都是打工仔，无非是分个大小而已。"他略顿了顿，又接着说，"资本本身就有扩张的特性。美国带来的一点钱，海州药业一开张便捉襟见肘，于是我开始向林小强发起攻击。"他的目光陡然变得很残忍，"我至今认为，把林小强从一个企业家变成一个囚犯，直到变成一具尸体、一小撮灰烬，是我的代表作。"他再度进入平常叙述，"在周密的计划下，林小强的资金流入我的海州药业；林小强的人和事业，也像我当年的回力鞋一样，被一点一点地粉碎。"他的脸上露出满足的表情，"与此同时，我个人的事业却如日中天。"

鲁晓飞略带些讽刺意味地问："作为一个有十多亿资产、数千人企业的董事长兼总裁，你手中掌握的权力已经很不小了。"

郭小鹏眯起眼睛说："你从来没有拥有过权力，起码没有过大的权力，所以你没有资格和我谈论权力。权力的实质，就是你能在多大程度上控制别人、控制多少人。比方我的继父，作为省委副书记，以你们平常人的眼光看，权力不算小了吧？可他若犯了错，一纸文件下来，他就什么也不是了。即使在平常，他也要战战兢兢的，生怕失去了他的权力。你真以为他把林小强送进监狱是大义灭亲？不是！绝对不是！林小强的存在，不说使得他的权力生涯岌岌可危，起码已构成很大的威胁。作为一个资深的领导干部，他一定要切除这个癌肿。对于他来说，作为权力符号的职务，就是他的一切。"

鲁晓飞认为时机到了，应该弄清自己一直悬而未决的问题了，于是问道："你对权力的追求和热情，我多少能理解一些。但你为什么要去触犯法律呢？如此地伤天害理？"

郭小鹏又浅浅地一笑，这次的笑不像刚才那样生硬勉强，多多少少有了些自然的成分，语调也沉实有力，富有了一些节奏感："只要能达到目的，我根本就不在乎手段。说到底，权力就是控制力。一个人想控制另外一个人，可以用各种手段，比方职务、比方金钱、比方美女、比方学位，但这些都是浅薄的。人一旦想开了，职务可以不要，金钱和美女就更不在话下了。可否请问鲁晓飞警官，在你不算短的从警生涯中，可曾见过一个成功地摆脱毒品的人吗？不管它是海洛因还是冰毒？"

鲁晓飞平静地回答说："从统计数字上，百分比并不低。"

郭小鹏又露出居高临下的神态："那些所谓摆脱的人，有些是死了，有些是因为没有钱或没有机会再接触毒品，但这并不是真正地戒了毒。林小强就是好例子，别看他在监狱待了好多年，稍微给他用一点毒品，他立刻就成了马戏团的猴子，让他干什么，他就得干什么。我告诉你一个真理，要想控制人，没有比毒品更完全、彻底的了。你可能认为，你能控制住自己，而实际上，你至多不过能控制你的手不伸向别人的钱袋，脚不迈进监狱的大门，眼睛不去摄人心魄。而你根本无法控制你的肝脏分泌多少酶、胰脏分泌多少胰岛素！更不要说你的心跳频率、大脑中的潜意识和血压了，而这些药物都能做得到！"

鲁晓飞的心灵被强烈震动着，这是一个被异变扭曲的灵魂，是一个彻头彻尾的魔鬼。她顿时对他的夸夸其谈感到一阵恶心，冷冷地说道："你受到的污染我无可指责，可你污染别人的行为我感到痛恨。人的真善美天性或是说追求真善美的本能并不是空洞的概念，它是人类进步的根本动力。你要是个人，你就不该丢弃这些最人性化的宝贵财富。我一直在想，你要是把你的才华，都用到正地方，该有多好！也许我们就不会这样坐在这儿对话了，那将是一个美好的结果！"

郭小鹏显然被触到了痛处，脸上一阵抽搐，可他是个不肯认输的人，尤其是面临即将降临的死神，他必须在精神上顽固地挣扎着保存最后一点点领地。他淡淡地说道："看来我讲了半天，都是白讲，都是在对牛弹琴！"他无法再想出更好的说辞，突然变得很激动，"我是个最有人性的人！我渴望幸福，我追求美好，可我得到的是满身心的伤痕，是一种被强奸的结果！我绝不会贡献，把我的血肉连同灵魂跪送上魔鬼的祭坛！我只要报复！最大程度地报复！"

鲁晓飞试图再作最后一次努力，让他醒悟过来，成为一个真正的人死去，于是说："人是在磕磕绊绊中成长的，人生不可能每时每刻都是春光明媚风和日丽。好多事情，都是时代造成的。也正因为此，人才更应该不断地完善自己，最大限度地体现人性的价值。"

郭小鹏愤怒地挥动双手，致使镣铐发出很大的响声，他嚷道："可我从来没有晴天！风雨、阴霾、压抑、愤恨每时每刻都充斥在我的周围。你让我上什么地方找时代算账去？它只是人们虚拟的一个概念。反正我被人害了，我就要害人，不管这个人是不是害我的人！"

鲁晓飞彻底失望了，她以厌恶的语调说："我原来以为你作为一个受过高等教育的人，多少会有些理智，而理智则是人和非人的差别。像你这样反理性、反人类的，确实不多见。"

她的神态和锋锐犀利的言辞敲打着他本来就已经虚弱不堪的心灵。郭小鹏渐渐地平静下来，缓缓地说："我不否认，我心里也曾经有过绿色，但它就和地球上的原始森林、湿地一样，迅速地萎缩。在两个月前，也就是你拿出手枪对准我时，它已经彻底被沙漠吞没了。"

鲁晓飞当然明白他说的是什么，自然不会接茬。

审讯室的窗玻璃已渐渐亮起来。郭小鹏把脸扭向窗口方向，但他看不到真正的天空。他幽幽地说道："我相信，此刻启明星已经出现了。"

鲁晓飞静静地注视着他说："你果真一点也不忏悔、不留恋吗？"

郭小鹏坚决地说："人是什么？人不过是一封不知道从什么地方发出的，也不知道到什么地方去的电子邮件而已。来自虚无，归于虚无。有什么可留恋的？至于忏悔，我更不会了。我壮观的犯罪，已经在历史这根坚硬的柱子上，留下了如此之深的痕迹，这可不是一般人能做到的。太阳底下有啥新鲜事？一个本来就厌倦人世的人又失去了他残存的一点希望，下辈子就是再让他转世，他也不会同意。"

鲁晓飞知道朝阳快要升起了，绚丽的阳光将会照耀到每一处阴暗的角落。沐浴在光明之中是人类的希望，几点偶尔出现的阴影丝毫损伤不了人们对光明的追求，更遮掩不了真善美这人性圣纯至上的万丈光芒，世界将会因此而越来越美好。她站起身，对郭小鹏说："如果我有建议权的话，一定向上帝提出，不要让你这种什么都不遵守、什么都不敬畏、完全丧失人性的人，再来到这个星球上!"

郭小鹏脸色变得灰白,无力地闭上双眼。

鲁晓飞转身大步走出去。

07

看守所黑色的大铁门前,排列着一长串闪烁着警灯的警车、囚车和站满武警的卡车。

太阳渐渐升起,青色的雾气霎时消融得无影无踪。繁华的城市在海边轮船汽笛的吼声中热闹起来,街道上涌动着上班的人群,如同一条彩色的河流在哗啦啦流淌。马路两边一幅幅广告招贴画,靓女或帅男,与商业大楼从顶端直泻而下似瀑布一样壮观的宣传布带组成了一道特殊的风景,向人们展示着时代的多姿多彩。

四名全副武装、荷枪实弹的法警押解郭小鹏走上刑车。他眯起眼睛,眺望着远处隐约可见的海州大厦,露出微笑。车厢里,十多名头戴钢盔、胸挂冲锋枪的法警排成两排,相向而坐。两名法警将郭小鹏摁坐中间。

他向法警们笑了笑说:"谢谢各位给我送行。"

法警们紧绷着严肃的面孔,凌厉的目光扫视着他。瓦蓝色的钢枪相互碰撞,发出有质量的声响,充分显示出法律的威严。

警笛突然"呜哇呜哇"地尖啸起来。刑车晃动一下,开始缓缓地移动。郭小鹏透过极小的瞭望窗,边浏览着街道旁的景物,边问道:"刑场应该设在海滩吧?"

无人理睬。

郭小鹏继续自语般道:"不管你们信不信,我真的一点不留恋。"

还是没人睬他。

郭小鹏哼起了贝多芬的《命运交响曲》主旋律,慢慢合上了双眼。随着微颤的鼻音,他眼前闪现出飘忽不定的光斑。那光渐渐固定,依次从天蓝变成红色,最后变成黑色。他戛然而止,黑斑顿时变成巨大的冰块,在他眼前分崩离析,呈现出爆炸状……

刑场到了,果然是在海滩,是在狼牙嘴段海牺牲的地方。

车停之后,郭小鹏意识到他的葬身之地到了。他睁开双眼。一名法警给他戴上头罩,把他押下刑车。押解刘眉的陪刑警车也随后开到,她披散着头发,在扶持着她的法警双臂中挣扎着嘶声喊叫:"小鹏!小鹏!"

近在咫尺的郭小鹏充耳不闻,并不答应。

刘眉泪如雨下,哭喊着:"小鹏,你在我的心里不会死!永远不会……"

郭小鹏一步一步走向海滩。不难看出,他是在竭力维持着身体的平稳。

刘眉昏了过去。

海堤上,先期到达的强民问李新建:"去不去执行地?"

李新建没有回答,在海滩的警察人群中搜寻。他失望之余连忙拿出手机拨打,接听器里清晰地传出:"对不起,你所拨打的电话已关机……"他好像意识到了什么,急切地对强民说:"快!把车钥匙给我!"

海滩上响起了清脆的枪声,郭小鹏扑倒在金黄色的沙滩上……

383

尾声

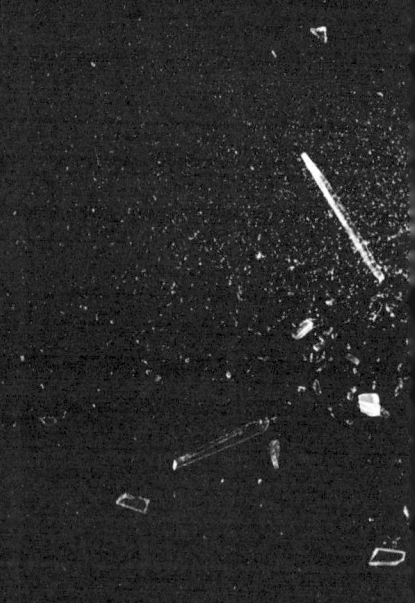

海州机场。鲁晓飞在安检口递上机票和身份证，检票员对照检查。依旧是那张美丽、平静、微笑的脸，只是名字已改成鲁晓飞。

她快步进入机场卫星厅，坐在米黄色的椅子上，拿出一本英文版的《预防犯罪》阅读。

三菱越野吉普风驰电掣地开到机场大门口，李新建从车上跳下，冲进候机大楼。

卫星厅内，扩音器内广播：飞往北京去的旅客请注意。您所乘坐的8058次航班，马上就要起飞了。没有登机的旅客请马上登机。

鲁晓飞似乎才听见，把书收起，走向登机口。

李新建急匆匆地抢在一位旅客前面，把机场通行证亮给安检员，大声道："紧急公务！"

安检员看了一下证件，挥手请李新建进入。

李新建大步流星地跑入卫星厅。他透过卫星厅的大落地窗，可以看见一架空中客车飞机在阳光下腾空而起……